JN228082

海賊忍者

諏訪宗篤

角川書店

海賊忍者

装画　松木直紀
装幀　原田郁麻
地図　Office STRADA

海賊之掟

一、共にあって共に栄ゆるべし
一、一人の大事は皆の大事なり。一味同心の思をなし、身命を惜しむべからず
一、公事は衆議に依りこれを相計らい、依怙贔屓なく公正にし、違背すべからざるべし
一、掟に違背せしものは、追放たるべし

伊賀古老遺訓

一、見識才覚古びぬものなし。教えを請うに憚ることなかれ
一、信は万事の基なり。猜疑受くるべからず、猜疑絶やすべからず
一、堪忍規律は向上の一路なり
一、切所突然なり。功名を第一とし、身命を第二とすべし
一、独孤恐るるべからず。思案を頼るも、決断を委ねることなかれ

「伊勢・志摩」周辺図

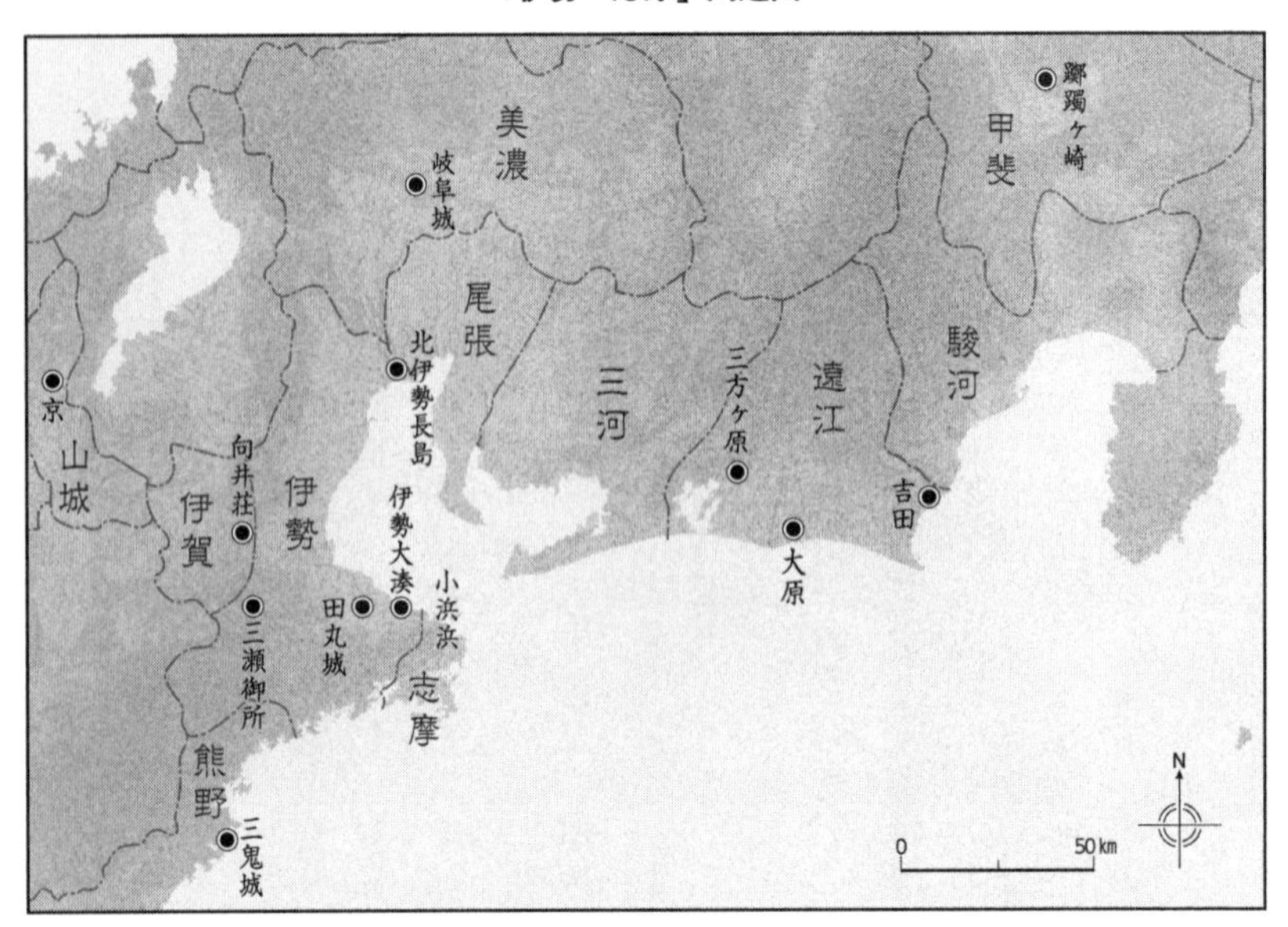

「伊勢・志摩」沿岸拡大図

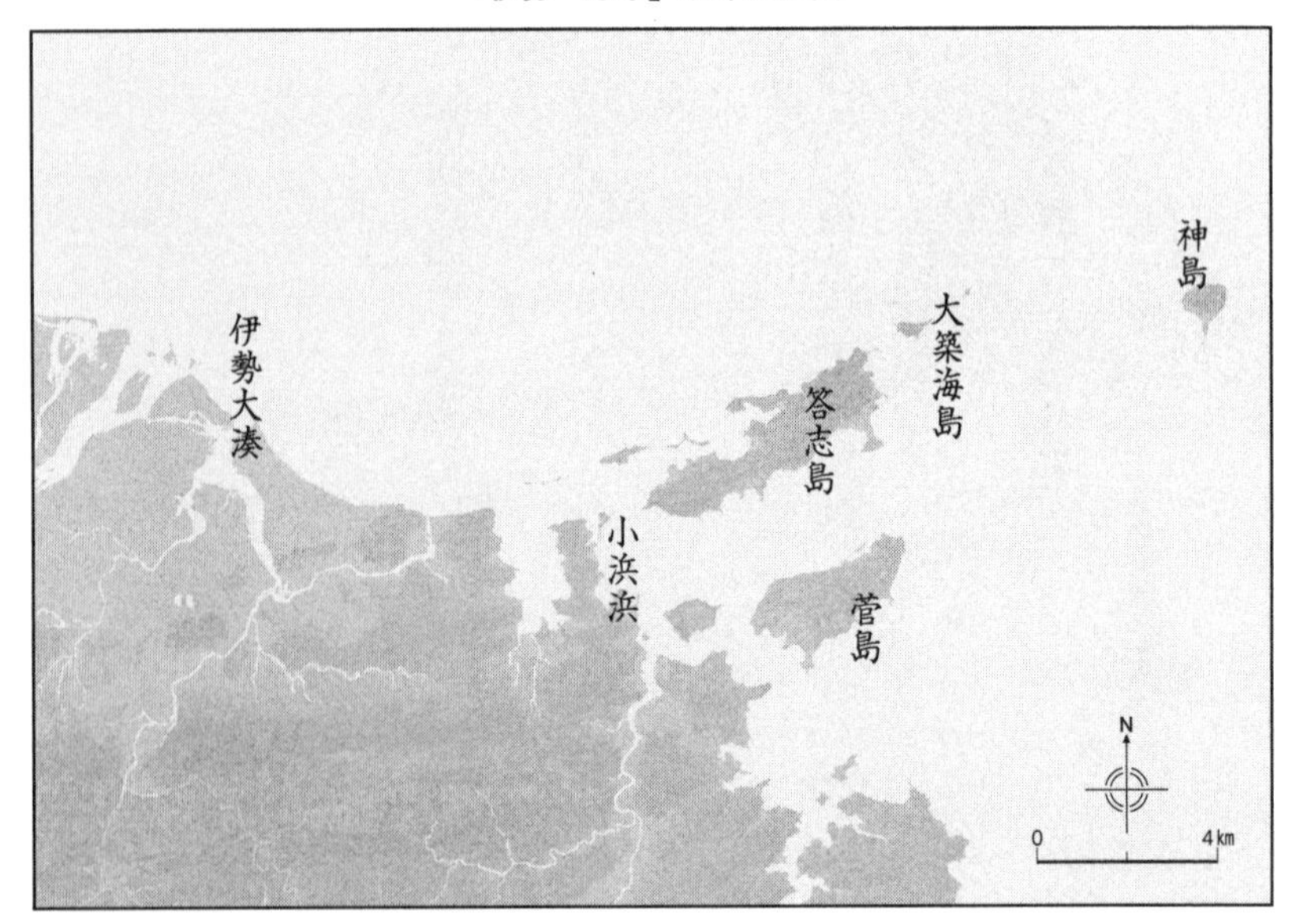

目次

第一章　磯千鳥　7
第二章　五百重波　105
第三章　桑海　155
第四章　雲濤遥か　217

第一章　磯千鳥

一

街道を疾駆する一騎があった。

女が二人。市女笠を被って横座りする少女を、小袖に濃茶の伊賀袴を穿いた女が後ろ抱きにし、厳しい声で馬を急き立てる。

馬の口からは泡が飛び、蹄が巻き起こす砂煙の後方に人影は無い。それでも伊賀袴の女は瞳を刃の如くに細めて、脇の細道に馬を突っ込ませた。手綱を緩めることなく、そのまま開けた野を突っ切る。

だが唐突に、馬が高くいなないてつんのめった。

蓮華の紫の花弁と緑葉が飛び散る中、伊賀袴の女は市女笠の少女を抱いて跳んだ。そして首を狙って飛んだ縄を、苦無を一閃して断ち切る。

「大人しく捕まるが身のためぞ」

小石を弄びながら、木立を割って並外れて巨軀の男が姿を現した。甲賀衆が好む柿渋染の単衣(ひとえ)に脹脛(ふくらはぎ)を絞った袴を穿き、肩や胸元などはち切れんばかりに膨らんでいる。

「滝川(たきがわ)の犬め」市女笠の少女を背中にかばい、伊賀袴の女は唇を歪(ゆが)めた。「下心の見え透いた物言い、反吐(へど)が出る」

「言うたであろう」

やはり柿渋染の装束を纏(まと)った男が巨軀の男の傍らに歩み出た。縄を捨て、腰から持ち上げた鎖鎌をじゃらりと鳴らす。

「血の気の多い伊賀の山猫には、きつい躾(しつけ)が入用よな」

言葉と共に鎖分銅が蛇の如くに飛んだ。

伊賀袴の女は分銅を苦無で打ち逸(そ)らし、自ら前へ駆けた。巨軀の男と対峙(たいじ)し、襲いかかる腕を低く身を沈めて掻(か)い潜る。伸び上がりざまに勢いを乗せた苦無を脇腹に叩(たた)き込むが、鋼の刃は高い響きを上げて弾(はじ)かれた。巨軀の男が再び両腕を大きく振り払う。鋭い鋲(びょう)の無数に突き出た籠手(こて)が暴風を巻き起こし、伊賀袴の女を弾き飛ばした。

「姫様、お逃げください」

地面を二転し、血の滲(にじ)む肩をかばって苦無を構え直す女の叫びに市女笠が揺れたが、駆け出た足は数歩と進まぬ内に止まった。更にもうひとり、柿渋染の装束を纏い顔の左半面に瞳をも飲み込む大きな傷の走った男が少女の前に立ちはだかっていた。

「輿入(こしい)れを控えた大事のお身体なれば、かかる遠乗りは感心いたしませぬな」

三人の甲賀衆の男が二人の女を取り囲み、ゆっくりとにじり寄る。

「――畑荒らしが偉そうに」

どこからともなくぶつけられた声に、隻眼の男は振り返りざま刃を抜き打ちに払った。だが切先は手応え無く空を切る。刹那、足元から巻き起こった土煙を刺し貫き、鋭い先端が隻眼の男に伸びた。

鑿と呼ばれる伊賀衆の使う工具である。巨大な針とも言うべき形状で、錠前破りや、木の幹に印を付ける為に使用されるが殺傷力も高い。掌を貫かれながらも咄嗟に顔を守った隻眼の男は、同胞の許まで跳び下がった。

「土遁か。油断したわ」

土煙から姿を現した少年は内懐に入れていた白い子狐を下ろし、先ほどまで身を覆っていた麻布をひと払いして腰帯に通した。

「邪魔立てするか」

「邪魔しているのはお前らだ」少年は三人の甲賀衆をにらみつけた。「よくも俺の畑を踏み荒らしやがって。蓮華も、蓬も、玄草も、ようやく育ってきたのによ」

怒りを込めた言葉に三人は足元に視線を落とした。甲賀衆にも馴染み深い薬効のある植物が、確かに草鞋の下で泥に塗れていた。

「それに俺は、女子供をいじめる輩が嫌いでね」

少年は鑿を手甲に収め、腰に帯びた刀を抜いた。刃長二尺（約六十センチメートル）ほどで反りが浅く身幅の厚い関物の打刀を構え、甲賀衆に切先を向ける。

「まあ、お愛ぽいさん」

だが鈴を転がすような声に、視線が脇に逸れた。じゃれる子狐に手を伸ばし、傾いた虫垂の隙間から覗いた少女の桜色の唇に、少年の胸が高鳴る。

「その、きれいな娘は特にな」

「でしゃばりおって、死ね」

放たれた鎖分銅を、少年は左手で抜いた鞘で受けた。そして鎖を巻きつかせたまま間合を詰めて鎌をかわし、唸りを上げる巨軀の男の右腕の、更にその上を跳ねる。着地と同時に鎖で隻眼の男の刃を受け流すと、腰袋をひとつ投げつけて大きく飛び退いた。

褐色の細かな粉煙が拡散した。三人が鼻口を覆うより早く、くしゃみが飛び出る。

「胡椒入りの、一番効くのを使った」少年は言った。「すぐにしびれが回る。さて、詫びを入れて去るか、更に痛い目を見るか。どちらにする」

高く鳴り響いた弦音が、少年の言葉を掻き消した。鋭い鏃が鎖鎌の男の喉に突き立ち、拳を固めて立ち向かう巨軀の男の両目、口と続けざまに射貫く。

林の奥から、鏃よりも鋭い光を瞳に湛えた直垂姿の老武者が進み出た。折烏帽子の下の髪も長い顎髭も白く、頬や目尻には深い皺が刻まれているが、足取りも右小指に挟んだ二本の矢さえ小動もしない。二人が倒れるより早く木立に飛び込んだ隻眼の男の行方をしばらく入念に追っていたが、やがて矢を外し、市女笠の少女のもとへ走り寄った。

「鳥屋尾様」

傷口から手を下ろして平伏する伊賀袴の女の前を通り過ぎ、老武者は市女笠の少女に片膝を突いて一礼した。

「姫様、ようご無事であらせられました。なれど、急ぎお戻りくださいませ。世に知られれば、いささか厄介なことになりますれば」

腹を見せて甘える子狐から指を離し、市女笠の少女がためらいながら立ち上がると、老武者は平伏したままの伊賀袴の女に鋭い視線を向けた。

「環はこの場にて召し放つ。何処なりとも立ち去れ」

「なりません」

市女笠の少女は烏屋尾と環の間に割り入り、虫垂を大きく左右に揺らした。

「環は何も悪くありません。わらわが無理に頼んだのです。このままでは父上様が、あまりにご不憫でございます」

「その話は戻りて後に」

老武者はひとつ咳払いして、少年に視線を向けた。

「貴殿にはこの場の苦難をお助けいただいたと拝察いたす。些少ながら納められよ。そして今見たことはくれぐれも胸の内にお留めあるよう」

少年は、差し出された小袋を掌に乗せて上下させた。

「畑を荒らされ、そこな骸も片付けねばならん。この銭は迷惑料として貰っておこう。だが、気に入らんな」

眉間に皺を寄せる老武者に動じることなく、少年は言葉を続けた。

「おっさんよ、そこな女性(にょしょう)は甲賀衆の手練(てだれ)三人を相手にし、己を犠牲にしてまで姫さんを逃がそうとしたのだ。伊賀衆の侍女だからと無下に扱えば伊勢(いせ)国司家の名に傷がつこうぞ」

老武者は環の震える腕を伝う鮮血に目を留めたが、脇に回った右手指は鍔を挟んだ。

「伊勢国司家の家臣ならばなんとせよと」

「頭を下げて俺に頼め。我が家はこの近く。手当してやれる。それとも殿上人の家臣は人に頭も下げられぬのか」

「環をお助けください」市女笠の少女が進み出て、深く頭を下げた。「環はわらわのために傷を負ったのです。しっかり治療してやりとうございます」

「お言葉もったいのう……」

言葉の途中で環が崩れ落ちた。呼吸は続いているが、血の気が失(う)せて首の脈も弱い。少年は、畑の端で怯(おび)えていた馬の轡(くつわ)を取って戻った。

「お頼みいたす。環を助けてやってくれ」

環の傷口をきつく縛ってから、頭を下げた老武者に少年は頷(うなず)いた。二人して意識の無い環を鞍上(あんじょう)に押し上げて手綱を取る。

「ついてきてくれ。今更だが、俺は正綱(まさつな)。伊賀向井(むかい)の荘(しょう)の正綱だ」

「爺、おさと」

伊賀と伊勢の境目にある加太峠の手前で南へ折れると、周囲を山に囲まれた小さな集落に出る。意識を失った環を支えながら馬を走らせてきた正綱が大きく呼ばわるや、門から腰の曲がりかけた老人と、その倍ほども背丈のある若い娘が飛び出てきた。

「血が止まってないな」

意識の無い環の体を、さとと共に馬から下ろすと正綱は眉を寄せて唸った。

「薬草を用意する。おさとは奥に運んで傷口を焼酎で洗ってくれ。爺は客人のもてなしを頼む」

「ガトよ、膳の支度も遅れるでないぞ」

丈に合わない帷子を着て、腕や太ももの大半をあらわにしたさとは、環を担いで駆けながら小さく頭を揺らした。

「ごねんきにお頼み申しまする」

鳥屋尾と同乗してきた市女笠の少女は、去りゆくさとの背中に頭を下げると、老人に向き直った。

「あの、ガトと聞こえましたが、聞き違えましたでしょうか」

「いいえ、ガトと呼びましてございます。見たままでございましょう。いや、それにしてもお珍しや。お久しゅうございます、鳥屋尾様」

老人は鳥屋尾の馬の轡を取って頭を下げた。

「目の光は鳥羽城攻めの頃とお変わりございませぬな。今与一と評された弓の腕前、思い出すだけで胸が躍りまする」

「そなた、脇殿か」鳥屋尾は音高く膝を打って馬から降りた。「これは懐かしい。鳥羽城城内からの狼煙を見逃さず、先陣を切ったのが脇善兵衛殿であったな。向井の傍らに脇あり、とはかの折によく耳にしたものよ」

　左手で幾度も顎髭をしごいた鳥屋尾は、大きく息を吐いた。

「しかし、あの戦は先々代様の頃、天文六年（一五三七）であったから、もう三十六年にもなるのか。時というものは一体どこにいってしまうのやらな。いや、ならば正綱殿とは向井正重殿のお身内か」

「御嫡男にございまする」

　鳥屋尾と壺折装束を解いた少女が座敷の上座に座ると、さとが膳を運び入れた。緑鮮やかなよごみだんご、日野菜や蕨の塩漬けの傍らに粕漬け、ぬか漬け、味噌漬けの大根などが数切ずつ一皿に盛られていた。

「いささかお疲れのご様子、まずは一息入れてくださいませ」

　善兵衛は徳利を取ったが、鳥屋尾の器に注ぐなり声を上げた。

「なんだ、薬草茶を出す奴があるか」

「いや、その方が良い。どうぞ構い無きよう」

「ありがとう」

少女は手を合わせて頭を下げると茶褐色の漬物を箸で摘んだ。そのまま持ち上げ、頬にかかった髪を揺らして小首を傾げる。

「これは初めて見ます。おこうこうのようなれど、とても色合いの美しい。まるで琥珀のようでございますね」

「鉄砲漬けと申しまする」

膳を並べるなり姿を消したさとに代わって善兵衛が答えた。白瓜の種とわたを抜き、代わりに刻んだ大根や茄子、人参、紫蘇の実と葉などを詰めて味噌に漬け、数年かけ幾度も漬け替えて茶色く羊羹のようになるまで漬け込んだものである。

「殿は遠江におわしますれば、こちらの台所は通いのガトに任せております。あのとおり礼儀知らずの山育ちなれど、まあ悪くない味を出すようになりましたわ。なんと申しても焚付と漬物を切らすは女の恥でございますれば」

「正重殿も息災でござったか。いや、なにより」

鉄砲漬けを舌に乗せた鳥屋尾は、幾度も頷きながら顎髭をしごいた。

「しかし遠江とは、また遠方に行かれましたな。旅でございまするか」

「仕官でございますよ」胸を張った善兵衛は頭を揺らした。「鳥羽城攻めの褒美に志摩の領家職をいただいて以来、正重様は船の扱いに熟達されましてな。海賊衆として是非にと今川家に請われ、桶狭間の後は武田家より駿河遠江の所領をそのまま安堵受けましてございます」

「では正重殿は、武田海賊衆の将であると」

目を瞠る鳥屋尾に、善兵衛は大きく頷いた。

「昔話が弾んでいるようだな」

手ぬぐいを使いながら室内に戻った正綱は円座に腰を下ろした。

「仕官の話でございますよ。伊賀の男は伝来の技を磨き、他国に出て稼ぐもの。正綱様も十六となり、元服なされたのです。正重様のようにいずこかで」

「やなこった」

正綱は薬草茶を呷り、肘で善兵衛からの視線を遮った。

足利将軍を頂点とする公儀は将軍に直接仕える奉公衆、奉行人、そして各国守護職とそれに仕える者のみが武士階級を形成して諸国の政を司り、他の多様な職種の者たちは年貢を納めるだけの被支配者とされた。地位や財力は血縁によって代々受け継がれ、豊かなものがより豊かになる仕組が隅々まで確立する。

だが地位も財宝も嫡男のみが継ぐとあれば、その座を巡って争いが起こるのは必定である。豪族、大名、管領家にて争いが頻発し、ついには将軍家においてさえ戦が勃発した。世にいう応仁文明の乱である。

そして長く続いた大乱は、それぞれの旗頭が相次いで死去した後も全国に飛び火して燃え続けた。将軍が幾人も暗殺されて公儀の威信は地に落ち、法も秩序も失われて地位ある者たちは我欲と保身に走る。世は底が抜けたように乱れ、争い、堕ち続けた。

一方、下位の者たちは頻繁に戦に駆り出される内に、自分を死なさず、豊かにしてくれる指導者を求めるようになった。血筋しか誇るもののない無能と見れば衆議を開いて別の者を担ぎ、あるいは自らが取って代わりもする。

それでも上には常に譜代の凡愚がいる。仮に栄達できても他人の顔色を窺(うかが)ってへつらわねばならず、周りから足を引っ張られ、危険な役目ばかりを負わされることに変わりはなかった。

「こんな世で立身したいとは思わぬ。伊賀で狩りをし、志摩の海で釣りをして気ままに暮らす方がましだ」

「またそのような」正綱の言葉に善兵衛が大きく息を吐いた。「先日も百地(ももち)様からのお声がけをお断り申したとか。評定衆の言付(ことづか)りを受けず、伊賀衆の寄合にも出ずでは身代(しんだい)を失くしますぞ」

伊賀と甲賀は、紀伊(きい)山地の嶮(けわ)しく連続した外弧隆起帯に位置する山里である。

山ひとつ越えねば隣村にも行けない地は独立不羈(ふき)の気風を育(はぐく)み、山林での伐採運搬を生業(なりわい)として壮健軽捷(けいしょう)な身体を養った人々は、紫香楽宮(しがらきのみや)造営に伴い派遣された最先端の知識と技術を会得する様々な職工や匠(たくみ)、更には霊山を巡る修験者、遠く大陸から流れ着いた唐(とう)の散楽師や波斯(ぺるしや)の幻術士らとも交わって独特の技術を生み出した。そして政争に明け暮れる豪族らの求めに応じて敵方の屋敷に忍び込み、情報収集や暗殺をも請け負う者が現れる。

志能便(しのび)、または忍者と呼ばれる者たちである。

伝承技術の練磨を重ね、更に革新を続ける伊賀衆甲賀衆は日本中の諸大名から引く手数(あま)多(た)であった。

「正綱様はお若いながら指折りの手練にして、向井家世継たる御嫡男なのです。立身せねば宝の持ち腐れというもの。いや、正綱様は堪忍規律が足りませぬ。古老の遺訓にもあるように――」

「思案を頼るも、決断を委(ゆだ)ねることなかれ、とも遺訓にはあるぞ」正綱はしかめ面で言葉を遮った。「それに向井の世継は義兄上(あにうえ)だ。俺ではない」

「あの、環は」

「そう、環殿な」正綱は強引に咳払いすると、尋ねた少女に体ごと向き直った。「命に別条はない。だが血を多く失って、しばらくは歩くのも難しいはず。良ければ回復するまで我が家でお引き受けいたそう」

「安堵いたしました」

胸を撫(な)で下ろす少女の膝に、正綱の懐から滑り降りた子狐が顔を寄せた。体の中で唯一黒い鼻をこすりつけて背の方へ回り、紅藤の地に花と手毬(てまり)を大きく描いた小袖に前足を滑らせて幾度もねだる。

「ほんにお愛ぽいさんやね。お真魚(まな)がお好きさんやの」

少女が背負った包から油紙にくるまれた干鰺(ほしあじ)を取り出すと、子狐は筆のような尻尾(しっぽ)を大きく左右に振った。

「シロが懐く訳だ」

苦笑する正綱の許しを得て少女が干鯵を与えると、子狐は両前足で押さえて頭からかぶりついた。

「シロはあの薬草畑の近くで見付けたんだ。白狐は山の神様のお使いだから留めおくべきではないんだけど、親も無いようだし、懐いてくれると手放せなくてな」

「シロは果報者でございます。怪我人を介抱するのも向井家のならいなれば苦言は申しますまい。ですがごまかしはなりませんぞ」

善兵衛が膝を進めて言葉を続けた。

「所領を勝ち得てこそ、男なのです。当たり前のことを当たり前にこなすことに、なんの障りがありましょう。良い機会です、鳥屋尾様からも意見してやってくださいませ」

眉を寄せて黙り込んだままの鳥屋尾を横目で見やって、正綱が首を振った。

「世が乱れるは、皆が所領を奪い合って争うが為ではないか。俺は所領なんぞに縛られるのは御免だ。いっそ、南蛮にでも行こうかとさえ考えている」

「また絵空事を」善兵衛は地の底に届くほど深く息を吐いた。「よいですか、最後に助けとなるのは一枚の田畑ですぞ。種を蒔（ま）き、水をやり、収穫した食物があるからこそ、妻子を養って生きていけるのです。なにより当節は腕一本、働き次第で所領を十倍百倍にも増やせる世なのです。男と生まれて一国一城の主（あるじ）を目指さずして、なんといたしましょう」

「もう天文や永禄（えいろく）じゃないんだよ」正綱は即座に反論した。「元亀（げんき）の今日日（きょうび）、百地や服部（はっとり）

らが大半を抜きやがる。命がけでこき使われて手元に残るのは一貫文ほどなんて、ばかばかしくてやってられるか」

「ならば正重様のように仕官なされませ。とにかくいい若い者が大願も志も持たず、ただのんべんだらりと暮らすなど生きながら死んでいるも同然。生きる張合をお持ちなされ、張合を」

　顔を背け、耳をふさぐ正綱に善兵衛が床を叩いて迫ったが、眉間に皺を寄せたまま床の一点をにらみつけていた鳥屋尾が不意に大きく袖を払った。威儀を正し、両拳を膝前に突いて深く頭を下げる。

「向井正綱殿、ご賢察のとおり、それがしは鳥屋尾満栄、北畠家の侍大将を務めておりもうす。こちらは前の伊勢国司北畠具教公の御息女雪姫様。これまでの数々のご無礼、どうかご容赦くだされ」

「なんだよ、改まって急に」

「正綱殿は北畠家の窮状、ご存じあらせられるか」

　瞬きを繰り返した正綱は膝を進める鳥屋尾、そして雪姫の視線を受けて頷いた。

「まあ、色々と聞こえてくるからな」

　伊賀の隣国で北畠家が治める伊勢は温暖湿潤で作物が良く実り、山の幸、海の幸にも恵まれた美国である。しかし、後醍醐天皇を支えた北畠家が国司に任じられて以来二百年ほど続いた平穏は、隣国尾張の領主織田信長によって踏みにじられていた。

激しい戦と籠城の末に勝ちきらぬまま信長は兵を引いたが、和睦の取り決めは信長次男茶筅丸に雪姫を娶せて北畠の養嗣子とするなど織田への将来的な併合をはらんでおり、更に後見の名目で派遣された滝川一益ら織田家家臣が伊勢の政を壟断し、戦によらぬ侵略が日毎に進んでいた。

「姫が命がけで京へ向かわんとされたは、三瀬御所に幽閉同然の大殿具教公の窮状を公儀に訴え出んとなされたのでありましょう」

大きく頷く雪姫を見やり、鳥屋尾は言葉を続けた。

「ですが将軍家とはかねて書状を取り交わして、織田の暴虐はすでに伝わっておるのです。北畠の命運を左右する秘事ゆえ姫様にはお伝えいたさず、かえって神襟を乱したてまつりましたること、鳥屋尾、伏してお詫び申し上げます。どうぞお許しくださいませ」

雪姫に詫びると、鳥屋尾は改めて正綱を見据え、声を一段落として言った。

「そしてそれがしと大殿様しか知らぬことながら、将軍家は北畠が立ち上がるならば力を尽くすとお約束くださいました」

「それは、おもしろいな」

正綱は口に運びかけた茶碗を止めて目を細めた。

兄である将軍義輝が討たれた後、命を狙われ流浪していた義昭を将軍位に就けて公儀を立て直したのは全て織田信長の功績である。義昭は信長を父とも称えて地位も恩賞も望み通りにと厚遇していたが、信長の専断が強まると関係が悪化した。北畠と織田の停戦和議も義昭の仲裁案でまとまりかけていたものを、信長が茶筅丸を養子に送り込むことを強硬に主張して反故にしたのである。面目を失った義昭と北畠の間で交わされる書状は、いつしか反信長蜂起の密謀となっていた。

「正綱殿、今一度我らをお助け願えまいか」

鳥屋尾は更に身を乗り出し、瞳の光を強めた。

「北畠家のため、いや、天下を乱す織田信長を討つため、それがしを甲斐の武田信玄公にお引き合わせくだされ」

二

早朝、旅装を纏った正綱は霧山の大木の枝から眼下を見下ろした。目指す北畠の三瀬御所は霧山の麓、山裾と南北に流れる川との間にあった。

「お前も姫さんの顔が見たいよな」

懐でまどろむシロの鼻面をなぞり、正綱は改めて三瀬御所を観察した。

北畠歴代で最も領土を広げた前国司の隠居所ながら、規模は小さく警備も薄い。篝火が焚かれているのも正門のみで、ただひとりの門衛が眠りこけている他は警邏する兵の姿も無い。鳥屋尾と約束があるのだから忍び込むのは愚かなことだとの自覚はあったが、それだけに見付かる訳にはいかなかった。

檜垣で囲われた南の端には米の字形に池を設けた庭園があり、北の搦手門から東の中央正門にかけて倉や武者の詰所と思しき建物が立ち並んでいる。正門の正面に玄関、隣接する最も大きな建物が謁見の間、廊下伝いに西側に続く檜皮葺の建物群が雪姫らの居室と目星を付けた。

正綱は鉤縄を頭上の枝に投げて飛んだ。振り子のように大きく宙を舞って音も無く檜垣の上に降り立ち、周囲を確認して庭へと足を踏み入れる。

「シロ、捜してくれ。姫さんはどこだ」

地面に降ろされたシロは前脚、後脚と続けて大きく伸びをして鼻を高く掲げた。途端、弾かれたように檜皮葺の建物が並ぶ方へ駆け出していく。

「どこの鼠だ」

後に続こうとする正綱の背に鋭い声が突き刺さった。

振り返ると古風な冠下一髻に髪を結い、狩衣を片肌脱ぎにした壮年の武者が立っていた。どうして気付かなかったのか正綱自身も理解できないが、幻でも幽鬼でもない。佇まいは優雅ながら、太い木刀が向けられただけで押し寄せた殺気が正綱の呼吸を止める。

「忍び込む先を間違えたのでもあるまい。正三位権中納言、前の伊勢国司北畠具教が直々に成敗してくれようぞ」

失敗を悟るより早く具教が歩を進めた。痛いほどに脈打つこめかみが逃げねばと告げていたが、正綱は動けなかった。見えない縄で搦め捕られたように足にも手にもまったく力が入らず、口の中まで乾ききって舌さえ自由にならない。

　間合を詰める具教の手がゆっくりと持ち上がった。息苦しさに耐えきれず正綱が大きく息を吐くや、木刀が弧を描いて奔る。

「父上様」

　黎明を裂く雪姫の叫びに、木刀が正綱の首寸前で止まった。

「そのお方は鳥屋尾殿をお導きになる向井正綱様であらしゃいます。どうかお打ちにならないでくださいませ」

「この男がか。なるほど、悪戯が過ぎたようだな」

　具教は改めて正綱を一瞥し、木刀を外した。

「書状は鳥屋尾に預けてある。よろしく頼みおくぞ」

　鋭い目線を正綱に付けたまま数歩下がり、具教は木刀を一振りして踵を返す。そして何事もなかったかのように庭へ戻っていった。

「あれが、具教公」

　額を流れ落ちる汗の冷たさに、正綱の膝が崩れ落ちた。

　北畠家は村上天皇の流れを汲む公家であり、後醍醐天皇の側近であった北畠親房は吉野朝の正統性を示す『神皇正統記』を著した文人として名高い。だが、その子孫ながら具教の身体は名工が岩で刻んだ仁王の如く厚く引き締まり、振るう木刀には荒々しいまでの覇気さえ宿っていた。

「決して恐ろしい人ではないのです」シロを抱いた雪姫が正綱に駆け寄った。「むしろお優しい父上様なのです。ただ兵法修行にご執心で、日々の稽古を欠かしたことがあらしゃらぬだけで」

武家政権を打ち立てた平清盛（たいらのきよもり）は伊勢平氏（へいし）であり、多くの剣術流派の源となった陰流（かげ）を創設した愛洲移香斎（あいすいこうさい）も伊勢南部の出身である。尚武は伊勢の気風であり、具教もまた兵法を好んだ。そして朝廷にも公儀にも顔が利き、かつ京へ続く街道上に所領を有する具教の許には数多の剣術修行者が立ち寄った。新陰流（しんかげ）を創設した上泉信綱（かみいずみのぶつな）に宝蔵院胤栄（ほうぞういんいんえい）を紹介したのも具教であり、鹿島新当流（かしましんとう）を開いた塚原卜伝（つかはらぼくでん）からは奥義一之太刀（ひとつのたち）さえ授けられていた。

「剣豪、それも天下でも指折りの腕前なのかもしれないな」

耳から離れない木刀の重い唸りに、正綱は改めて身震いした。雪姫が止めてくれなければ首をへし折られていたに違いない。

「ですが父上様の木刀を振る音は、以前とはお変わりになられてしまわれました」雪姫は瞳を伏せて頭（かぶり）を振った。「茶筅丸様の事があってからは、聞いているわらわが怖気（おぞけ）に震えてしまうほど凄（すさ）まじいのです。ですが、正綱様はどうしてここに。鳥屋尾殿とお約束では」

「早く着いたんだ。姫さんに会いたかったからさ」

「わらわに、であそばしますか……」

薄紅梅の寝間着に東雲（しののめ）色の打掛を羽織った雪姫は、目を瞬（しばた）かせて頬を染める。だが声勢に困惑と悲しみを感じ取った正綱は慌てて首を振った。

「あ、いや、その、留守中にシロを預かって欲しくてさ。おさとも爺も手が離せないらしくて」

「そういうことでしたら、喜んで預からせていただきます。雪とシロですから、わらわ達は仲良しなのです」

シロの頭をなでる雪姫の背後で足音が鳴った。正綱の姿を認めた鳥屋尾の眉が急角度に跳ね上がり、右手指が太刀の柄にかかる。

「正綱殿には搦手門外で待ち合わせと申し伝えたはず。確かに案内はお願いしたが、御所に忍び込んで姫様と馴れ馴れしくいたすとは何事か」

「出立する前にはっきりさせておきたいことがあってな。なにせ気楽な道行じゃない」

「はっきりも何も、正綱殿の役目は道案内であろうに」

「では織田領内で苦境に陥ったら、俺ひとり逃げるが、よいか」

気色ばんだ鳥屋尾は、だが眉間の皺を深めて黙り込んだ。

武田信玄が信濃を征して所領が接するや、織田信長は和親と恭順を前面に打ち出して応じた。ご機嫌伺いの書状や付け届けは頻繁にして最高級品ばかりであり、京で流行りの柄の小袖を送った際には外箱にさえ幾重にも漆を塗り重ねて蒔絵まで施す。同盟者である徳川家康と信玄が干戈を交えても養女を武田勝頼に嫁がせ、信長の嫡男信忠と信玄の娘まつとの婚約さえ成立させていた。

信玄も信長による比叡山(ひえいざん)焼き討ちこそ非難したものの、朝倉(あさくら)攻めへの援兵依頼に応えられなかった際には丁重な詫び状を送り、上杉(うえすぎ)との和解を将軍家に働きかけるよう信長に請う一方で、相婿である本願寺(ほんがんじ)十一世顕如(けんにょ)と信長との和睦を仲介している。

この蜜月とも言うべき友好関係を信玄に破棄させ、反信長に引き込むことが北畠と足利将軍家の目的である。だが甲斐に至るまでには織田の勢力圏を通らざるを得ず、離間策を喜ばぬ全ての敵をやり過ごさねば信玄の許に辿(たど)り着くことはできない。

「もちろん、約束したからには必ず甲斐の躑躅ヶ崎(つつじがさき)まで連れて行く」

断言して正綱は鳥屋尾を見据えた。

「だが、どの道を行くかは俺が決める。何が必要か、何を知るべきかを決めるのも俺だ。そして俺が問うことには全て答えてもらう。でなければこの話は無しだ」

「ご懸命を蒙(こうむ)りまする」満面朱を注いで身を震わせる鳥屋尾に先んじて、雪姫は頭を下げた。「この道行、正綱様の合力無くては成しえませぬし、正綱様が全てを知るは道理でございましょう。鳥屋尾殿は何もかも包み隠さずお伝えし、無事に務めを果たしてくださいませ」

「承知、仕(つかまつ)りました」鳥屋尾は片膝突いて雪姫に一礼した。「一命を賭(と)しましても役目を果たしまする」

「よし、それならおいおい尋ねていくとして、まずその旅装束はいただけないな。誰がどう見たって北畠の侍大将じゃないか。武芸者みたいにもっと金銀綾錦(あやにしき)で派手にするか、尾羽うち枯らした浪人を装ってもらわないとな。着替えを頼むぜ、とっさん」

「とっさんとは何だ、無礼な」

「ここから先はそういうのも無しだ。敵地で鳥屋尾満栄だと知れたら、その場で全部終わりだ。役目も、命も。解るよな」

鳥屋尾は左右の頬を引きつらせて苦虫をまとめて噛み潰したが、向けられた雪姫の視線に改めて深く頭を下げた。地味な旅装に着替え終わる頃には東の空が暁に染まり、館の外の小高い丘に大きく枝を広げる山桜を照らしだしていた。

「どうぞおするするにおすごしあそばしますよう」

東へ向かう二人を、雪姫は深く頭を下げて見送った。


正綱と鳥屋尾は、伊勢神宮への参拝路である伊勢本街道を東へ向かった。多くの巡礼者や商人らに紛れて志摩に入り、日のある内に伊勢湾に面した小浜浜に辿り着く。

「叔母上が小浜民部殿に嫁いでいる縁で、船を預かってもらっているんだ。気のいい人たちでさ」

茜空を映す夕凪の海に網を仕掛ける何艘もの船を見つめながら、正綱は言った。

「今夜は泊めてもらって、朝に船出しよう。小浜の鰺は美味いんだぜ。めひび汁にありつければ言うことなしだけど、時期がちょっと遅かったかもな」

正綱が砂浜に足を踏み入れるより早く、波打ち際で遊んでいた子供たちが駆け寄ってきた。普段なら共に遊んだり、伊賀の話をするところだが、ハサバ（網干場）で捌いた魚を干していた村の長も歩み寄って来る。跳び回ってはしゃぐ子供たちを制して正綱は頭を下げた。

「長殿、しばらくぶりだ。早速だが明日にも船を使いたい。だが、まずは今晩の寝床と飯を馳走して――」

「向井の若様、こちらへ」

ただならぬ口調に、正綱は眉をひそめて後について歩いた。懇意になって久しいが、長の表情も声音も、砂浜を踏みしめる足音さえ重い。

「頼まれた船が仕上がってございます」

「そうか、早かったな」正綱の頬に驚きと喜びが咲いた。「早速見せてくれ。ただ、まだ先だと思っていたから残りの銭を持ち合わせていないんだが」

「銭は要りませぬ」

長は立ち止まり、瞬きを繰り返す正綱をまっすぐに見つめた。

「その代わりに、わしらを民部様の許へお連れくださいませ。もう耐えられませぬのじゃ」

山と入江が複雑に入り組んで海岸線を形成する志摩の地は、奈良朝の頃より国主が定められていたが、実際には地頭と呼ばれる小領主が地域ごと湊ごとを治めていた。

魚や貝を捕り、廻船を出し、他湊からの船と交易する。船が入れば砂州や岩礁を避ける水先案内の礼金、港湾利用料、あるいは領海の通行料を課し、従わねば船を襲い荷を奪う。税を納めず、独自の法のもとに地域と海とを支配する地頭とその一党を、都の官人は海賊と呼んだ。

瀬戸内海を支配して四国九州の租庸調を京へ運ぶ船を襲う村上党、肥前を拠点に高麗や明の沿岸部を襲う松浦党とは性質が異なるが、壇ノ浦の合戦に船二百艘兵二千を率いて参加した熊野別当湛増をはじめとして、後醍醐天皇の皇子懐良親王を護って九州渡海に協力するなど、志摩熊野の海賊は九州から関東までの沿岸を我が物の如くに支配する。その神出鬼没ぶりと害の大きさから鬼とさえ呼ばれていた。

中でも悪行を重ねた志摩海賊に九鬼氏がある。

天文六年（一五三七）に志摩全域が北畠家の勢力下に入った後も他の海賊衆さえ襲う悪逆は止まず、ついに永禄三年（一五六〇）に北畠具教と十二地頭に討伐を受けて滅ぼされたが、地頭の弟嘉隆は包囲を掻い潜って織田信長を頼った。そして栄達の後に滝川一益に付き従って志摩に戻るや、かつて討伐に加わった小浜氏らを次々に攻め滅ぼして隷属させていく。

志摩の領主は北畠具教の子具房であり、九鬼嘉隆はその養嗣子茶筅丸の家臣でしかない。だが今や志摩一国は事実上、九鬼嘉隆の支配下にあった。

「九鬼のやりようが非道に過ぎるそうだ。税の取り立て、課する労務。それに魚もだ」

正綱は長の言葉に説明を加えて鳥屋尾に伝えた。

「日々の漁獲から一番良いものを奪い、他にも人を人とも思わぬ悪行三昧らしい。小浜浜の元の地頭小浜民部殿は九鬼の襲撃を辛くも逃げ延び、今は父と共に海賊衆として武田に仕えている。だから彼らも駿河へ行きたいと言うのだ」

「九鬼嘉隆は信長の威を借る外道」鳥屋尾は顎髭をしごいて唸った。「さりながら今の北畠家に奴を掣肘できる者はおらぬ。北畠の家臣が言うてはならんことだが、民の逃散もまたやむなしであろう。だが逃げたいのなら勝手に逃げればよいではないか」

「それがそう簡単にはいかんのさ」

九鬼嘉隆は家臣を各湊に派遣して伊勢湾を巡回警備するだけでなく、志摩から三河渥美半島への航路上にある大築海島に見張砦を造って兵船を常駐させていた。日頃沿岸部のみで漁をする漁民が大築海島より東へ向かえば怪しまれ、たとえ駐留船団を振り切れたとしても狼煙で伊勢大湊に拠点を構える巡回船団を呼ばれてしまえば逃げ切ることはできない。まして村総出の脱出となれば大きな犠牲が出かねなかった。

「待て待て、お主、漁民らの脱出行を手助けするつもりではあるまいな」

鳥屋尾は眉根を寄せて大きく息を吐いた。

「今が北畠にとってどのような時か、それがしが使者に向かうことにどのような意味があるのか、あれほど言うたではないか。民の難儀は確かに不憫である。だが今はそれがしを無事に、一日も早く甲斐へ送り届けることを優先せよ」

「それはできない」正綱は首を振った。「海賊の掟に反する」

日本には一万四千以上の島がある。海とは阻み隔てるものではなく、繋ぎ行き来する場所だと考えた海賊衆は誰でも交易相手あるいは仲間に迎え入れた。そして仲間を見捨てず、困難においては全員が全力を尽くし、共にあって共に栄えるとの掟を定め、いついかなる時も守ることを求めた。

「俺は伊賀に生まれたが、年の半分は海にあって海賊の掟を守るとも誓った。破れば追放だ。加えて小浜民部殿は義理の叔父で、小浜浜の皆には世話になっている。青海苔被ることはできん」

為さねばならぬ義理を果たさぬことを志摩では青海苔被るという。正綱の言葉に、鳥屋尾も小さく首を振って更なる反論を飲み込んだ。

「それほど掟が大切だというのなら、それもよかろう。だが、わしと小浜の民とを無事に送り届ける策があるのだろうな」

「無い」

断言した正綱は苦笑を浮かべて大きく伸びをした。

「俺もさっき話を聞いたところだ。そんなすぐに思いつくかよ」

正綱と鳥屋尾だけならば、見付かったとしても通行料を払えば済む。だが多数の小浜衆を逃がすとなれば多くの命を背負い、更なる危険を冒すことになる。口調は冗談めかしていたが、海に向けた正綱の瞳が鋭く細まった。

「北畠の侍大将なら、どのような策を用いる」

「海は広いのだ。大回りして大築海島から離れた海域を突っ切ればよかろう」

「無理だ。迷う」

正綱は首を振って即答した。

海の上に目印は無いため、漁民は湊や山の見える沿岸から離れることなく、日のある内に戻る。坂東(ばんどう)などへ遠出する廻船も昼間に陸影や島影の見える沿岸部を伝い進み、天候が悪ければ船を出すことは無い。まして五艘以上の船団となれば、はぐれる船が出るのは必至だった。

「ならば数回に分けてはどうだ」

「村にも巡視が来るんだ。うまくごまかせればいいが、下手すれば半分も逃げられないな」

九鬼衆は漁の成果から税を徴収する際、浜に村人全員を集める。毎日のことではないが、数が減れば見咎(みとが)められるのは必定だった。

「なるほどな。ならば、どうするか」

顎鬚をしごいて鳥屋尾は唸った。

大築海島の見張砦から見付からぬように海を渡ることはできず、いっそ攻め込むとしても狼煙を上げられて巡回船団が集まってくれば小浜衆の命運は尽きる。少人数での奇襲ならば火攻めが有効だが、立ち上る煙と炎は狼煙以上に巡回船団の目を引くに違いない。

「さすれば、囮(おとり)を使うしかあるまい」

囮の小浜衆が海域を横切れば、砦の九鬼衆は当然船を出す。だが自分たちで処理できる数ならば、狼煙を上げて巡回船団を呼ぶことはないだろう。その隙に小浜衆の本隊が伊勢湾を渡り、囮に紛れた鳥屋尾と正綱が九鬼衆を防ぎ、狼煙も阻止する。

「だよな。俺もそれしかないと思う」正綱も頷いた。「とはいえ、囮が軽すぎれば砦に多くの兵が残って狼煙を上げられてしまうし、重すぎて完全武装の上に総がかりでこられると抑えきれない。侮らせ、かつ全員で押し寄せるような囮じゃないとな」

「そんな都合のいい囮が有るものか。いや、待て。ならば老人や女子供ばかりの船を流された体で囮にするのはどうだ」

「確かにそれなら」呟いた正綱は考え込んだ末に首を大きく横に振った。「だめだ。砦から何人出てくるか読めないし、囮となった者を危険に晒すことになる。全員無事にとは望みすぎだとしても、はじめから犠牲にするような策は取りたくない」

「成就に犠牲は付きものぞ」厳しい声で告げた鳥屋尾は咳払いして言葉を続けた。「だが、こうなったからには言っておかねばなるまいが、それがしはその、船が苦手なのだ。どうにもあの揺れが吐き気を催してだな、弓を引くどころか、立っていることさえ叶わぬ」

「なんだって」

天を仰いだ正綱は、両腕を組んで唸った。

「仕方ないか。船酔いは気の持ちようだけではどうしようもないからな。それならとっさんには島に上陸してもらって、俺が船に残る策を考えてみよう」

正綱は右の人差指と中指を揃えて伸ばし、左手指で作った筒の中に差し入れた。瞑目(めいもく)して呼吸を鎮めると、刀を鞘から抜くように右手指を前へ払って縦横に空を切る。

「臨、兵、闘、者、皆、陣、列、在、前」

修験者から多くを学んだ伊賀衆に伝わる、精神統一のためのまじないである。そして指先を伸ばして揃えたまま啄木鳥(きつつき)のように幾度も額を叩いた。

だが正綱が答えを出すより早く海老(えび)網を仕掛けた船が戻り、浜小屋から赤胴色に肌の焼けた男たちを迎える良い匂いが漂いはじめた。正綱と鳥屋尾の鼻がひくつき、盛大に腹が鳴り響く。

「腹が減っては思案も痩せるな」

二人を呼ぶ声に応え、正綱は大きく息を吐き出して右手指を左手の鞘に収めた。

「まずは馳走になって英気を養うとしよう」

長の家に草鞋を脱いだ正綱の前に、色鮮やかに茹(ゆ)で上がった小海老が山盛りに置かれた。殻ごと口に放り込むと塩が効いてなお甘い肉と柔らかな皮が弾けて跳ね回り、飲み込むより早く次の手が伸びて止まらない。

続いて切り身の盛り合わせが大皿で置かれた。志摩は古来朝廷に海産物を献納する御食(みけつ)国(くに)であり、春先の伊勢湾では赤魚、目張、石持、鮎魚女(あいなめ)などが豊富に捕れる。どれも先程まで海で泳いでいたものばかりであり、透き通るように身の色合い美しく、箸で持ち上げても反り返るほどに身が締まっている。淡白な白身でさえ添えられた藻塩の一振りで目を瞠るほどに味わいが増した。

「めひび汁、やった」

両手を伸ばして汁椀を迎い受けた正綱は湯気と共に立ち上る香りを吸い込むや、口の端から弛みきった息を漏らした。

めかぶとも呼ばれる若布の根元を細く刻み、鰹だしを効かせたすまし汁である。箸で摘めぬほどにぬめりがあり、熱いのを息を吹きかけながら一気にすすると、えもいわれぬ旨味が打ち寄せた。

「確かに、うまいな」

先程からうまいとしか言わなくなった鳥屋尾も忙しく箸を動かし続け、二人の健啖ぶりに炊事場の慌ただしさが増した。炭火が爆ぜ、焼魚が饗される。伊勢海老、黒鯛、そしてうまいとはこれを食ってから言えとばかりに冬鰡の粕漬け、鯨の味噌漬けまでが皿に載る。水分が程よく抜けたところに味噌や酒粕が染み込み、旨味の熟成した取って置きの中の取って置きである。どれも溶けた脂が焼き目の付いた表面を滴り落ち、食欲を誘うように照り輝いていた。

そして顎髭を撫でるのも忘れて打ち震える鳥屋尾は、蛸飯を口に運び入れるや目をむいて大きくのけぞった。薄切りにした蛸の炊き込みご飯だが、伊勢湾の蛸は伊勢海老を食べて育つため、身の端々まで旨味と弾力に満ちている。そして米一粒一粒にまで染み込んだ芳潤な味わいが噛むほどに全身を駆け巡り、箸休めの岩のりでさえ歯ごたえ豊かで鼻から脳天へと潮の香りが吹き抜ける。鳥屋尾は一噛みごとに頭も体も揺らして口福を満喫した。

「わしはこの世で最後に食いたいものは鮑(あわび)のすり流しと決めておったが、この蛸飯には決意が揺らぐな。腹がはちきれそうなのに、箸が止まらん。なあ、小浜衆は毎日こんな美味(うま)いものを食べて……」

二杯目を所望する鳥屋尾の傍らで、正綱は箸を置いたまま蛸飯をじっと見つめていた。瞳を大きく見開き、頬も、全身さえ細かく震わせる。

「熱い内にお食べくだされ」長が笑みと共に勧めた。「持って行けぬものは食べてしまわねば」

志摩は海と山が大半を占めて、漁民は日々食べる米でさえ伊勢や三河から買わざるをえない。日常は雑穀を八割近く混ぜた飯しか食べられないところへ九鬼嘉隆の重税である。生活は苦しく、蛸飯など正月か婚礼ぐらいにしか食べられないが、そうまでした蓄えも小舟では全てを運ぶことはできない。

ましてや小浜衆が置いて行くものは食糧だけではない。伊勢湾は波穏やかで、年間を通じて様々な海藻や魚介類、鯨まで捕れる豊かな漁場であり、網を仕掛ける海上の一角でさえ売り買いや質の対象に認められている。そうでなくとも先祖代々住み慣れた土地には、岩場や松の木一本にまで思い出が染み付いていた。

「いただきます」

正綱は身を正し、蛸飯を拝して口に運んだ。全力で噛み締めて味わい、一粒さえ残さぬよう次々と腹に収めていった。

不意に強い風が壁を揺らした。

「だしの風やと、明日は雨になるかもしれんな」

船を出すのも天気次第の漁民にとって、気象は最大の関心事である。長を含めた幾人もが浜辺に出て空を見上げた。

正綱も後に続くと北風が思いの外強く吹いていた。志摩では風を背にして左から右へ雲が動くのは天気が崩れる前触れと伝えられている。いつしか雲は厚みを増し、月や星を隠していた。

「まあ降っても春雨や。大降りはせんやろ」

それでも長の言葉に漁民らが浜辺に散った。夜闇に溶け込んで黒い小山に見紛うハサバに取り付くと、干していた海藻や魚を総出で集めにかかる。

「それだ」

唐突な叫び声に漁民らが振り返る中、正綱は鳥屋尾や長らを呼び集めて計画を話した。

「要は警戒させないことだ。ハサバに干物、それから若布を沢山用意してくれ。なにより皆が心を合わせて動いてくれることが肝要になる。できるか」

正綱は皆の顔を見回し、頷く瞳の光を見やって言葉を続けた。

「決行は明朝。舳乗は俺ととっさんが就く。もし、しくじったら皆は浜に漕ぎ戻ってくれ。

それだけの時は稼ぐ」

舳乗とは船の前方先端部のことであり、船団の指揮を執ることも意味する。だが同時に最も危険の大きい持ち場でもあった。

「うまくいかせましょに」長は緊張を払うように笑い、幾度も頷いた。「青海苔ならず若布を被るとは良案至極。さあ、支度に取りかかろうぞ」

長の言葉に、改めて漁民らが散った。

「とっさん、巻き込んですまない」

「今更何をしおらしげに」鳥屋尾は低く声を上げて唸った。「先程の策、不備は無いように思うが、確信は持てぬ。いや、うまくいったところで蜘蛛舞(くもまい)ぞ」

蜘蛛舞とは綱渡りの曲芸を意味する。鳥屋尾の視線はこれまでになく厳しいが、正綱は眉を上げて笑った。

「綱ならば慣れたものさ。なにせ、俺は正綱だからな」

「まあよいわ」鳥屋尾は鼻を鳴らして顎髭をしごいた。「これこそ乗りかかった船か。甲斐へ無事に渡るためだ。全力で相勤めるまでよ」

降り始めた雨の中、小浜衆の船団は夜闇の残る浜を出港して北へ進んだ。東の空は漆黒から灰鼠へと次第に明度を上げていったが、太陽は一瞬姿を見せただけで雲に隠れ、濃い鈍色(にびいろ)より明るくなることはなかった。

晴れていれば渥美半島まで見渡せる伊勢湾ながら、出港したばかりの小浜浜さえすぐに見えなくなる。今は背後に遠ざかる崖に焚いた大篝火しか方角を示すものは無かった。

「周りをよう見とれよ。答志島が見えたら、すぐ言うんやぞ」

「も、もし見えなかったら」長の言葉に青ざめきった鳥屋尾が、船べりを摑んだ指を白く強張らせて正綱に尋ねた。「そ、そそ、そのまま遠江まで辿り着けるということか」

「いや、西か北かに行き過ぎたということだ。大湊の巡回船団が鮫のようにうようよと集まる只中に飛び込むことになる」

鳥屋尾が大きく身震いした直後に声が上がった。右に霞む島影を答志島北西の平手崎と見当を付け、雨が強まったり弱まったりを繰り返して霧さえかかる中を船団は答志島に沿うように向きを変える。

やがて答志島の東端を過ぎると、正綱と鳥屋尾、屈強な漕手二人を乗せた船が船団を離れた。

「ご武運を」

「皆も万事抜かり無く、怪我の無いようにな」

これ以降は連絡を取り合うことはできず、互いの状況を知ることさえできない。無事に伊勢湾を渡り切るためには、互いが策のとおりに進んでいくよう祈るしかなかった。

「さあ、急ごう」

正綱は四畳ほどの木綿帆を張った。

綿花は広い平野と温暖な気候、なにより伊勢湾で大量に捕れる鰯を肥料にすることで大量生産が可能となった伊勢の特産物である。収穫した綿を紡いで糸とし織り上げた木綿帆は、防水性、耐久性、速力などあらゆる面で従来の茣蓙帆を凌駕して伊勢志摩の海賊衆や廻船集団に大きな優位をもたらしており、正綱も向井家を示すひらがなのむの字の大きく描かれた帆を広げると、大築海島南西岸に舳先を向けて速度を上げた。

だがどれほども進まぬ内に、前方の陰影が不意に一艘の船の形を成した。小雨と霧に阻まれて音も聞こえなかったが、気付いた時には九鬼の船印さえ見分けられる距離にある。

「い、射倒すぞ」

青い顔のまま震える指を弓に伸ばす鳥屋尾を制し、正綱は立ち上がった。

「逃がしたら一巻の終わりだ。もっと近づくまで待って、油断を誘ってくれ。合図する」

帆柱を登り帆布に隠れた正綱が最上部から見やると、近づく小早船に四人の九鬼衆の姿があった。短い小袖をだらしなく着崩して胸から褌まではだけていたが、漕ぎ寄せる息に乱れはない。

そしてもはや逃げることもできない距離に近づいていた。この期に及んで砦の九鬼衆に報されては奇襲は成功し得ず、対応に手間取って小浜衆に遅れても多くの犠牲を出すことになる。正綱は足だけで帆柱にしがみつき、鉤縄を帆柱にきつく結わえた。

「そこな船、停まれ」

船べりに足をかけて九鬼衆が笑った。

「朝からいい獲物がかかったぜ。通行料を払ってもらおうか」

「つ、通行料とは、い、い、い、異なことを」鳥屋尾は首を振りつつ帆柱の上の正綱と視線を交わした。「こ、こ、この海が貴殿らのものだとでも。いや、いやいや、は、払ういわれは、な、な、な、無い」

「震えながらのその大言、気に入った。だが高くつくぜ。やい、帆を下ろしやがれ」

気勢を上げた九鬼衆は船を更に漕ぎ寄せて船槍を振りかざした。船槍は兵器であると同時に、穂先近くについた鉤を引っかけて接舷するのにも使われる。だが九鬼衆の船が間近に迫るや、合図を受けた鳥屋尾が大きく舵を切った。旋回する帆布の陰から縄にぶら下がって飛び出た正綱が、乗り込もうとする九鬼衆の胸板を蹴り飛ばす。そして反動で宙を回るやもうひとりの顎に膝を叩き込み、着船と同時に片側の側板に体重を乗せた。

山野を駆け、岩に登り枝を跳ぶ伊賀衆の日常は平衡感覚の鍛錬そのものであり、海にも船にも親しんだ正綱は波への対処も体に染み込んでいる。斬りかかろうとして大きくよろけた九鬼衆の刀に打刀を合わせ、返す刃で九鬼衆の腕の内側を斬り裂いて刀を弾き飛ばした。

「ひ、ひとり逃げるぞ」

鳥屋尾の叫びと水音が上がるのが同時だった。正綱も駆けながら打刀を置き、いくつもの小袋を結わえた革帯を外して海に飛び込む。抜き手を切って泳ぐ九鬼衆に蹴られないよう横に並ぶと、腰の短刀に伸ばそうとする手を摑んでそのまま腰に抱きついた。

「や、やめ……」

引き剝がそうとする動きを制し、正綱は暴れる九鬼衆を海中深くに引きずり込んだ。溺れまいとする激しい抵抗は、だが大きな泡を吐き出して短く終わる。意識を無くした体を抱えて浮上した正綱は漕手の力を借りて九鬼衆を船に押し上げた。

「急ごう」

船によじ登った正綱は海水を滴らせたまま艪を取った。ひとつなぎに縛り上げた四人の九鬼衆を曳航した船に放り込み、再び東へ船を走らせる。

やがて岩礁と砂州を縫うようにして南西から大築海島に船を着けると、正綱は鳥屋尾と頷きだけ交わして砦へと駆け上った。高さはさほどでもないが、切り立った岩場が連続して嶮しい上に足に刺さる。それでも頂上の砦を囲む風よけ程度の板壁にまで辿り着くと、身体をくっつけて中の様子を窺った。

「おい、鯨だ。鯨だぞ」

間をおかずに沸き立った叫びが砦で反響した。無数の海鳥のけたたましい鳴き声が近づく中、歓声と慌ただしい足音、銛を持ち出す金属音が砦の中を駆け巡る。

鯨は一頭捕れれば七浦潤うといわれる一攫千金の獲物である。鯱に追われ、あるいは迷い込んで沿岸部に現れるのはごくまれであり、永禄十二年（一五六九）に織田信長が朝廷に献上したことが特記されるほど希少性が高い。食材格付では常の最上である鯉よりも上位とされ、鬚は弓の弦、脂肪は油、歯は工芸品にともれなく活用される。砦中を駆け巡った無数の足音は次々と浜辺へなだれ降りた。

だが九鬼衆が鯨と見たのは小浜衆の船団である。連結した船上にハサバを打ち立て若布を被せて黒く覆い、雨と厚い雲と早朝の薄暗さとで偽装の粗さをごまかした上に、大量の干魚を載せて無数の海鳥を呼んでいた。鰯鯨や背美鯨は烏賊や魚の群れを海面付近にまで追い込んで一気に飲み込むため、横取りしようと海鳥が上空に群れなして集まる。経験豊富な漁民ほど、海鳥の群れを鯨の目印にすると正綱は知っていた。

なにより欲深な砦の九鬼衆であれば、鯨の利得を独占しようと狼煙を上げないとの予想が的中していた。

正綱は一転して静まり返った砦の板壁に鉤縄をかけてよじ登った。駆け回った足音の反響から、砦内部が壁や仕切りの無いひとつづきの広間だとの見当がついている。騙されたことに気付いて戻った九鬼衆に狼煙を上げさせないことが正綱の役目であり、欠伸をしながら外へと出てきた男に板壁の上から飛びかかるや無防備な脇腹を柄頭で突き上げ、意識を失った体を蹴り倒して内部に飛び込んだ。

浜辺からは早くも悲鳴が響いていた。

鯨を狩るつもりで銛と小刀しか持たぬ九鬼衆が船に乗り込んだところを、高い岩場に陣取った鳥屋尾が射倒す手筈である。船や身を隠すものの無い浜辺に鎧も着こまずにいては速射を避けようがなく、岩が切り立って散らばる浜辺は九鬼衆が逃げることも鳥屋尾に近づくことさえも阻む。

「やってくれたな」

広間の奥、刀掛から長大な大太刀を取った寝間着姿の男が正綱に振り返った。掻き鳴らされる弓弦（ゆづる）の音と悲鳴とが立て続けに響く中、顔色ひとつ変えることなく大太刀を抜き放つ。

「逃げ場は無いぞ」

「あるとも」男は大太刀を右肩に担ぐようにして、鍔（つば）を口元まで持ち上げた。「貴様を斬り、狼煙を上げる。後はしばらく持ちこたえればよいだけのこと」

大きく踏み込むや、男は大太刀を横薙（よこな）ぎに一閃した。後ろに跳んだ正綱は返す刃を潜ってかわしたが、頬に鋭い痛みが走る。更なる斬撃が皮一枚を切り裂き、小袖の胸元から切れた端が垂れ落ちた。避けてはいたが、大太刀か男の腕かが正綱の予想を超えて長く、速い。

「ちょこまかと」

男は左肩に担いだ刃で更に低く薙いだ。正綱は前へと跳んで刃をかわしたが、体が入れ替わるや男は外への唯一の出口に向かって駆け出した。

「待て」

反射的に追いかけた正綱の眼前で、男が立ち止まって振り返った。壮絶な笑みを浮かべて腰を深く沈め、膝を床に擦らせながら大上段に振りかぶる。

ここまでの斬撃が全て横薙ぎだったのは、振りかぶれば大太刀の長い切先が天井に食い込むからだと正綱は踏んでいた。ならばこそ追走したが、大太刀は正中線を真っ向から斬り下ろす軌道を予告している。そして前のめりに駆け込んだがゆえに、正綱は後ろにも横にも跳べず、致命的な一撃を避けきれない間合にあった。

「死ね」

切先が走るや、正綱は床を蹴った。

身を投げ出すように更に前へ、天井をかすめた刃が落ちかかるより早く男の内懐に飛び込む。

真上に掲げた正綱の刃が、振り下ろされた男の両腕に食い込んだ。皮を裂き、肉を断ち、深く骨にまで達する。横へ跳びながら引き斬るや、幾筋もの深紅の弧が鼓動に合わせて噴き上がった。

「これで終わりだ」

出血は多量で、痛みも耐え難いに違いない。苦悶（くもん）の息を漏らしながら、それでも男は半ば両断された手から大太刀を離すことなく壁に背を預けて立ち上がった。

「よかろう。我が命は呉（く）れてやる。だが、貴様の命も貰うぞ」

男は両肘を腹に押し付けて切先を正綱に向け、獣めいた叫び声を上げて体ごとぶつかってきた。避けなければと正綱の頭は命じたが、あまりに凄まじい気迫と、胸をまっすぐ貫こうとする切先に押さえ込まれて足が動かない。

弦の弾ける音が響き、男の頸動脈（けいどうみゃく）が破裂した。噴き上がる血が新たに天井へと跳ね上がり、男は正綱のすぐ傍らをよろめきながら過ぎて横ざまに倒れた。

「下は片付けた」

新たな矢をつがえて入ってきた鳥屋尾が左右を見回し、倒れた男を覗き込んだ。

「堀田備前(ほったびぜん)か。九鬼衆の中でも指折りの豪の者よ。でかしたな」

「殺したくなかったんだ」正綱は光を失った男の瞳を凝視したまま呟いた。「だって、死んだらおしまいだろ」

「姫を追っていた甲賀衆を畑ですぐに始末しなかったのもそれゆえか。だが、戦とは殺すか殺されるか。それが武士の掟と心得べし。あの四人も始末しておいた」

目を見開く正綱の前で鳥屋尾は堀田備前の首から矢を引き抜き、入り口で気絶していた男の首に突き立てた。

「しかし見事な策であった。狼煙を上げさせず、ひとりの犠牲も出さずに九鬼衆を全員屠(ほふ)るとは。それがし、心底感服つかまつった」

鳥屋尾は深々と一礼すると外に出て勝鬨(かちどき)を上げた。沿岸の小浜衆の船団からも応えるように大きな歓声が上がる。

正綱は広がり続ける血溜(ちだ)まりの傍らで震えていた。

三

小浜衆と合流し、正綱は再び東へ向かった。

西から追って来る船影は無く、神島(かみしま)を過ぎてしまえば渥美半島伊良湖(いらご)岬は指呼の間である。三河を領する徳川家にも海賊衆はあるが弱小な上に九鬼衆との連携はまったく取れておらず、偽装を外した船団は風に押されるようにして伊良湖水道を渡った。

武田の海賊衆として禄(ろく)を食(は)む父正重の所領は駿河遠江に二十箇所ほどあって、駿河遠江の境である大井(おおい)川河口西岸の吉田(よしだ)に小浜民部と隣り合わせて屋敷がある。遠州灘(えんしゅうなだ)を更に東へ進み、御前崎(おまえざき)を回り込んだ正綱は夕日に染まる吉田湊の沖合で船団を停めた。

廻船であれ小舟であれ、遠来の船がいきなり湊に入ることはない。湊に近づくほど浅瀬となって波の下の砂州や岩礁にぶつかる危険が増し、地元漁民が網を仕掛けていることもある。勝手に入港して網を切れば弁済せねばならず、座礁して僅(わず)かでも荷に海水がかかれば湊の氏神が欲しているとして全て没収されるしきたりだった。

やがて、むと記した旗を翻して数艘の船が近づいて来た。舳乗に立つ肌も髪も焼けた初老の男が正綱を見出(みいだ)すや、白い歯を見せて大きく手を振った。

「正綱ではないか、久しいな。元気か。己を楽しませてやっておるか」

相好を崩した正綱の父正重は続けて何事か言いかけたが、鳥屋尾と続く小浜衆の船団に視線を向けて眉根を寄せる。そして更に船を寄せた正綱が手短に説明すると、口を引き結んだまま幾度も頷きを返した。

「ならば小浜衆は一旦、我らの船着き場へ案内いたそう。小浜殿へは正勝を遣わす。江尻にはわしが伝えに行くとしよう」

「助かります、父上」

いくら本貫地の住民とはいえ、他国からの集団移住となれば勝手には行えず、江尻に住まい駿河遠江を管轄する武田家重臣の承諾も得ねばならない。正綱は頬を強張らせながらも頭を下げた。

「鳥屋尾殿、お久しゅうござる。遠路お疲れでございましょう、我が館にておくつろぎくだされ。積もる話もござれば、後ほど一献、傾けましょうぞ。正綱も同席いたせよ」

「いいえ、急ぐのです」

父の言葉を遮って正綱は言った。

「躑躅ヶ崎までは遠く、北畠様の御意向で急がねばなりません。今夜は夜旅するつもりですので、酒宴はどうかご容赦を」

「だが、お前も久方ぶりに家に戻ったのだ。ほんの一刻(約二時間)ほどで良い。どうだろう、鳥屋尾殿」

「困るのです、父上」

父は大仰なほどに眉と肩を落としたが、正綱は更に声を強めた。

「父上が江尻から戻り次第出立いたします。それまで俺は奥で寝させてもらいますので、姉上にもどうかお報せなきよう。とっさんは話があるなら父上の船に移って今の内に済ませておいてくれ」

「そんな顔をして、どうかしたのか」

「そんな顔とはどんな顔だ」

「お主のその顔よ」口早に聞き直した正綱に鳥屋尾は言った。「怒って、悲しんで、辛そうで、寂しがっておる」

「眠いだけさ」

正綱は大きくあくびをすると、父に背を向けて艣を手に取った。

「昨夜から気が張りづめだったからな。だが忘れるなよ、俺が急いでいるのは姫さんや北畠のためだからな」


小浜衆を船着き場へと案内し、正綱は奥座敷へ入り込んだ。蔀戸を締め切って光を遮ると、潮風と血飛沫に塗れた小袖を脱ぎ捨てて横になる。鳥屋尾に嘘を言ったのではなく、頭が重く、疲れていた。眠気も押し迫っている。それでも暗闇の中で瞳を閉じていながら、自分でもどうすれば鎮められるのか解らないほど呼吸が乱れていた。

堀田備前の死に様が、波打ち際に斃れた多くの九鬼衆の姿が、頭から離れなかった。策がひらめいた段階では思い至らなかったが、狼煙を上げさせないとは九鬼衆を皆殺しにすることに他ならない。小浜衆を助けるためには避けられないことだったと自らに言い聞かせたが、意識はその度に砦の板壁を登ったところまで引き戻された。

苦しさに耐えかねて正綱は目を開いたが、気を紛らわせようにも蔀戸は周囲の景色を遮っている。半身を起こしたが、再び寝転がって大きく息を吐いた。心から締め出したい思いはもうひとつあった。吉田の屋敷は門も庭も廊下も、以前と何も変わっていない。どこからでも声が聞こえるようなのに、どこを向いても姿を見付けられない。心底理解しているつもりだったが、いつしか捜すように視線が彷徨いはじめていた。

不意に、裳裾を引きずる柔らかな足音が外の廻縁を近づいてきた。

「正綱さん、さわです。入ってもよろしいですか」

姉の声に背を向け、正綱は寝息を装った。返答も反応も無い内側の様子に一度止まった姉の指が、しばらくの逡巡の末、蔀戸を静かに押し上げる。

「正綱さん」

姉の声がよりはっきりと聞こえた。目を覚ました体で振り返る好機であったが、寝た振りをしていたと知られたくもなかった。目を瞑って寝息を作る正綱の背後で室内を進む足音と息遣いが近づき、すぐ傍らに座った姉は漣を打たせて正綱の身体に打掛をかけた。

父正重と先妻との間に生まれたさわは、腹違いながら正綱のただひとりの姉である。嫌う理由は無く、避ける必要も無い。数年前までは仲の良い姉弟であり、正綱が伊賀から持ち帰った柿や山菜を最も喜んでくれたのがさわだった。

さわが悪いのではない。意地を張っているのは自分だと解っていたが、正綱は声を上げることもできず、目を瞑り続けた。

だが次に目を開けたとき、室内は完全に闇に包まれていた。さわが立ち去るのを待つ間に本当に寝てしまったらしい。夜旅すると宣告して寝過ごしては、父にも鳥屋尾にも合わせる顔がない。正綱は打掛を身体から除（の）けると、汚れた小袖に再び袖を通して廊下に出た。

廊下を数歩と進まぬ内に賑（にぎ）やかな笑い声が聞こえてきた。父と義兄、鳥屋尾、そして義理の叔父小浜民部の声である。目が細いため、笑うと白い歯ばかりが眩（まぶ）しい生粋の海の男の声は今宵（こよい）ひときわ響いていた。小浜衆の受け入れのこともあり、挨拶（あいさつ）せずには済まされない。とにかく月の位置で時刻を確かめようと廊下を急ぐと、見知らぬ男が南の縁側に座って夜空を見上げていた。

年の頃は五十がらみ、地味な青鼠（あおねず）の直垂を着た小柄な男である。額や顎の骨が浮き出るほどに肉が薄く、こけた頬の皺が透けて見えるほどに髭もまばらで少ない。それでも月に向けられた瞳は黒々として大きく、童子のような晴れやかな笑みを浮かべていた。

「良い月ですな」正綱に気付いた男は軽く会釈して、再び視線を月に向けた。「笑われるかもしれんが、甲斐の山ではどれだけ手を伸ばしても届かぬ高みに見えた月が、海辺では網にでもかかりそうに近く大きく見える。不思議なものだ」

「笑いませぬ」

見知らぬ男に、正綱は目上の礼をとった。年長であるのは確かであり、直垂を着用しているのは身分の高い証である。なにより突然に現れた正綱にも、悠々と落ち着き払って親しみを見せている。正綱も少し離れた縁側に座って空を見上げたが、時刻の見当を付けるより早く、懐かしい声が耳朶に蘇った。

「俺、いや、私もこの浜辺にて月を捕ってくれとねだったことがあります。すると母上が捕ってくれました。竹筒に水を張っただけなのですが、覗き込めば確かに月が入っている。その竹筒は長く私の宝物でした」

「なるほど。御身の御母上は知恵者であらせられる」

目尻に深い皺を刻み、男はゆっくりと頷いたが、続けて口を開く前に書院の障子戸が開いた。

「山県様」顔を出した小浜民部が二人の顔を見やった。「手水からなかなかお戻りになられぬと思えば甥御殿とお話しでござったか。お二人がおらねば、座が盛り上がりませぬ。ささ、中へ」

すぐにも出立せねばと腰を引いた正綱も強引に書院へ引き込まれたが、山県とは武田家にて由緒ある名跡である。とりわけ現当主の勲は広く知れ渡っており、正綱は上座に座った小柄な男の顔をまじまじと見やった。

「もしや山縣昌景様でございますか、あの赤備えの」

「いかにも。日頃から赤い直垂や小袖を纏うてはおらぬがの」

正綱は口を開けたまま、瞬きを繰り返した。

山県昌景は馬場美濃守と並び称される武田家の重臣である。槍をとっては上杉家随一の猛将柿崎景家さえ蹴散らし、向かうところ敵無しと謳われる武勇もさることながら、率いる赤備えの兵団が戦場に姿を見せるだけで敵は浮足立つ。そして占領なったばかりの駿河遠江を任されて旧今川家臣を背かせず、徳川北条を相手にして攻め入る隙さえ与えていない。

武田信玄の信頼厚い勇将にして行政家、なにより悪鬼か羅刹かと恐れられる荒武者を正綱は様々に想像していたが、目の前にいるような痩身の小男を思い浮かべたことはなかった。

「正綱」父が小さく咳払いした。「お礼を申せ。此度の小浜衆の受け入れ、鳥屋尾殿の来訪についても随分とお骨折りいただいたのだぞ」

「それでは」

「おうとも、小浜衆は我が所領にて引き受けるお許しをいただいた」

輪郭からはみ出すほどの笑みを浮かべて小浜民部が正綱の肩を強く叩いた。

「余儀なきことではあったが、わしは見捨てるも同然に故地を逃げ出したのだ。民の苦境を知り、歯を食いしばって船を集め、兵を練っておったが、相手は九鬼だ。砦ひとつとはいえ生半可な兵船では雪辱を果たすこと叶わぬ。ところが、甥御殿が鳥屋尾殿と二人だけで片付けてしまわれた。なんたる知略、なんたる果敢よ。我が甥ながら惚れ惚れする。酒がうまくて堪らんわ」

「咄嗟の思いつきですし、とっさ、いえ、鳥屋尾殿の弓の腕前あってこそ上手くいったのです」

「さりとて堀田備前は容易く討ち取れる相手ではない」義兄も声を弾ませて正綱に持たせた盃に酒を注いだ。「鳥屋尾殿が砦に入ったのは討ち取った後だったとのこと。ぜひ、仔細を聞かせてくれぬか」

「それは……」

正綱の視線を頬に受けて、鳥屋尾はあらぬ方を向いて盃を口に運んだ。善意から手柄を譲ってくれたと察しがついたが、潮風よりも濃い血の匂い、殺意を放つ切先、光を失っていく瞳が続けざまに再び脳裏に蘇り、更にはあの時の激情までもが灼熱して腹の底で渦を巻く。思いを抑え込もうと震える手で流し込んだ酒は、こわばった口の端からこぼれ落ちた。

「違います。違うのです」

だが正綱が続けて怒声を発するより早く、大きく手鳴が響いた。

「そうそう、忘れるところだった」

手を合わせたままの山縣が口を開いた。

「手形と添え状を持参いたした。躑躅ヶ崎館へ貴殿らのことは先程伝奏しておいたが、これがあれば無用の足止めを受けることはあるまい。遠慮せず使ってくれ」

舌をもつれさせながら礼を言う正綱に、山縣は懐から取り出した書状を手渡した。

「いや、聡明(そうめい)で心のまっすぐな若者を見ると心が晴れる。来た甲斐があったというもの。しかし潮の都合もあるだろうに、出立を遅らせるは本意ではない。武功話はまたこの次、ゆるりと聞かせてくれ。頼みおくぞ」

言いながら山縣は立ち上がり、引き留めようとする小浜民部をなだめながら廊下へ出た。

「城代とは堅苦しいものでして、勝手に他所(よそ)で夜を過ごすと御屋形様に叱られてしまうのです。わしは戻らねばなりませんが、どうかみなさんはこのままで。どうか、このまま、このまま」

「では、お見送りいたします」

正綱は鳥屋尾を促して立ち上がった。父や義兄も山縣の重ねての言葉に、腰を下ろして正綱に任せた。

「その、ありがとうございました」

足早に歩きながら正綱は小さく頭を下げた。館に入った時から波立っていた思いが重なったのか、先ほどは自分でも抑えが利かないほどに気持ちが高ぶっていた。もし激情のままに言葉をぶちまけていたら、皆を傷つけ、正綱自身も死にたいほどの自己嫌悪に駆られていたに違いない。

「盃越しの瞳に覚えがあってな」山縣は細めた瞳を烟(けぶ)らせた。「わしもかつて兄に言うてはならんことを言ってしもうたことがある。肉親を傷つけるのは、辛いものよ」

永禄八年（一五六五）、武田信玄は謀反を企てたとして嫡男義信(よしのぶ)の傅役(もりやく)飯富虎昌(おぶとらまさ)らを粛清し、義信も廃嫡幽閉して自死に追いやった。今川義元の討死後に駿河遠江への侵攻を打ち出した信玄に対して、今川家より正室を迎えて同盟の堅持を望む義信ら親今川派の反発を招いた末の処罰だが、飯富虎昌の謀反を訴え出たのは当時飯富三郎兵衛を名乗っていた実弟の山縣昌景に他ならない。

あるいは謀反の首謀者は義信自身であり、飯富虎昌は止めようとして止めきれず、それでも傅役として一切の責任を被ったのかもしれないが、ならばこそ葛藤は深い。たとえ由緒ある山縣の名跡を与えられても、兄と共に鍛え上げた武田家最精鋭家臣団を咎め無しに譲り受けたとしても、簡単に割り切れるものではなかった。

「それでも良き主に仕えるのは悪いことではないぞ」

山縣は大きく息を吐いて正綱の肩に手を置いた。

「わしのような何の取り柄も無い田舎武士でさえ、御屋形様のお引き立てのおかげで赤備えの山縣昌景と知られるようになったのだ。池が大きければこそ大魚は育ち、大海に出れば鮒が鯨にもなろう。なによりそなたには向いておると見るがな」

月に照らされ正綱は駿河湾の沿岸部を渡った。風と潮が船を運ぶために、むしろ流されすぎないよう心がけて舳先の向かう先を整える。

「確かに急ぎとは言うたが、酒宴どころか家族水入らずで一晩を過ごしてもならん、とまでは言うておらんがの。父君と不仲でもあるまいに」

波が穏やかだからか、あるいは酒の力を得てか、鳥屋尾は船酔いに苦しむことなく独り言のように呟いたが、小さな船上には二人しかいない。正綱は艪を持ったまま鳥屋尾に向き直った。

「どこまで聞いた」

「いや、何も」

鳥屋尾は土産に持たされた瓢簞(ひょうたん)を呷った。

「それがしが正重殿と会うたのは三十年振りよ。それに正重殿はお主のことを尋ねるばかりでな」

「ならば父上が北畠を辞してから」正綱は暗い海に視線を落とした。「いや、母上のことから聞いてもらう方が良さそうだな」

二十年ほど前、伊賀の正重の館を大和(やまと)の土豪長谷川長久とその一族の者たちが訪れて宿を乞うた。戦から逃れ新天地を求める長久らだったが、着の身着のままの長旅に心労が募り病人も出ていた。憐(あわ)れに思った正重は足弱な者を伊賀で預かり、東国へ仕官先を探す長久を妹婿小浜民部の力を借りて三河へと送り届けたが、滞在が続く内に正重の娘さわと長久の嫡男正勝(まさかつ)が恋仲になった。さわは早くに妻を亡くした正重の一人娘であり、正勝は婿となって伊賀に住まうことさえ承諾する。

やがて今川家に仕官が決まった長久が戻ってきたが、正重を徳とすることひとかたならず。息子らの祝言を膝乗り出して認めたばかりか、正重を今川家に推挙したいと言い出す。

ともかくも、と長久と駿河に赴いた正重は今川義元に気に入られ、共に仕官することになった。

「怪我人を介抱するは向井家のならいとはそういうことか。良い話ではないか」

「まだ続きがある」正綱は言った。「両家の結びつきをさらに深めたいと、その後に長久殿の妹が父上に嫁がれたのだ。娘の婚礼の後に父が婚礼したのだから、おかしな話だけどな。ともあれ、そうして産まれたのが俺さ。だが婿を取って家督を譲ると決めた後に男子が産まれるなんて、騒動になるに決まってる。俺は姉上も、義兄上も大好きだ。甥っ子たちと争いたくも、傷つけたくもない」

「それでお主が身を引いて伊賀に隠棲（いんせい）したと。だが、そうまでせずともよかろうに。お主とてまだ若いのだ。遠くにいては父君、母君が寂しがろう」

「母上はもっと遠くにおられる」

　小さく呟いた正綱は、ひとつ息を吐いて首を振った。

「俺はただの道案内だ。身の上など話すつもりはなかったんだが、こっちの都合で厄介事に巻き込んでしまったからな。それにしても、とっさんは平気か。眠いとか疲れたとか思わないのか」

「今の話で目が醒（さ）めたわ」鳥屋尾は片方の唇の端を持ち上げ、幾度目かの酒を呷った。

「それに躑躅ヶ崎館に近づく一漕が、大殿様復権への一漕であると思えば嬉（うれ）しくて胸が躍る。むしろ目が冴（さ）えて堪らん」

「それなら今度はとっさんに話してもらおうか」正綱は鳥屋尾を見据えた。「織田の茶筅丸は姫さんに何をした。具教公は何に怒ったんだ」

鳥屋尾は冷水でも浴びせられたかのように、正綱を正面から凝視した。

「どこまで聞いた」

「何も。出立前に姫さんがそのこと以来、具教公の木刀を振る音が変わったとか言いかけただけだ。何でも答えるっていう約定だったよな」

「……他言無用ぞ」

鳥屋尾は念を押して話し始めた。

三年前、織田と北畠の和睦が成った後に、大河内（おおこうち）の御殿に近隣の農婦が新茶を献上に来たことがある。伊勢は茶所で恒例の行事となって久しく、また女ばかりのため奥御殿の庭まで入ることが許されている。返礼に餅や酒が振る舞われて宴（うたげ）は賑やかに進み、酒の入った農婦らは自慢の喉を披露した。

新茶の若立ち　摘みつ摘まれつ　挽（ひ）いつ振られつ　それこそ若い時の花かよなう

新茶の茶壺よなう　入れての後は　こちや知らぬ　こちや知らぬ

酔った勢いか猥褻（わいせつ）な内容を暗喩する茶摘歌も出たが、幼い雪姫は皆がなぜ笑うのか解らない。絵解きをねだられた女房衆は大人になったら解ることと逃げていたが、農婦のひとりがこれならお解りになるでしょう、と口を開いた。

「嫁取りしたもののどうしたもんか解らず、ただただ裸になって抱き合うだけの馬鹿息子がおったのでごぜえます。ある夜、廁(かわや)に立った親父どん、真っ暗なもんでつまずいた拍子に馬鹿息子の尻を蹴っ飛ばしちまった。だども、くっついておったもんだで、その拍子にずぶっと入ったのでごぜいます。邪魔どころか、たっぷりいい思いをした馬鹿息子、次の日も嫁と抱き合うと言いました。さあ親父どん、今日もおいらの尻を蹴ってくれ」

尻を叩く様子に農婦も女房衆もひときわ声を上げて笑ったが、不意に茶筅丸が現れた。何を勘違いしたのか笑ったのは誰だと血相を変えて怒り、誰も答えずにいると手にした太刀を抜き放つ。

宴を恐慌が支配した。

悲鳴がはしり、逃げまどう農婦や女房衆を刃を振りかざして茶筅丸が追いかける。ついにつまずいた女房に刃を振りかぶったが、その前に雪姫が立ちはだかった。涙を浮かべながらも、刃にも茶筅丸の怒声にも、一歩も引かずににらみつける。女房らは動けぬまま、それでも将来の妻には手は出さないだろうと茶筅丸が諦めることを期待したが、じれた茶筅丸は雪姫に刃を振り下ろした。幸い駆け込んだ滝川一益が寸前で取り押さえて血を見ることはなかったが、太刀を取り上げられた茶筅丸はなおも制止を振り切って雪姫に詰め寄り、右手を首にかけて舌舐(したな)めずりした。

「細い首だな。握り潰してやったら、どんな声で啼(な)くか楽しみぞ」

「ひでぇな」

顔をしかめた正綱は海に唾を吐いた。

「茶筅丸は俺よりひとつ下と聞くから、三年前ならまだ十二だろ。子供の癇癪にしても度を越してる。まともじゃない」

鳥屋尾も息を吐きながら深く頷いた。

「姫を茶筅丸に娶すよう差し出せとは織田が望んだ和睦の条件。さりながら北畠にも家と血筋が残るのならばとの算段があったのだ。だが茶筅丸は話の通じる相手ではない。それゆえ輿入にはまだ幼いと大殿様は姫を連れて三瀬に籠もられた。だが年を経て茶筅丸は十五、姫は十四になられた。これ以上引き延ばすのは難しい」

元服は十六歳で行われるのが一般的だが家の都合で早まることも多く、徳川家康は十四歳、織田信長は十三歳で元服している。そして相手が決まっていれば、元服と輿入が続けて行われる事も珍しくなかった。

「つまり姫さんを護るには、茶筅丸が元服する前に伊勢から叩き出すしかないってことだな」

正綱は立ち上がって艪を握った。夜空の舵星（北斗七星）から北のひとつ星（北極星）を探し、改めて舳先をまっすぐに月の光に蒼白く浮かぶ富士山に向ける。駿河湾の凪いだ海面を斬るように進む艪の動きが早くなっていた。

四

船を蒲原の湊に着けた正綱と鳥屋尾は、商船に乗り換えて富士川を北上した。甲府盆地を流れて駿河湾へ抜ける富士川は勾配が急で岩場も多いが、駿河の海産物や塩と甲斐の農産物が行き来する要路のために船を曳く人夫も多い。二人は二日の内に山縣昌景の甲府屋敷に入った。

「遠路お疲れでごいすな」

留守宅を任されている家臣は二人を迎えてねぎらったが、足のすすぎが終わらぬ内に申し訳なさそうに頭を下げた。

「ちっと待ってくりょう。お二人様は別の屋敷にお連れすることになったずら。ごもしんでごいすけんど、あっこな男が案内しますもんでついてってくりょうし」

正綱が視線を向けると、深編笠を被った男が僅かに頭を下げた。腰を落とし、袖から覗く左肘は軽く曲がって、指先は鍔の辺りから離れない。そして顔は見えないものの、警戒が外に向けられているとは門を出る前から解った。門の外で更に三人が正綱と鳥屋尾の前後から挟むように付き従い、町外れの草庵へと案内する。

生け垣を巡らせた庭を抜けて勝手口の戸を叩くと、心張り棒を手こずりながら外す音に続いて枯れ木めいた僧形の老人が顔を出した。深編笠の男が何事か告げる声に短く頷きを返し、正綱と鳥屋尾を手招きした。

「おほうとう、食うけ」

翌日、草庵に武田信玄からの使いは来なかった。その翌日も、その次の日も連絡の無いまま、一日が過ぎる。

「これでは何のために急いだのか解らんではないか」

山縣昌景から連絡してもらったとはいえ、公式の使者でない上にこっそり押しかけてきたのだから待たされても文句は言えない。鳥屋尾は懸命に憤懣を堪えたが、それでも生け垣の外に出ないようにと釘を刺されると苛立ちを隠せなかった。せめて弓の稽古でもして気を晴らそうにも、深編笠の男が飛んできてしちょ、しちょと制止する。木刀を持ち出すことさえ咎められては、囲炉裏の周りを歩き回るしかなかった。

「我らの到着は喜ばれておらんのか。いや、忘れられておるのではなかろうな」

「それはないと思うけどな」

正綱は首を振った。拘束されることを嫌い、焦れているのは同じである。だがそれとなく探りを入れてみると、正綱ならば見張を置くと考えたところにはことごとく深編笠の気配があった。

武田信玄は隠形に長けた者を三ツ者と呼んで召使っているとは伊賀にも聞こえていたが、深編笠の男達の力量は見極めもつかない。あるいは全力で仕掛けてみれば確かめられようが、正綱も手の内を晒すことになる。常に脱出路を確保しておくことは伊賀衆が最初に学ぶことだったが、もはや身を委ねるしかないと正綱は腹を括っていた。

「今夜もうどんかい」

「おほうとうずら」

この痩せぎすの老人も正綱には謎だった。僧形に頭を丸めて朝夕小さな観音像に経を読んでいるが、墨染を着るでもなく、むしろ着ぶくれするほどに綿入れを重ね着している。見張にしては正綱や鳥屋尾の行動に無頓着すぎ、接待役としては饗応する意識が完全に欠けていた。

老人はその日もおほうとうを夕食に提供した。小麦を挽いた粉を少量の水でよくこね、具材を切る間ほど寝かした後に打ち伸ばして幅広の麺状に切り、油揚げや青菜、葱、里芋の茎などの具と共に味噌を溶いた汁で煮込む料理である。うどんよりも薄く平たく短い麺は煮込む内に溶け出してしまうため、箸で摘んですするというより汁と共にすくって流し込むようにして食べる。

伊賀ではうどんは来客用か祭りの日の食べ物であり、おほうとうは見るのも初めてである。だが物珍しさも最初だけで、連日となればさすがに飽きがきた。

「うどんとおほうとうは同じだろ」

「いんや、ぜんぜん違うずら。けんど毎日も飽きるべな。ほなら、明日はおすいとんにするけ」

のし棒をしまう老人の姿に若干の罪悪感と大きな期待を込めて正綱は翌日の夕食を待ったが、囲炉裏にかかっているのは昨日と同じ野菜と油揚げの具沢山味噌汁である。そして老人は練った小麦粉を杓子ですくって、沸き立った汁の中へ落とし入れた。

「落としだんごか」

難波の葦は伊勢の浜荻、との古歌を思い浮かべつつ正綱は口に運んだが、材料も味付けも同じであり、食感とて予想に違わない。小浜衆のような大盤振る舞いを期待していたわけではなかったが、初めての土地、それも屋内に閉じ込められ、食べることしか楽しみが無い中での代わり映えしない献立にはため息しか出なかった。

「今日は酒粕も入れてみた。ぬくとまってよかんべ」

正綱は頬を引きつらせたままおすいとんをかき込んだが、合わせて膳に載ったふきのとうや筍は旬の歯ざわりである。躑躅ヶ崎を取り囲む山々は今もなお雪を抱いており、床から冷気が這い上がっていた。

応永二十三年（一四一六）頃から百年あまり続いたシュペーラー極小期と呼ばれる太陽活動の低下は、日本の夏の気温を三度から十度下げたと言われるが、さらにピナトゥボ山、桜島などの火山噴火が続出して重なった。舞い上がった火山灰が陽光を遮って年を追うごとに寒さが増し、冷夏と長雨が頻繁に、そして大規模に起こる。天候不順は作物の生育不良をもたらし、四年に一度は飢饉が発生した。

物流は飢饉の範囲よりも狭く、また京へ向かう方向のみが発達した時代である。飢えた人々は土地を捨てて流れ、あるいは衆を頼んで領主に年貢の減免や徳政を求める強訴を繰り返した。略奪が横行し、対して人々が自衛のために結びつき、いつしか領主に対しても介入を許さない惣村が形成される。

これらは足利将軍家による統治を衰えさせる遠因となったが、山深い甲斐では冬が更に長く厳しさを増したことも意味する。正綱が改めて思い返しても甲斐に入って目にしたのは麦畑ばかりで、水田は決して多くない。幾度も飢饉に見舞われながらも、武田信玄は織田信長よりも広い領国を支配し、温暖で実り多い伊勢の北畠具教が支援を願うほどに武威を高めていた。

「武田信玄って人は大したお人だよな」

正綱が首を振って感嘆を漏らすと、不意に老人が咳き込んだ。おすいとんが気道に入ったようだが二度三度で終わらず、椀を置いて体を折り曲げ、呼吸もできないほどに咳き続ける。

「大事無いか」

老人は立ち上がりかけた正綱を制した。季節の変わり目はいつもこうだと咳き込みながら、喉に巣くう違和感を飲み下そうとする。だが正綱は制止を無視して近づき、老人の肋の浮き出た背中をさすった。

「すりこぎを借りるぞ」

やがて老人の呼吸が落ち着くと、正綱はすり鉢とすりこぎを台所から持ち出し、腰に結わえた小袋から乾燥させた様々な草の葉を入れてすり潰し始めた。

「車前草、南天、熊笹、蒲公英、黄連、玄草、それに十薬だ。咳や胸の痛み、それから胃の悪いのにも効く。爺さん、痩せすぎだからな」

額に汗してすり潰した粉をすり鉢ごと老人に差し出し、正綱は言葉を続けた。

「小匙でとって、湯に溶いて飲んでくれ。苦いのはよく効くからだと思って我慢してくれよな」

老人はしばらく正綱を見つめていたが、やがて湯呑に湯と粉を入れてかき混ぜ、口を付けた。

「本当に苦いずら」

顔に刻まれた皺を更に深めて老人は言ったが、半分ほど飲み下す内に呼吸から雑音が消え、咳き込むことも無くなっていた。

「それとかまどに梅干しを入れておいた」正綱は言った。「朝には黒焼きができる。毎朝一粒ずつ、その実も湯に溶いて飲むといい。種は食わないようにな」

「随分と詳しいようだが、おまんは医師か薬師かの」

「大げさだな。旅することが多いから自然に覚えただけさ。人より少し用心深いだけだよ」

「あるいは身近な人を病で亡くしたか」老人の言葉に、正綱の手が止まった。「悔やむ者ほど己を鞭打つ、と言うでな」

「それは爺さんのことかい」

まだ新しい観音像を見やってから、視線を交わした二人の間に沈黙が降りる。だがしばらく間をおいて、ひとつ息を吐いた正綱は普段の口調で尋ねた。

「それから爺さん、この辺りで泥鰌（どじょう）や鯉は捕れるか。精を付けるには魚がいいんだ」

「ごみっけいの頃なら捕れるずら」

春を前に田の水路に落ち積もった泥や枯葉を取り除く作業を、甲斐ではごみっけいと呼んでいた。泥鰌や鯉が捕れることもあったが、雪解け水を含んだ泥は重く、分業であっても相当な重労働になる。

「爺さんには辛いだろう。助けてくれる者はおらんのか」

「おる。いや、おった、だな」

老人は瞳を観音像に向けた。

「あれはわしの長男ずら。いつでも跡を譲って任せられると思っとったんだがの。どうしてああなったのか、ああなるより他なかったのか、悔やまん日はねえ」老人は瞳を閉ざし、固めた拳で膝を打った。「若い時分は己が死ぬなどと考えもせんかった。じゃが齢（よわい）を重ね、己に与えられた時があと僅かで尽きると知れば、やり残したことばかりを考えてしまう。日暮れて道遠し、とはよく言うたものずら」

「すまん。辛いことを思い出させたみたいだ」

「もう済んだこった」頭を下げる正綱に、老人は首を振った。「それに婿に出とった四男が帰えってくれるでな。孫も一緒ずら。六つなんじゃが、これがまた賢うて自慢の孫じゃんね」

老人は再び湯呑を口に運んだ。苦さに顔をしかめたが、口を付けることにためらいは無くなっていた。


そして更に二日後、おほうとうの夕餉が終わった後に訪れた深編笠の男は、脇に退いて質素な墨染の小袖に袈裟姿の男を通した。

「甲斐信濃守護、徳栄軒信玄でござる」

武田信玄は色白で恰幅良く、口ひげも顎髭も黒々と凜々しい。なにより僧形ながら新羅三郎義光を祖とする甲斐源氏十九代頭領たる威厳と自信が相貌に溢れている。土間に駆け降りようとする鳥屋尾を留め、座敷の上座に座った信玄は更に近く招き寄せた。

「随分とお待たせいたしした。折悪しく、織田の使者が逗留しておってな。貴殿らの姿を見られれば厄介なことになりかねん。狭いところに長く押し込めて相すまぬことをいたしした。館にお招きせぬのも、この格好も織田の目を欺く為。ご無礼の段、どうかご容赦いただきたい」

「いいえ、ご配慮いただき、我らこそかたじけのうございまする」

深く頭を下げた鳥屋尾は懐から足利義昭、そして北畠具教よりの親書を差し出した。無言のままに読み進めた信玄は、書状を額にいただいて懐に収めた。

「具教公には委細承知、お引き受けいたすとお伝えあれ」

目を瞠る鳥屋尾に信玄は頷いた。

「信長めは仏敵。そして畏くも足利将軍家より討伐の御教書をいただいたからには、信長を討ち果たすことこそ公儀より守護職を預かる身が果たすべき御奉公というもの。北から浅井朝倉、西から本願寺、東から我ら武田、南から北畠と攻め囲めば、畿内を押さえる信長といえど必ずや進退窮まろう。正式の返書は改めて送らせていただくが、貴殿らを徒手で返すわけにもいかぬ。これをお持ちあれ」

信玄はその場で筆を走らせ、巻紙を鳥屋尾に授けた。

淑気未融春尚遅
霜辛雪苦豈言詩
此情愧被東風咲
吟断江南梅一枝

厳しい寒さに詩を作る気にもなれないが、それでは春を運ぶ東風に笑われてしまう。北に遠征中の友に梅を贈った故事を思って吟じてみよう、と春を待ち望む詩である。だが、霜辛雪苦とは信長による脅威と苦難を指し、梅を贈った友のように具教には信玄がついていると解釈できた。

「ありがたきお言葉。鳥屋尾満栄、伏して御礼申し上げまする」

鳥屋尾は巻紙を額に押し戴き、頬に涙を伝わせて打ち震えた。

「この秋、田の刈り入れが終われば三万の兵で西上する所存」信玄は幾度も頷いて言葉を続けた。「織田との同盟はその直前に破棄する、そう心づもりおかれたい。して、我が海賊衆の船だけでは足らぬ故、尾張から伊勢へ渡る船を供与いただくことはできますかな。なにしろ伊勢志摩は海賊衆の本場なれば頼みにしておりますぞ」

尾張から京へ向かうには、木曾揖斐長良の長大な三川の合流する河口を船で伊勢へ渡るか、川幅の狭まる美濃まで北上してから西進するしかない。伊勢湾を船で渡るのが早いのはもちろんではあるが、地の利のある織田勢が船を全て鹵獲してしまうことは十分に起こりえた。

鳥屋尾は頭を低くしたまま横目で正綱を見やったが、返答を待たずに更に低く頭を下げた。

「必ずや御用達いたしまする」

「それは重畳」信玄は大きく頷いた。「我ら山里に暮らして雅な作法に縁遠い者なれば、京へ向かう道すがら、色々とご指南いただければ幸いにござる」

「承りました。では我らは今夜の内にも出立し、主に申し伝えまする」

「それがよろしかろう」信玄は立ち上がった。「織田の使者はあと数日ばかり引き留めることといたそう。案内を付けますれば、道中の無事を祈っておりますぞ」

信玄が去るのを見送り、正綱は支度に入った。急な出立になったが、そもそも荷造りするほどの荷は無く、水や食糧、草鞋の替えなどは深編笠の男が用意済みである。手早く旅装を整えた正綱は老人に頭を下げた。

「爺さんには随分世話になったな。息子さんやお孫さんにもよろしく伝えてくれ」

老人は正綱の掌に竹皮の包を乗せた。大きくかさばってはいるが、重さは無い。

「本物のおほうとうは食べる前に粉から練るもんだども、日持ちするよう干したものも、まあいけるずら。伊賀に帰ったら食うてくれろ」

「ありがとう。その、末永く達者でな」

まだ言い足りぬ内に深編笠の男が急き立てる。下弦の細い月の下、正綱は歩きながら幾度も振り返ったが、草庵も老人の姿も闇に溶け込んですぐに見えなくなった。


「さて……」

正綱を送り出した老人はひとつ息を吐いた。室内に戻るや間を置かずに深編笠の男が戸を叩く。傍らには信玄の姿があった。

「入れ」

命じた老人は先に立って上座に座り、信玄が下座から平伏した。

「よい、信廉（のぶかど）。面を上げよ。ご苦労であった」

先程まで信玄を演じていた信廉が、兄をまっすぐに見つめた。

「あのように安請け合いしてよろしかったのでしょうか」

「我らがこの秋に西へ兵を進め、織田を討つ。それは確かだ。ただ、その過程で北畠がどうなるかは聞かれておらぬし、答えてもおらぬ。そうであろう」

信玄は答えたが、不意に咳き込む。慌てて駆け寄る弟を止め、瞳に映った己の姿に大きく首を振った。

「ついこの間まで、馬場美濃守でさえ我らを見間違えたと言うのにの」

父を追放して甲斐守護となって以来、信玄の人生は苦闘の連続であった。南に今川、東に北条、北に長尾と強国に囲まれた甲斐を平定したが、不作や飢饉となれば他国に攻め込んで略奪するしかない。豊かな信濃に兵を向けることはむしろ必然であったが、侵略に失敗すれば飢えた民の怒りを受けて父のように追われるか、逆に攻められて滅びる危険を常にはらんでいる。それでも信濃衆に与する上杉謙信との長きに亘る戦を経て信濃を攻略し、今川義元の死後駿河に侵攻するも、飯富虎昌の粛清、そして嫡男と妻の死が続いた。

そして齢五十を越えて海を手に入れ、ようやく京へ向かう足がかりを作り上げたところで病が信玄を襲った。肺肝の病患が腹心に萌したとの医師の見立てである。更に病が進むと体力が衰え、愛妾諏訪御前の命を奪った労咳さえも併発した。先年、三河北東部の小山城、足助城、野田城を陥落させながら軍を返したのも、信玄の吐血が治まらなかったからである。以来、間者を欺くために弟信廉が信玄として過ごし、信玄自身は温泉などで静養を続けていたが、今年に入ってからの急激な衰弱を知る重臣らの間では、この夏を越せまいとさえ囁かれていた。

「あの正綱は山縣の見立てどおり聡い男であった。わしが喋りすぎたのもあるが、あるいはわしこそが信玄で、死病にあることも見破られたかもしれん」

「斬りますか」

弟の言葉に信玄は首を振った。

「おまんは序列を第一に重んじる。ならばこそ出すぎた振る舞いを許さぬ。一方、山縣は忠実な男。それだけに背信を最も嫌う。強く推す男を殺さば、山縣の忠を失いかねん」

「申し訳ございませぬ」

「謝ることはない。おまんはそれで良いのだ」

信玄は脇息に半身を預けると、深編笠の男に湯呑を所望した。黒焼きにした梅干しを直接口に含んで実だけ噛み取ると、正綱の調合した薬を湯に溶いて苦味酸味ごと飲み下す。

「様々な者が集まって言いたいことを言い、存分に得手を揮るう。ならばこそ武田は強いのだ。されど、わしが求めた強さとは所詮、戦に有用かどうかでしかなかったと、義信を死なせて初めて思い知らされた。この先、天下に号令するには異なる尺度で物事を推し量れる者が必要となろう。向井正綱はまだまだこれからの男だが、弱き者の苦痛や危害を見過ごしにできず、痛みを取り除かんとする護る者と見た。信勝の傍に置き、十年もすれば良き柱に育とう。是非とも武田に欲しい宝よ」

「それにな」信玄は筋張った指を脇息に突き立てて身を乗り出した。「わしの病が世の知るところとなったとしても構わぬ。北畠や将軍家が味方しようとしまいと知ったことではない。なぜなら我らは天下制覇を必ず成し遂げるからだ。御旗楯無もご照覧あれ。重陽には孫子四如の旗を掲げて瀬田の唐橋を渡ろうぞ」

「ははっ」

「そのためにも養生せねばならぬな」信玄は大きく息を吐くと瞑目して、平伏する深編笠の男に言った。「この薬湯、気に入った。正綱が申しておった生薬を揃えよ。泥鰌と鯉もな。味噌煮が良い、少し甘めに煮付けての」

五

富士川を下った正綱と鳥屋尾は船を乗り換え、西へと向かった。

風も波も穏やかで、駿河江尻城の山縣昌景、遠江吉田の向井正重に報告と礼を言上することさえ厭うほどに気持ちが急いていたが、伊勢湾に入ってからは九鬼衆の注意を引かぬよう、大築海島の南側を抜けて伊勢大湊に船を向けた。

「ずいぶん、変わったな」

正綱は艪を握ったまま呆然と見回した。二年ぶりに訪れた伊勢大湊は倍以上に広がっていた。

大型の伊勢船が十数隻並び、小舟に至っては数えきれないほど停泊している。荷揚げ、荷下ろしにと人夫らがひっきりなしに往来し、山積みにされた荷が見る間に数十の蔵に捌けていく。巨大な市には人が群がって売り買いの声が響き、その向こうには数百にのぼる家が軒を連ねていた。

「信長の侵攻以来、騒々しくなったわ」

口の端を歪めて吐き捨てた鳥屋尾の言葉は喧騒に紛れた。

伊勢大湊は古来、大陸との交易で栄えた筑前博多津、薩摩坊津と並んで三津に数えられる国内流通の要であり、東国からの荷が運び込まれて奈良や京へ送られる畿内東側の海の玄関口である。

そして信長は、湊に入った船に荷の幾割かを必ず下ろすよう命じていた。珍しいもの、見たことの無いものが出回れば買い手が集まって市ができる。毎日市が立つとあらば、船乗りや商人目当ての飲食店や宿が店を構えても商売が成り立った。

加えて信長は座を撤廃した。

住人が十人の村では豆腐屋は専業で成り立たないが、百人の村ならば十分に生計が立つ。だが一万人が暮らす町に豆腐屋が一軒しかなければ、豆腐は全ての買い手に行き渡らないにせよ豆腐屋が困ることはない。むしろ売れ残りの損が出ること無く、質を落として値段を思うがままに吊り上げる事もできる。そのために同業者が増えないよう献金を見返りに領主の認可を得た組織が座である。

だが寡占が打ち破られれば値段や味などで多様化し、最終的に売れ行きに見合った店の数に落ち着く。また百人が十文の買い物をするよりも、一万人が一文の買い物をする方が銭は大きく動く。銭は市の血液であり、多く、隅々にまで回るほど市は健全に栄える。伊勢大湊は日毎に人や船を呼び入れ、大きくなっていた。

「こういうところは信長は上手いよな。他の大名も真似すりゃいいのに」

「織田のような出来星大名と一緒にするでない。どこの家中にも古くからのつきあいやしがらみというものがあるのだ」

　鳥屋尾が鼻を鳴らして言葉を続けようとした矢先、呼ぶ声がかかった。

　幾日待ち続けていたのか、日差しと潮風に痛めつけられた様相の鳥屋尾の家臣は安堵の表情もつかの間、眉根を寄せて船を停めるより早く駆け寄った。

「北畠の全軍勢が出陣しております。すでに三日になり、おそらく北伊勢長島(ながしま)に到着した頃かと」

　北伊勢長島は木曾長良揖斐の三川が合流する河口に位置し、尾張と伊勢を結ぶ交通の要衝である。川中島を高い堤防で囲んだ輪中(わじゅう)と呼ばれる村落は独立の気風に満ちており、一揆(いっき)を結んで長島城を占拠すると近隣の織田方の城や砦を盛んに攻撃していた。弟信興(のぶおき)までも討ち取られた信長は復讐(ふくしゅう)の軍を送っていたが戦況は一揆勢が優勢の上、摂津(せっつ)石山(いしやま)に籠もる本願寺にも対処せねばならない。雪が溶ければ越前(えちぜん)の朝倉、近江(おうみ)の浅井が攻め込んでもくるため、決着を急がねばならなかった。

「信長め、北畠の兵をいいように使いおって」

鳥屋尾は腹立ちを隠そうともせず声を荒らげたが、主君具房の名で陣触が出ているとあらば従わざるを得ない。突然の出陣であり、熊野詣(もうで)の名目で留守届が受理されていた鳥屋尾が咎めを受けることはないが、侍大将が不在では示しがつかないのも事実だった。

「いいから、とっさんは行ってこいよ。こっちは俺がうまくやっとくから」

しきりに顎髭をしごく鳥屋尾は大きく息を吐いて唸りを抑えると、懐から取り出した巻紙を正綱の掌の上に乗せた。

「しかと頼むぞ」

強く念押しして鳥屋尾は家臣と共に北へ向かう船に乗った。正綱は伊勢本街道を西へ向かったが、大和猿沢池(さるさわのいけ)から伊勢神宮へと東西にほぼ一直線に延びて倭姫命(やまとひめのみこと)が神宮を祀(まつ)るために通ったという巡礼の道は、今は石や材木を運ぶ車で埋まっていた。

膨大な資材の列の向かう先は、伊勢田丸(たまる)の小高い丘の上に建造中の田丸城である。

かつて北畠親房が吉野朝の拠点として伊勢で最初に築いたという由緒のある城だが、織田信長は完全に取り壊して縄張りからまったく新たな造成を命じていた。そして目指す形が籠城時に籠もる、あるいは人質を押し込めておくためだけの城でないことは山全体を飲み込んだ基礎を見ただけでも想像がつく。見上げた住民や家臣が畏怖を覚えるよう壮麗な、そして茶筅丸が最上階から朝な夕な城下を見下ろす巨大な城が出来上がるのだろう。

胸のむかつきを覚えた正綱は、だがしきりに往来する織田兵の姿に唾を飲み下して先を急いだ。

辿り着いた三瀬は春に包まれていた。吉野に倣って植えられた無数の山桜が、今が盛りと咲き誇って山稜や街道沿いを埋めている。近づいて見上げれば淡紅色の花がこぼれんばかりに照り輝いて、春風に躍っていた。

駆け出した正綱は檜垣を跳び越えたい気持ちを抑えて門へと回った。

「貴殿は何者か。御所にどんな御用か」

「俺はとっさん、いや鳥屋尾殿の……」

甲斐行きを知る者は雪姫と具教公しかないと思い返して、正綱は言葉を濁した。鳥屋尾からの使いであることを示すものも無く、やはり檜垣を跳び越えるべきだったとの思いもよぎったが、今更引き返すこともできない。

「失礼いたしました。私は伊賀の住人、向井正重の嫡男正綱にございます。父はかつて北畠家に仕えておりました。折り入ってお話ししたきことがあり、参上仕りました。具教公にお目通りを願いまする」

「左様か、こちらへ」

若侍に促されて玄関の方へと回り、控えの間でしばらく待たされた後に正綱は謁見の間に通された。お成り、との声に深く頭を下げる。

「誰かと思えば、いつぞやの鼠。いや、狐の親玉か」

具教は声を上げてひとしきり笑ったが、すぐに人払いを命じた。全ての障子が閉ざされて小姓さえ外へ出ると、正綱は預かった巻紙を差し出した。

「そうか」

読み終えた具教は瞑目して深く息を吐くと、四郎左衛門と名を呼んだ。廊下を足音が近づき小姓が戻ると、具教は腰に帯びた脇差を鞘ごと抜いて授けた。

「狐、褒美を取らせる。粟田口吉光だ」

小姓の手で三宝に載せて運ばれた脇差を正綱は受け取った。艶の無い黒漆の拵ながら鐺と鍔には白銀の梅が繊細に打ち出されており、粟田口吉光は名工として名高い。美しく、また高価な品だとは抜いてみずとも解った。

「匂い淡く、打ちのけが花のようであるので、小梅藤四郎と名付けた。逸物ぞ」

「ありがとうございます」

頭を下げかけたところで不意に騒がしさが廻縁を駆けてきた。足音と鳴き声が近づき、障子が大きく開け放たれる。

春風が桜の花びらに乗せて、雪姫を舞い込ませた。

「姫さん」

「おかえりなさいませ。おするするでよろしゅうございました。再びおめもじが叶い、心より嬉しゅうございます」

幾度も跳び上がってじゃれつくシロを撫でながらも、正綱の視線は春色の単を重ねた雪姫から離れない。そしてそれ以上の言葉も無く、笑みを交わすだけの二人の傍らで具教が笑った。

「見よ、四郎左衛門。狐め、小梅藤四郎にはにこりともせんのに、姫が姿を見せるやこの顔だ。解りやすい男よ」

「まことに」

男ながら艶(なま)めかしいまでに顔立の整った小姓も口元を綻ばせる。そして具教は再び小姓を下がらせたが、雪姫は留め置いた。

「さあ、狐、話してくれ。どのような旅路であったのだ」

正綱は出立してからのことを話した。具教に向かって話しながらも、傍らの雪姫の反応や感嘆の言葉、息を呑(の)む仕草までが気になって仕方ない。それでも可能な限り正直に、大湊で鳥屋尾と別れたところまでを語り終えた。

「刈り入れが終わればすぐ、と申されたか」具教は深く顎を沈めた。「昨日、茶筅丸を秋を目処(めど)に元服させるとの報せが岐阜より届いた。おそらく日をおかず具房は隠居させられ、織田の小童(こわつぱ)めが北畠の新しき当主となるだろう。されど安心せい。武田殿の西上と共に我らも起(た)つ。古(いにしえ)よりの良き伊勢を取り戻し、茶筅丸めの首を織田に送り返してくれるわ」

「わらわは……」

「姫はどこにも行かせぬ」具教は言った。「病でも、道具が揃わんでも、なんでも構わん。あらゆる口実を使って、武田の進軍まで輿入を引き延ばす。して狐よ、有体に申せ。軍船百隻、これより建造して秋までに間に合わせられるものか」

「軍船を百隻、ですか」

瞬きを繰り返した正綱は、瞑目して中指の先で繰り返し額を叩いた
船、とりわけ軍船を作るのは容易なことではない。斥候に使われる小早船でも全長二十六尺（約八メートル）、その数を以て軍容を測る安宅船ならば小早船の四倍以上の大きさとなり、更に複数の棚や甲板を置いた上に矢倉が建つ。巨大になるほど船体重量の調整が難しいため、並の船大工の手に負えるものではない。

なにより敷と呼ばれる船底材は一枚板から造られる。長さはもちろん目の詰んだ癖の無い楠か杉しか使えず、一冬を山上で乾燥させねばならない。良質な木材を欲しがる者は数多とあり、そもそも製作期間が短すぎた。

「無理、とまでは申しませんが、かなり難しいと考えます」

「で、あろうな」

具教の重い沈黙に、正綱の鼓動が跳ね上がった。

船が用意できなければ北畠家が窮地に陥ることも、また確かだった。

約定を違えるだけでなく、織田が船を取り込んで伊勢へ逃げ込めば北畠勢が独力で立ち向かわねばならないからである。当然、雪姫の命も危険に曝される。

百隻とは思いつきのようながら、武田の軍勢三万と膨大な輜重を迅速に伊勢へと渡すための必要最低限かつ実現可能最大の数でもあった。

しかし、かつての北畠海賊衆である志摩地頭衆はすでに無い。九鬼嘉隆によって滅ぼされ、逃亡し、あるいは配下に吸収されている。伊勢大湊も信長の支配下に置かれ、もはや

具教の配下で船に精通している者は無かった。

衣擦れの音に正綱は隣に目を向けた。袖を握り合わせる雪姫の指先は小さく震えていた。

「お約束はできません」

正綱は顔を上げ、まっすぐに具教に視線を向けた。

「百隻は無理かもしれません。ですが、お命じとあらば、やれるだけやってみます」

「よくぞ申した。狐、しかと頼みおくぞ」

具教は腕を伸ばして正綱の肩を強く握った。

「北畠海賊衆に任じ、船のことは全て任せる。鳥屋尾とよく話し合い、此度同様、存分に働いてくれ」

「はい」

深く一礼し、大きく息を吐いた正綱の頭上で再び具教が小姓を呼ぶ声が響く。そして顔を上げるや、鼻先に木刀が突き出された。

「庭へ出よ」

問い返す間もなく木刀に追い立てられ、正綱は廻縁から庭へと押し出された。

「北畠のために働いてくれる者には、せめて技のひとつも教えておかねばなるまい。死なせてしまっては寝覚めが悪いのでな」

「いや、俺に剣術は――」

具教の振るう木刀が鋭く風を切り、咄嗟に身を沈めた正綱の頭上を真横に過ぎた。

「目と身のこなしは悪くない」具教は木刀を正綱に投げ渡した。「次は、お前が打ってこい、狐」

具教は小姓から受け取った木刀の切先を落とした。下段の構えは、だが正綱には首の防御を空けた挑発にしか見えなかった。

あるいは堀田備前の鋭い斬撃を避けきれたのは、直前に具教の剣を見ていたからかもしれない。それでも正綱には感謝の気持ちなど無く、怒りしかなかった。困難を押して協力しようというのに稽古に付き合わされて、理不尽な攻撃までされてはたまったものではない。もちろん具教が剣術の達人なのは承知していたが、雪姫も見ている。やられっぱなしでは気が済まなかった。

正綱は青眼に構えた木刀を左脇に引いた。切先が大きく体の外へ逸れる動きに具教の眉が僅かに動くや、踏み込むと同時に右腕をまっすぐに突き出す。そして肘が伸び切る寸前に小指で柄を締めて切先を鋭く返した。かつて向井の荘を訪れた武芸者から教わった技である。肩や腕を振り回さぬために剣の軌道が小さく、また視界の外から切先が回るため読まれにくい。更に指を締めるだけながら、当たれば十分な威力を備えていた。

だが首筋を打つより早く具教の木刀が遮った。そして絡みついたように正綱の腕を伝って突きが迫る。身を引く間も無く伸びた切先が、正綱の喉仏の寸前で止まった。

「この技を教えてつかわす」

振り下ろした右腕を前へ突き出しては首を傾げる正綱が三瀬御所の門を出たところで、軽快な音が聞こえてきた。椿の葉を葉先から丸めて筒状にした笛である。ただ吹くだけなので龍笛のような複雑な音色は鳴らないものの、息遣いだけで不思議と個性が表れた。

「おさとか」

「正綱様、おかえりなさいませ」

満面に笑みを浮かべ、さとが山桜の陰から飛び出した。

「よく帰ってきたのが解ったな」

「正綱様が私だって解ったのと同じだよ」

意味を捉えかねて首をひねる正綱に、さとは慌ただしく両手を動かした。

「その、田丸にいる知り合いに狼煙を上げてもらったんだ。正綱さまが通ったら教えてって」

伊賀衆は僧や商人を装い、様々な土地に赴いて情報を集める。田丸城建造の人足や人足相手の商人として入り込んでいても不思議はなかった。

「それより、伊賀に帰るんでしょ。シロはどうしたの。まさか……」

「元気だよ。ただ、もうしばらく預かってもらうことにした。これから北伊勢長島に行くからな」

船百隻を用意する上でやるべきことは無数にあったが、材木や船大工の調達に出向けば当分戻れない。それまでに鳥屋尾とは一度話しておく必要があった。

「なにそれ」さとは表情を一変させ、腰に両手を当てて声を低めた。「北畠の頼まれごとは終わったんでしょ。それとも正綱様は北畠に仕官するつもりなの。あんなに興味無いって言ってたのに」

「『切所突然なり。功名を第一とし、身命を第二とすべし』。おさとも聞いたことあるだろ、伊賀に伝わる遺訓」

　さとが頷くのを見やって、正綱は言葉を続けた。

「具教公に尋ねられて、突然、この文言が頭に浮かんだ。本当に、切所は突然だった。まったく予期しないところで、いきなり決断を迫られるものなんだな。それに、これが切所なんだと解った、いや、閃（ひらめ）いたときには返事していたよ。遺訓のとおり、功名を選んだ。船を造ってくれと頼まれたから、受けたんだ。北畠海賊衆としてな」

「あの可愛い姫様に丸め込まれたんじゃないの。気ままに生きるんだっていつも言ってたじゃない」

「姫さんも助けたい、とは思う。でも、もっと大きな役目なんだ。それに鯨になるのも悪くない、いや、なりたいとさえ思うようになった」

「え、鯨って」

　さとの問いに正綱はゆっくりと言葉を選びながら答えた。

「駿河の山縣様に言われたんだよ。大海に出れば鮒が鯨にもなるって。俺は仕官や所領を望むわけじゃないが、とっさんに頼まれて道案内して、張合があって楽しかったんだ。この世は広いし、もっといろいろな景色を見てみたい。それに船を造るのは俺にしかできないことだ。やってみたい。やり遂げたいんだよ。俺だって色々考えてるんだ」

「……どうだか」

背を向けたさとは、正綱の呼びかけを振り切って森へと駆け込んだ。

山を走ってさとに追いつけなかったことはこれまで一度も無い。だが正綱は踵を返した。

「そんなんじゃない」

正綱は耳の中で繰り返し響くさとの声に反論しながら、東へ歩き始めた。右手は振り下ろしては突き出す動きを繰り返した。


翌朝、正綱は北伊勢桑名(くわな)に到着した。河口は木曾川、揖斐川、長良川の三川が合流していると聞いてはいたが、対岸が見えないほど広い。大井川、富士川でさえ比較にならず、海が切れ込んだ広大な入江としか見えなかった。

正綱は陸路北上するつもりだったが、材木を筏(いかだ)に組んで運ぶ船頭らの美濃への戻り船を見かけて声をかけた。

「戦をしてるんじゃないのか」

「あれを戦と言うんかいの」

船頭らの反応も嘲りに近いものから、怒りを湛(たた)えたものまで様々である。それでも命の危険があるなら船を進めないだろうと考え、正綱は同乗を願い出た。

「見えるかいの、輪中の中は川の水面より低いんじゃ」

船はゆっくりと川を遡り、最初に見えてきた輪中の傍らを通過する際に船頭は指差し、正綱も伸び上がって見やった。

川は上流から石や砂をも運ぶので下流の水位は次第に上昇する。川中島である輪中は周囲を囲っている堤防を嵩上げして対応したが、幾世代数百年の末に内側は川面よりもはるかに低くなっていた。万が一にも堤防が決壊すれば膨大な濁水が一気に流れ込み、田畑も人々も飲まれるしかない。

「よく平気で住めるな」

正綱は大きく身を震わせた。

地震や洪水などの天災はどこの土地でも起こり得るが、輪中ではちょっとした大雨や高潮でさえ命を脅かしかねず、その頻度は他の土地とは比較にならない。

「せやから避難するための水屋っていう高倉があるんや。中には水と食糧、あと船も入っとるそうや」

船頭はひときわ高い塔のような倉を指差した。問題の解決方法として適当ではないようにも思われたが、生まれ育った土地であるだけでなく、日々手をかけているからこそ離れられなくなることは正綱にも納得できた。

「見えてきたで、先にあるのが長島輪中。岸側が織田と北畠の陣屋や」

前方に端が見通せないほどに大きな輪中が見えてきた。三つの村からなり、城までがあるという。そして織田と北畠の軍勢は対岸の岸辺に柵を築いて陣を張っていた。兵はものものしく武装し、槍の穂先や銃口が輪中に並び向けられていた。

「身を低くするんやで。奴ら、構い無しに撃ちよるからの」

船頭は岸と輪中との中間を通るように舵を動かした。正綱は慌てて身を屈めたが、奇妙な違和感を覚えて視線を織田の陣営に向けた。

「船が無い」

やがて自ら口に出した言葉に正綱は愕然とした。戦を仕掛け、攻め込まねばならない織田と北畠の陣営に船が停められていなかった。

「そうや。ものものしく構えとるけど、船を一揆衆に捕られてもて川を渡れず、攻め込まれへんのや。岸からは弓も鉄砲も届かんし、一揆衆は船を使って何でも運び入れとるから兵糧攻めにもならへん」

正綱が長島輪中に目を転じると、堤防の上で若者が南無阿弥陀仏の名号が書かれた旗を大きく振っていた。褌ひとつに刀一本持っているだけの軽装で、織田勢に撃ってみろと誇示するように全身を晒している。前回の合戦でも包囲を解いて撤退する織田勢に食らいついて散々に打ち負かしており、疲労や憔悴どころか、これから何度でも追い払うとの敵愾心に満ちていた。

不意に太鼓の音が響き、若者が振り返って合掌した。視線を追うと袈裟をかけた僧が見える。集会なのか多くの人々が集まっており、僧は織田勢にまで聞かせるように声を張り上げた。

「今生の善も悪も全ては宿業。親を選んで産まれてこれぬのと同様で変えることなどできぬ。貧しい者は貧しいまま、虐げられた者は虐げられたままなのだ。それでも慈悲深き阿弥陀仏はこんな無力で愚かで煩悩塗れの凡夫人をもお救いくださる。欲を捨て、身を捨て、ただひたすら南無阿弥陀仏と一心にご唱名すれば必ず極楽往生できるのだ」

　一同が合掌念仏する中、長髪を頭巾で押さえ、山伏の装束を纏った僧がさらなる大音声を飛ばした。

「我らはかくもありがたい阿弥陀仏、そして宗祖の御恩に報じねばならぬ。法敵織田信長を討ち果たすのだ。織田勢をひとり殺せばひとり分の功徳、千人殺せば千人分の功徳。怯(ひる)んではならぬ、臆してはならぬ。進まば極楽、引けば無間(むけん)地獄ぞ。後生を頼まば念仏唱えよ。法敵を殺し尽くせ」

　一転して激しい説法に正綱は目を瞬かせたが、輪中の聴衆の熱気は更に高まる。そして法師の弾く琵琶(びわ)の音に合わせて侍も農夫も、男も女も、老人も子供も声を張り上げた。

　如来大悲の恩徳(おんどく)は、
　身を粉にしても報ずべし
　師主(ししゅ)知識の恩徳も、
　骨をくだきても謝すべし

人々は疫病天災にまったく無力であり、領主は吸い上げた税を兵事につぎ込むばかりでなんら助けようとしない。更に戦乱が追い打ちをかけて食にさえ事欠く日々が続いた。昨日笑って別れた者を今日野辺に送ることとて珍しくなく、今日より明日が良くなると願うことさえできない。不安と絶望に苛まれた人々は、現世利益と同じかそれ以上に来世での極楽往生を願った。保護と救いを求める祈りは切実であり、信仰を同じくする者同士が更に強く結び付く。

中でも親鸞上人の血筋を宗主とする本願寺派は急速に勢力を拡大していた。八世蓮如が公儀政所執事伊勢氏の一族の娘を正室に迎え、嫡子二人を足利義政室日野富子の兄の猶子として公儀の庇護を得たからでもある。ただ、本願寺の威光を借りるためだけに末寺の礼を取った寺も多くあって、僧が五人集まれば言うことがみな違った。

だが蓮如の跡を継いだ九世実如は法論を統一するよりも公儀への接近を更に深め、庇護の見返りとして門徒を動員して守護や大名への攻撃を行った。どの寺も自衛のためにと太刀薙刀を専らとする悪僧や浪人を抱えて他宗派の寺を破壊することも珍しくないが、世俗権力と争うのは一線を越えた行為である。宗門内からの異論も多くあったが、実如は公儀の要望に応じて門徒を戦に動員し、あるいは領主の命に従わず戦わないようにと指示を出し続けた。いつしか本願寺派の擁する経済力軍事力は一宗門一派の域を超えて強大になり、一向宗という別組織として扱われるようになっていた。

織田信長への反抗も元はと言えば、三好三人衆ら公儀の意を受けたからである。十一世顕如は全国の門徒に反信長蜂起の檄文を送り、長島には北勢四十八家ら小豪族、伊賀衆雑賀衆ら十万の兵が集った。織田信長が擁した足利義昭が将軍となってしばらくは敵対行動が低調になったものの、親族を討ち取られて恨み重なる信長はあくまで長島一揆の殲滅を目的として戦闘を継続する。そして足利義昭と織田信長の関係悪化につれて本願寺も支援を更に強めた。

「織田勢が手こずるはずだ」

正綱は船上で身震いした。武士は生き残って所領や褒賞を得るために戦うが、門徒は戦って死ねば極楽往生、逆らえば破門されて地獄に落ちると信じきって戦う。念仏を唱えればどんな悪人でも極楽往生できると説いた親鸞上人の教えに反することだが、門主もあえて否定せず僧の中には積極的に煽る者さえあった。

それでも織田勢が苦戦するほど、雪姫の輿入どころではなくなる。脳裏に浮かんだ面影に改めて自分が何をしに来たかを思い出し、正綱は船頭に声をかけた。織田勢の防護柵が切れたところで岸に着けてもらい、北畠の陣へ向かった。

南の端まで長く歩くことにはなったが、笹竜胆を定紋にする北畠の陣幕は簡単に見付かった。仮にも侍大将なのだから最も大きな陣幕に控えているだろうと覗き込んだが、烏屋尾の姿は無い。軍議とのことで待ってみたが、日が傾いても一向に現れない。座り込んでこわばった足を休ませていると、居合わせた兵の間から大きな笑い声が聞こえてきた。

「茶筅丸様は手当たり次第に若い女子を引き込んどるそうや。ほんまやで、御殿の下働きに行っとる隣家の娘から聞いたんやからな」

茶筅丸は元服前ながらすでに複数の側室がいたが、その上、美しい女と見れば誰でも寝所に引き込むと噂になっていた。あまりに乱暴なふるまいに娘らの泣く声が絶えず、幾人もがその話を聞いたと口にする。

「北畠の御正室が輿入されんのもそういうことかいの」

「大殿様の耳にも入っとって、見境無しの色ぼけに娘はやれんって引き取ったらしいで」

養子に出されたとはいえ、茶筅丸は信長嫡男信忠の同母弟である。だが信長からの評価は低く、処遇などは明確に差を付けられていた。主君の評価は家臣にも伝わり、北畠家家臣からはなおのこと軽んじられる。茶筅丸自身が出陣していないこともあり、罵詈雑言と嘲笑が陣幕の内を満たしていた。

「何がそんなに可笑しい」

「それがな」

振り返った兵の顔色が変わった。視線の先にいたのは黒糸縅の甲冑の上に陣羽織を纏った壮年の武将である。細められた瞳は腰に佩いた朱塗鞘の大太刀よりも鋭い光を放っており、兵らは瞬時に逃げ散った。

「と……鳥屋尾様を捜しておりますんやけど」

信長配下に武将は多いが、朱塗鞘大太刀を佩く者は少ない。滝川一益だと目して、正綱は下男を装った。

「軍議は終わった。いずれ参られよう」

「それはご親切にどうも。そんなら、ちょっくらごめんなして」

正綱はゆっくりと歩を踏み出した。

伊賀では敵に逆の態度で臨めと教えられる。恐怖や警戒を感じたら笑え、視線を背けたい時は直視せよ、早足で駆け去りたい時は這うように進め、と。これまでに幾度も実践してきたことながら、至近から向けられる殺気に満ちた視線に正綱の足はもつれそうになった。

「若いの、ちょっと待て」

飛び出しそうになる心臓を喉で抑えて正綱は立ち止まり、引き攣った頬に笑みを上書きして振り返った。

「よい脇差を持っておるな。どうだ、俺の大太刀と取り替えぬか。古備前の大業物ぞ」

「これはおとうが殿様にいただいた大事の刀やもんで、差し上げられませんのです。どうぞご勘弁を」

嘘は饒舌に宿るとも伊賀では教えられる。ありもしない空言であればあるほど、信じさせようと聞かれていないことまで言葉を費やしてしまう。見破られないためには事実を織り交ぜ、言葉を簡潔に話さねばならない。

滝川一益が頷くのを待って、正綱は頭を下げた。走り出したい気分を懸命に抑えて足を踏み出し続けた。

「岩間よ、お主らの邪魔をしたのはあの男か。若いがどうして豪胆な奴。何者だ」

滝川一益の傍らに姿を現した甲賀衆の男は、隻眼を血走らせて遠ざかる正綱の背中をにらみつけた。

「寄合でも見かけたことがござらねば、名のある家の者ではございませぬ。格の低い家の者かと」

「ほう、格の低い家の名も無き者に配下を二人も殺され、姫さえ見失うところであったと申すか。伊賀とはまこと恐ろしいところよな」

岩間は頬も全身も強張らせ、握りしめた拳を地にめり込ませた。

「それで、鳥屋尾の足取りは摑めたのか」

「いえ」岩間は頭を振った。「熊野で姿を見た者がどうにも見付かりませぬ。あるいは熊野には行っていないのではありますまいか」

「そう申すには確たる証があるのであろうな。ならば、どこへ行っていたと」

「解りかねます。されど――」

「配下を殺され、おめおめ逃げ帰って来るのも道理よな」

滝川一益の言葉に岩間は血の気を失い、細かく震えながら押し潰されたような息を漏らした。

「気が変わった。あの男はまだ殺すな。あるいは親族の誼(よしみ)で雇い入れたお主らより、よく働いてくれるやもしれん」

「何を仰せに――」

向けられた更なる鋭い一瞥に、岩間は砕けるほどに歯を噛み軋(きし)らせながら深く頭を下げた。

「この長島が片付き次第、熊野に攻め入るのだ。信長様に従わぬ熊野海賊衆と北畠が手を結べば厄介なことになる。鳥屋尾がどこで誰と何を話したのか確かなところを調べてまいれ」

「御意」

岩間が影に溶け込むように消えると、滝川一益は舌打ちして首を振った。

「使えぬ奴ばかり揃いおって。まことあの若いのと取り換える方が良いやもしれぬな」

「それは拙者のことでございますかな」

「なんの九鬼殿」滝川一益は前方から近づいて来た九鬼嘉隆に視線を向けたが、瞳には鋭い光が残っていた。「それとも隠しておる手抜かりがまだ他にあるとでも」

九鬼嘉隆は癖の強い髪を揺らして首を振った。

「お戯れを。滝川様あってこその拙者でございます。なればこそ小浜衆の逃散についても包み隠さず申し上げたのです。この上、隠し立てなどございません」

北畠と志摩の地頭らに一族を攻め滅ぼされ、単身織田家に現れた九鬼嘉隆を推挙したのが滝川一益である。一益も甲賀を追われ身ひとつで信長に拾われたからだが、得体の知れない浪人者が将に任じられるなど家中争乱の元として他国ではほぼ起こり得ない。信長ならばこそ見出され引き上げられていたが見切られるのも早く、仕官する者と推挙する者は連帯責任を負った。

「であったな。許せよ」滝川一益は小さく息を吐いた。「ところで大築海島の砦を襲った輩は判明したか」

「小浜民部と見て間違いないかと。逃げた小浜衆どもが駿河の小浜民部の許に迎えられたが何よりの証。いや、狼煙さえ上げさせずに堀田備前ほどの豪の者を討ち取ったのでございます。武田海賊衆総出の強襲であったとしても驚きませんぞ」

「いや、あるいは……」

傾いた日差しに眉を寄せて吟味する滝川一益は不意に視線を上げた。九鬼の見張砦が襲撃され皆殺しにあったのは鳥屋尾の行方が知れない期間と重なる。だが、鳥屋尾が海や船を苦手としていることは周知の事実であり、小浜衆との接点など数十年前の話である。まして駿河遠江の武田海賊衆と示し合わせて攻略を手伝うなど偶然がすぎた。

「そうだな。その見立てでよかろう」小さく首を振って滝川一益は言った。「だが今は武田と事を構えるわけにはいかぬ。しばし堪えよ。されど長島への攻め手を欠いておるのは、優秀な船匠である小浜衆を逃して船団建造が遅れたからでもある。我らきつくお叱りを受けようぞ」

九鬼嘉隆は首をすくめたが、その向こうから本陣付きの母衣（ほろ）武者が息せき切って駆けてきた。

「守（こう）の殿（との）のお着きでございます」


北畠の陣屋からかなり離れたところで正綱は脇に逸れた。

滝川一益の意を受けて追って来る者は無く、動悸（どうき）は収まっていたが、噴き出した汗で全身に張り付いた小袖が息苦しい。川に飛び込んで全て洗い流そうと向きを変えたが、夕日に赤く染まった川べりに近づくにつれ、悲痛な泣き声が聞こえてきた。

「何かあったのかい」

人だかりに尋ねると、振り返った年かさの足軽が正綱に肩をすくめた。

「あいつの娘なんだとよ」

胴丸を着込んだだけの若い織田方の足軽が、晒し台にすがりついて号泣していた。長島の方向へ向けられて顔は見えないが、晒し台の上に載せられた小さな頭は黒髪を禿（かぶろ）にした十にもならぬ女童（めわらわ）のものだった。

長居しては数少ないとはいえ織田勢の船に捕まりかねないので、堤防の外に漕ぎ着ける輪中への補給船は物資を投げるようにして去っていく。戦果の欲しい織田勢は補給船を追撃するだけでなく、鉤を付けた竹で物資を引っ張り上げる一揆勢をも攻撃し、討ち取れば女子供でも容赦なく首を晒していた。

「酷いことを」

正綱は泣き崩れる足軽の傍らに進むと、嗚咽する肩をさするように手を置いた。

織田信長は足利将軍を推戴する実力者であり、褒美に櫃から銭を摑み取りさせるほどに気前がいい。そして滝川一益や木下秀吉など譜代でも武家出身でもない者さえ将に任じることで、多くの若者を惹きつけていた。長島は尾張国の内であり、すべての住人が一揆に加わったわけでもない。長島の若い農夫は兜首を取れば侍奉公ができると夢見て、娘を置いて織田の軍勢に加わっていたのだろう。

「おきぬは食い物を拾おうとしただけだ、どうしてこんな……」

「敵を利する者は、やはり敵。わしに歯向かう者は女子供とて容赦せぬ」

正綱の背後から冷たく甲高い声が落ちかかった。

川風に朱天鵞絨地のマントを翻し、つばの広い帽子、膨らみのあるカルサン袴と光沢のある黒天鵞絨の南蛮服で揃えた男が夕日を背に、漆黒の肌の従者を従えて立っていた。

「守の殿」

「よう見よ」

周囲の者が平伏する中、大股に進んだ信長は足軽の髷を摑んで顔ごと竹柵に叩きつけた。

「別け隔て無く人を護り導くのが真の神仏。ならば民心を惑し、死ね殺せと命ずるは天魔の所業ぞ。あ奴らは念仏修行の道理も分もわきまえず、まがい物の戯言を信じて己で考えることをやめた愚か者ども。無知蒙昧であることを自ら選ぶような輩はわしが支配する世には要らぬ。まして戦って死ねば極楽往生と信じておるそうではないか。ならば皆殺しにしてやるが、むしろ情けというもの。お前の娘も今頃浄土とやらで笑っていようぞ」

「そんな、あんまりだ。こんな酷いことされて、おきぬが笑っているはずがねえ」

足軽は泣きながら首を振って抗った。髪が引きちぎれるのも構わず身を投げ出して信長の手から逃れるや、拳を固めて飛びかかる。

死なうは一定

だが足軽の拳が届くより早く、信長の刃が一閃した。刎ね飛んだ首が娘の傍らまで達し、落ちてそのまま地を転がった。

しのび草には何をしよぞ　一定かたり遺すよの

死は人の定めだが、偲ばれるような行いをすれば人々が語り継いでくれるだろうとの小唄である。信長は謡いながら血振りし、鮮血よりも赤く鮮やかな朱天鵞絨地のマントを翻した。

「よいか、長島に立てこもる一揆の者共はことごとく根切とする。蠢動する坊主共どもに門徒を守る力などないと天下に知らしめよ。情けをかけてはならぬ。犬猫赤子に至るまで殺し尽くせ」

織田の家臣らが平伏したまま声を合わせ応える。

遅れて膝を突いた正綱は、抑えようのない怒りを顔を伏せて隠した。

第二章　五百重波

一

「それで、ここはどこじゃ」

「さあな」

「……か、帰れるのであろうな」

正綱は返答すらせず、船底に寝そべった。見上げた空は暗澹たる黒雲が低く垂れこめ、波立つ海が大きく船を揺らし続ける。

「なんたる仕儀ぞ。何故にまろがかような目に合わねばならんのだ」

力無くへたり込む声に、昨日の光景が正綱の脳裏に浮かんだ。

「これよ、急ぎ伊勢に渡らねばならぬ。そこもとは船を出しやれ」

正綱は従者も連れずに声をかけてきた海松色に濃紫をかさねた直垂姿の男をまっすぐに見つめ、首を横に振った。夏の残照が炙る中、船六艘を数人がかりで遠江大原の浜へ押し上げたところである。

「船は出さない。野分（台風）が来るからな」

長島輪中での戦は、結局、激突も無いままに織田勢が囲みを解いて終わったが、あの日のうちに北畠陣幕の中で鳥屋尾と打ち合わせた正綱は、早々に百隻の造船に取りかかっていた。伊賀や美濃の森林を巡り、良い船大工を求めて河内から相模にまで船を走らせる。小浜衆を中心に小早船の建造を始めていたが、それでも期限の秋までには二十隻に届くかさえあやしい。どうすれば百隻造れるのか策が見出せないまま季節は夏に入り、そして野分が正綱の足を止めていた。

「向井の御嫡男は野分が怖いてか。所詮は伊賀の陸者やな」

振り返った先には、生えかけの薄いひげを歪めた堀内新次郎のにやけ顔があった。同様に野分を避けるために大原に船を着けた若い熊野海賊衆だが、顔を合わせるなり脇差の小梅藤四郎に目を付けて売ってくれとしつこくせがむ。断ると、ならば海賊らしく力ずくでも奪うと公言して先刻より付きまとっていた。

「本物の海賊は野分の大風かて利用するんや。うちは祖父さんの祖父さんのそのまた祖父さんが、伊予忽那や薩摩東福寺城まで攻め込んだ由緒正しい熊野海賊やからな。よっしゃ、わいが連れてったろ」

「南返しの西風が吹いているのにか」向き直った正綱は一歩踏み出て語気を強めた。「波はこれからもっと激しくなる。船を転かすのが関の山だ」

海では風よりも波の方が早く伝わり、西に向かうとは野分に近づく事である。丸木舟から発展した和船は横波に弱く、また甲板を持たない小型船には雨や高波が入り込む。野分とぶつかれば転覆するとしか正綱には考えられなかった。

「昨日北風今日南風、明日は浮名の辰巳風てな」だが新次郎は鼻で笑い飛ばして謡った。「いくら潮と風を見るのが達者でも、それだけでは海賊には足らんのや。度胸の無い奴は陸で吠えとれ。せっかくのええ刀が泣くで、ほんま」

「ほんまに連れて行ってくれるのかえ」

「任せとき」直垂の男に堀内新次郎は厚い胸を叩いた。「せやけど、水の泡っていうのは海賊が一番嫌いな言葉なんや。危ないし苦労する分、銭はたんまり弾んでもらうで。ところで、供はおらんのか。すぐにも出すで」

「まろひとりや。足手まといになるさかいに、荷物持ちはその都度雇うことにしとるんや」

「荷物があるなら二人分もらおか。ほな行くで」

船に乗り込む二人に背を向けて正綱は大原の館に入ったが、すぐに風が館を揺らすほどに強まり、打ちつける波音も激しさを増した。日頃穏やかな遠州灘も黒い波が高い波濤をもちあげて荒れているのだろう。正綱は警告し、新次郎は受け入れなかった。船が転けるとしても自業自得だと思い込もうとしたが、正綱に平穏は訪れなかった。目を閉じ、耳を塞いでも、嵐が己の内側で荒れ狂っているかのように収まらない。

ため息と共に起き上がると、正綱は小梅藤四郎を構えて具教に教わった形のひとり稽古を始めた。

弓で射た末に名乗り合っての一対一の戦いから、世の戦は集団戦へと移り変わっていた。陣を構え、弓や鉄砲で遠くから撃ち、近づいては槍で叩き合い、敵陣が崩れたところへ騎馬武者が突撃してさらに分断する。最後は追撃戦とも言うべき乱戦であり、複数人で囲むことも、背後から襲うこともごく当たり前のように起こる。

そのような時代に編み出された剣術は最小の動きで相手を倒し、次の攻撃に備えることを要旨としている。人を殺すことには今も抵抗を感じていたが、剣術の無駄の無い動きには惹かれており、なによりどうやってやられたのか会得すれば、次は具教にも打ち込むことができるはずだった。

具教より教授された形は、打ってくる相手の刃を僅かに打ち逸らし、相手が引くより早く踏み込んで相手の腕に沿うように刃を滑らせて突くものである。単純ながら相手の動きに合わせる形であるため、より実践に即して稽古するならば、どのような相手がどのように剣を振るうかまで想定しなければならない。

正綱は具教をまず思い浮かべた。稽古での動きを思い出し、横薙ぎの一撃に刀を合わせて突きを放つ。だが重く速い具教の一撃は受けるだけで精一杯であり、切先が僅かでも外を向いたり力が入りすぎれば突くより早く逃げられる。さりとて突きを意識しすぎれば受け損ねて斬られるばかりである。

ならばと正綱は堀田備前を思い浮かべた。堀田備前の剣も決して遅くはなく、殺気が籠もっているが、動きが大きいために軌道の予測ができる。実際に立ち向かった際は飛び退くしかなかった一撃に、今度は息を鎮めて刃を合わせた。だが、繰り返し刀を合わせてどうにか堀田備前の首元に突き込むことができるようになったものの、今度は血に塗(まみ)れて倒れた姿が頭から離れない。正綱は首を振って意識からかき消し、続いて織田信長を思い出した。足軽の首を刎(は)ねた剣の動きを思い出し、打ち払って突いてを繰り返す。ただ、いつしか細面の顔と言わず喉と言わず突き上げ、殴りつけ血塗れに這(は)いつくばらせることに熱中していた。

気持ちが高ぶっては稽古にならない。正綱はまた首を振ったが、次に現れたのは雪姫だった。戦う相手ではなく、刀も持っていない。首を振って他の剣士を思い浮かべようとしたが、笑みを浮かべていた雪姫が不意に表情を曇らせた。

――あの二人をお見捨てになるのですか。

「違う、あいつらが勝手に船を出したんだ」

正綱は一度瞑(つむ)った目を開き、握りしめた拳を振った。

――いいえ、違いませぬ。今ならばまだ間に合うと、本当はお解りのはず。

「外は酷(ひど)い嵐だ。助けるどころか、俺まで共倒れになる」

――つまり見殺しになさるのですね。長島の足軽のように。堀田備前殿のように。御母上様のように。なんと無力なこと。

雪姫の口の端が高く吊り上がった。瞳に嘲りと侮蔑が浮かび、甲高い笑い声が胸を刺した。

「やめろ」

逃げるように台所へと走った正綱は、水瓶に柄杓を突っ込んで水を呷った。二杯三杯と立て続けに流し込み、ついには顔を水に叩きつけた。

「やめろ、やめろ、やめろ」

繰り返し首を振って叫び、正綱は水瓶におぼろに浮かんだ己の顔をにらみつけた。もはや眠気が訪れるどころか胸の奥の思いが激しく波立ち、抑えることはできなくなっていた。

正綱は戸を開け、打ちつける風雨に向かって大きく息を吸い込んだ。胸中に野分を取り込んで海へ駆けると、吹き飛ばされそうな風と痛いほどの雨に打たれながら船の綱を解く。そして逆巻く波の間へ船を押し出した。

強すぎる風に帆は張れず、艪も船を動かすというよりも波に流されない程度にしか操れない。闇は深く、波と雨に遮られてすぐ近くにあるはずの山も浜もおぼろにしか見えない中を、それでも逆風に斜めに舳先を向けて正綱は西へと進んだ。

どれほど進んだか、不意に微かな呼ばわり声が聞こえたような気がして顔を向けると、波の只中に一艘の船が揉まれていた。大きく左右に傾き、波に持ち上げられ叩き落とされながらも、それでもなんとか浮いていた。

「新次郎」

声を限りに正綱は叫んだ。四度目で反応があった。微かながら堀内新次郎の声に違いない。正綱は波間に飲み込まれそうな小舟に舳先を向けたが、見えるところに浮いていながら荒波は一瞬で船を遠くへ運び去る。それでも波に揺られる船内に新次郎と直垂の男の姿が見えた。手足を縛られ、半ばまで水の溜まった船底に転がっていた。巡検する九鬼衆か徳川の海賊衆に捕らえられたが、曳航される途中で強まる風雨に船ごと見捨てられて流されてきたのだろう。

幾度目かの交差で鉤縄をかけることに成功すると、正綱は船をぶつけるように引き寄せた。舷側を転がるようにして移り、自力で動けない二人を自身の船に投げ込む。そして急ぎ自らも船に戻ると、外そうにも指が千切れるほどに食い込んだ鉤縄を切り落として湊に向けて艪を取った。

だが波のうねりは更に高まり、風は激しさを増した。天空で渦を巻いているのか一瞬ごとに吹きつける風の向きが変わり、船の向きさえ保てぬほどに翻弄される。屋根より高く持ち上げられたかと思えば、地の底に叩きつけられるほどに沈められて内臓が跳ね回る。縄を解いた新次郎が操船に加わったものの二人がかりでも艪も櫂も十分に動かず、もはや波風に奪われないよう船内に引き入れておくしかできない。

「堪えろ」

身を低くし、摑まれるところにしがみついて正綱はあらん限りの声で叫んだが、隣り合わせる新次郎に聞こえたかどうかさえ解らないほど海が吼えていた。目を閉じ、あらゆる方向へ体を揺り動かされながら、野分が過ぎるまで浮いていてくれることを、ただ願い続けた。

そして夜が明けた。

ずぶ濡れにはなったが、船は浮いていた。体の下に敷いていた帆も艪も櫂も揃っており、新次郎も真島昭久と名乗る直垂の男も生きている。

ただ、どこをどう流されたのか見当もつかなかった。どちらを向いても目印となる島や陸の姿は見当たらず、空は厚い雲に覆われて太陽の位置さえ解らない。そして船尾の小桶の水は揺れに翻弄されて半分も残っていなかった。三人で飲むならば半日分にも満たず、食糧はそもそも積んでさえいない。九字を唱えて刀印を切っても知恵が出るどころか、考え続けることさえできなくなっている。

生きているのも、今のところは、でしかなかった。

「水飲むのも大概にせえや、おまけにこぼしよって、どないな了見やねん」

新次郎が真島を怒鳴りつけた。

「無礼な。まろを公儀奉公衆真島——」

「やかましわ、だあほ。何遍名乗るねん」

真島を黙らせ、新次郎は船底をよじる虫を指先で捉えた。腰帯に巻き込んでいた針に通すと船べりから釣り糸を垂らす。

「熊野の神様、どうぞお救いください。夜には雲が晴れて子の星さん（北極星）が見えますように。魚がぎょうさん釣れますように」

「釣りなんぞしとる場合やなかろに。嵐が収まったのなら、船を漕ぎやれ。岸に着けるんや」

「だあほが」新次郎は一瞥さえ呉れずに言った。「どっちに向けて漕いだら助かるんか解っとったら、言われんでも漕いどるわ」

「それは、つまり、海の真ん中で迷ったということか」へたりこんだ真島の烏帽子が大きく傾いた。「それでは大湊に着かん、いや公方様にご報告できへんやないか。北条がようやく良い返事を呉れたというものを」

　武田信玄は西上するにあたり、様々な外交策を巡らせていた。浅井朝倉とは共闘を密約し、相婿である本願寺顕如には上杉謙信が攻め込めないよう越中で一揆を起こさせ、家督を継いだばかりの北条氏政とは和睦して後顧の憂いを無くす。

　足利将軍家は更に信玄の西上を推し進めようと、北条と上杉の同盟を斡旋した。上野の領有を巡って両者は一触即発の状態であったが、真島は北条氏政を説いて弟を上杉謙信の養子とする同盟を締結させていた。

「ほんまにか。おっさん、やるやないか。ほな、こっちもいよいよやな」

　新次郎は真島にも釣り糸と針を渡して声を弾ませた。

　九鬼嘉隆が志摩衆を制圧したことにより低調となった廻船の分野で躍進したのが、志摩の南の熊野海賊衆である。西へ東へと盛んに船を出すようになったが、織田信長の手もまた熊野に伸びていた。九鬼嘉隆を通じて服属を求める使者がしばしば訪れ、次第に語調が強まる。

「服属せんなら攻め滅ぼすってついに言われたところや。せやけど、これで無しになりそうやな。織田が滅ぶか。ええ気味や」

　堀内家は熊野別当として宗教的な権威も併せ持つ豪族である。当主の次男である新次郎は諸国を廻(まわ)って情報を集めているのだと語った。

「そいで、向井の御嫡男は何をしとる途中やったんや」

「俺は船を造っていた。織田と戦うために」

　話を向けられた正綱は鈍色(にびいろ)の海に視線を向け、全てを語った。

「だが織田信長を滅ぼせば、何もかも丸く収まるのか」

「あほ言うなや。まさか織田に寝返る気とちゃうやろな」

「そうじゃない」正綱は首を振ったが、視線は己の内に向かっていた。「他人(ひと)の命を要らぬと勝手に決める奴は大嫌いだし、共にあって共に栄えるとの海賊の掟(おきて)にも反する。そもそも意に反することをしたり、させることは悪で、殺すだの女を犯すだのは人間のやることじゃない。あの息子にしてあの父ありだと心底思ったよ。でも一向宗だって火の粉を払っているだけじゃない。武田も、北畠も、立場は違えど手は血に濡れている。家を守るため、公儀の御諚(ごじょう)、天下布武(てんかふぶ)と大義は皆立派だ。だが、大義とやらで人殺しが許されるのか。

そんな世が疎ましいから俺は仕官せずにいたのに、いつのまにか争いの中に巻き込まれていた。そう思い始めたら、三瀬にさえ行けなくなった」

「ほんまに、訳解らんようになっとるな」新次郎が天を仰いだ。「向こうは攻め滅ぼしに来とるんや。高みの見物なんざできへん。自分の命を守るために織田を討つ。ついでに姫さんとやらに惚れとんのなら、とっととまぐわっとけ」

正綱は目を剥いて大きく首を振った。

「そんなことができるかよ。相手は姫さんだぞ」

「なんでや。譜代の家臣ともちゃうんやろに。それとも縮み上がるような醜女なんか」

「それはとんでもない的外れだな」正綱の小鼻が膨らみ、頰が緩んだ。「姫さんはお前が知っている一番美しい人よりも百倍美しいぞ」

「惚れとることは否定せんのか。じゃあなんや、あ、そうか、お前の一方的な片恋か。そりゃ、悪かったな」

「そんなことはない。姫さんも俺のことを、少しは好いてくれている、と思う。それに今は色恋とか言ってる状況じゃない。とっさんや北畠の家の、たくさんの人の生き死にがかかっているんだ」

「そんなこと言うて、ほんまはええように転がされとるだけやと思い知るのが怖いだけとちゃううか。ちょっと甘い顔見せられたら、たとえ火の中水の中ってか。船さえできたら用無しやのに、ちょろい奴やなあ」

「違う、姫さんはそんな人じゃない」

正綱は首を振ったが、脳裏に浮かんだ雪姫は昨夜のあざ笑う幻影に変わり、追い払えなくなっていた。実際にそのような姿を見たことは一度も無いにもかかわらず、耳をつんざく高笑いと眼差しが正綱の胸を引き裂く。

「二人とも落ち着きなはれ」真島が柄杓を振って正綱と新次郎の頭に海水を被せた。「それにしても、向井殿はえらいうぶい、それに底抜けのお人好しさんやな。話を戻してや、たとえ織田も他の大名衆もどっちもどっちやとしても、そこもとの親は武田の家臣で、そこもと自身は北畠はんと昵懇で雇われてもおるんやろ。織田が負けてくれた方が都合がよろしいのとちゃいますか」

「それは、そうだ。そうなんだが、でも……」

真島はひとつ息を吐いて言葉を続けた。

「例えばや、先ほど意に反することをさせるのは悪やとおっしゃいましたけど、そこもとは誰も船から落としたくないとして、そこな新次郎がまろを突き落とそうとしたらどないします」

「どないて……」

正綱は黙り込んだ。新次郎が制止を聞き入れればよいが、耳を貸さねば真島が突き落とされるのを見過ごすか、止めるために新次郎を突き落とすしかない。いずれにしても真島か新次郎かいずれかの意志に反し、正綱の誰も落としたくないとの思いも守られないことになる。

「答えられまへんか。ほな、落とされるのがそこもとなら、まろと新次郎が二人してそこもとを突き落とそうとしたらどないします」

「そんな理不尽な」

「理不尽なんが世の中や。さ、どうする」

「それは……」

二人から詰め寄られても正綱の口から答えは出なかった。もちろん落とされたくないから抗うほかないが二人共を落とさねば収まらず、落とした後も落とされそうだったから落としたのだと自らを納得させねばならない。

視線を落とした刹那、二人の手が伸びて正綱の体を押した。海に転げ落ちた正綱は白波上がる海に揉まれ、少なからず海水を飲まされた。

「例えばの話だろ」海水滴らせて船に戻った正綱は二人をにらみつけた。「本当に押す奴があるかよ」

「つまり、いざという時に悩んどったら選ぶ前にそこもとが死ぬ、って話ですわ」

口を開いたまま言葉を無くした正綱に、真島は更に言葉を重ねた。

「今は乱世や。強欲に塗れたもんがしたい放題して、事実を捻じ曲げて嘘と偽りで固めた異端邪説の方がやかましい。かような折にこそ志を大事にせなあきまへん。せやけど実際のところ、よりましな方を鼻を摘んででも選ぶしかありまへんのや。その際、何を以て選ぶべきか。己の命か、欲か、家か、掟か、大切な人か。判断は人それぞれやけど、捨てたことを後悔するものばかりで簡単に選べるものやあらしまへん。かと言ってあれも大事これも捨てられんと迷っとったら、どぼんや。故に本当に無くしたらあかんものは何か、そのために何をすべきか、日頃から思い定めておかねばなりまへん。それを覚悟と言います。まろが見るところ、そこもとは覚悟が足りまへんな。根石から据え直した上で、やらなあかん事の成就だけに邁進しなはれ」

「切所突然なり、か」

俯いて呟く正綱の傍らで新次郎が大きく頷いた。

「なんや、ただのえばりんぼうかと思うたら、まともなことも言えるんやな」

「まろを誰と心得る」

烏帽子を揺らして真島はふんぞり返った。

「まろは公儀奉公衆真島昭久。敵をも味方に引き入れる将軍家の信任厚き使者やぞえ」


「けど、やっぱり解らんわ」

天候は回復せず、陸地も他の船も太陽さえ見えぬままに数刻が過ぎた。波と風の音だけが響く中で三人で釣り糸を垂らし続けても魚はかからず、空腹と喉の渇きとで舌も回らなくなっていた。

「解らんまま死ぬのは気色悪いから教えてんか。そんなきれいな姫やのに己のものにしたいと思わんのはなんでや」

「解らんちんなお人やな」寝転がって釣り糸を垂らす真島が小さく息を吐いた。「貴人に対してはかくあるものや。貴人とは手を触れるどころか見ることさえ憚られる、ただただ貴きものやぞえ」

「お前に聞いとらへんわ。それに何が貴人や、官位かて銭で買えるご時世やないか。支離滅裂の嘘っぱちは大概にせえ」

新次郎は侮蔑を丸出しにして舌を出した。

乱世となって官位を勝手に自称する者も珍しくないが、朝廷に寄進して正式に任じられる者も少なくなかった。もちろん任じられたからといってそれに伴う職責や報奨が得られる訳でもないがありがたがる者は多く、一方で公儀からの支援が無くなり所領を横領されて衰微著しい朝廷にとっては貴重な財源となっていた。

「だいたい、日ノ本がこないおかしなったんは、血筋で官職や富貴を継いだだけの能無しどもが居座り続けとるからやないか。我が身の可愛さしか頭にない恥知らずの穀潰しどもは、みな腐っとるわ」

「姫さんは違う、いい人だ」正綱は首を振った。「それに、姫さんは国司家の姫君だから俺とは身分が違うし、輿入していないだけで娶せられているのも解っている。でもいくら手が届かない相手だからって、己の欲のままに女を好き勝手にしたいなんて茶筅丸と同じだ。俺のやり方じゃない。それに、好きにもいろいろあるだろ。顔を見るくらいには好き、とか、話をするくらいには好き、とかさ。姫さんが少しでも俺を好いてくれているのなら、なおさら困らせたくないんだよ」

「えらい卑屈やな。ええかあかんかぐらい、聞きゃ済む話やないか」

「爺の小言でさえ聞かされるたびに心が削られるんだ。判断を求められること自体が苦痛なんだよ。言わなきゃ伝わらないのは確かだけど、今は大変な時だし、余計な気を遣わせたくない。いや、そもそも女を大切にしたいと思うことは、そんなに変なことか」

「変やな」新次郎は即座に断言した。「殿上上臈（じょうろう）かてそこらの村娘かて、男にとって女は女。女は抱くか抱かんかや。抱かへん女はおらんのと同じやし、一度抱いたらもう二度と会わんでもええ女かてぎょうさんおる。そんな中で何度も抱きたい女やからこそ、大切にしたいと思うんやないか。やのになんで抱きもせえへん女の幸せを、命がけで願わなあかんねん。そんな女はかあちゃんか、ねえちゃんしかおらへんわ」

「かあちゃん、ねえちゃん、か」呟いた正綱はきつく目を瞑（つむ）り、大きく首を振った。「姉上は俺が遠ざけ、母上は亡くなられた」

新次郎は大きく息を吐き、頭を掻（か）いた。

「ええで、この際、何でも腹蔵（ふくぞう）のう言うてみいや。何を聞かされても、明日には皆死んどるかもしれへんのやからな」

「母上には願いがひとつあった」正綱は海原に目を落として言った。「俺の妻は母上の実家から迎えたいというのだ。先方には六歳の幼女ひとりしかなかったが、それでも俺の元服の際に形ばかりの祝言をあげると決まった。だが、間も無くその子が病にかかった。母上は看病に行き、同じ病に倒れた。そして相次いで亡くなったよ。伊賀にいた俺は死に目にさえ会えなかった」

「そりゃ、気の毒に」

「いや、気の毒なのは父上と姉上だ」正綱は目を瞑ったまま大きく首を振った。「俺は二人を責めた。俺がいても何もできず、二人のせいじゃないと解っていながら怒りをぶつけ、なじった。困ったことに未だに謝れていないし、顔さえちゃんと見れない。多分、まだ納得できていないのだと思う。俺は、母上が死んだことがどうしても許せない」

「気持ちは解るわ」

「解る、だと」

船が傾くほどの勢いで正綱は摑みかかったが、新次郎はすぐに振り払って暗い海に吐き捨てた。

「近しい人を前触れ無しに亡くしたんはお前だけやあらへん。だから言うけど、殺されたんやなし、死にとうて死んだのとも違う。それを責めるのは酷やろ」

「そんなことは解ってる。じゃあ教えてくれ、どうしたら怒りを無くせる。どうしたら乗り越えられる」

「それでも許す。いや、手放すことでっしゃろな。まあ、すぐにできることではおへんけど」真島は言ったそばから口の端を歪めた。「今夜の内にも死ぬかもしれへんのに、何を言うとるんやろな。けどそれしかあらしまへん。それはそうと、今の話聞いて得心がいきましたわ。そこもとの覚悟ができとらんのは、己と向き合うことから逃げとるからや。どんだけ他人を助けたところで母御は生き返らしまへんし、母御の代わりはどこにもおりまへんで」

「どういう意味だ」

正綱はひくつく喉を鳴らし、しきりに目を瞬(しばたた)かせた。

「ほんまは解ってはんのやろ。己の胸に聞いてみなはれ」

正綱の脳裏に再び雪姫の幻影が浮かぶ。だがその顔は母のものに変わっていた。

「もちろん、しがみついて放さんままでも生きてはいけますやろ。けど、己を殺そうとする者に情けをかけたり、見ず知らずの者のために命投げだして助けとったら、命がいくつあっても足りまへんで。助けられたまろが言うのも、これまたおかしなことですけどな」

空は暗く、波は高い。見渡す限りに船影も島影も無い。正綱は足を引きずるように船尾へと歩いて残り少ない水桶に向かったが、水面に映った顔はひどく歪んでいた。

「まあ、考える事があるのは、気が紛れるさかいよろしおすに。あとは生きとる内に答えが見付かれば言うことなし。おっと」

不意に真島が前のめりに腰を浮かせた。釣り糸を引き上げると、掌(てのひら)に乗るくらいの小さな鰺(あじ)がかかっている。だが引き上げるより早く、急降下した鳥が爪をかけて奪い去った。

「ちょっ、鳶(とび)め、忌々しい」

「鳶じゃない。鳶はこんな海の上まで飛んでこない。あれは……」

見るともなしに遠ざかる鳥に顔を向けていた正綱は、不意に表情を改めて新次郎と顔を見合わせた。

「刺羽(さしば)だ」

同時に叫んだ二人は艪と櫂を拾い上げ、一心に漕(こ)ぎ始めた。突然の動きに尻餅ついた真島にも櫂を押し付けて漕ぐように命じる。

「ちょ、鳶やなかったらなんやと」

「助かるかもしれんのや。いや、これ逃したら間違い無しに死ぬ。とにかく漕ぎさらせ」

鳶同様に鷹(たか)の近縁種である刺羽は冬越しのために海を越えて南へ渡る。伊勢の神島は毎年羽を休めに降りる地であり、野分に吹き飛ばされて群れからはぐれた刺羽も本能に従って神島を目指して飛んでいるに違いない。正綱は黒雲に重なって小さな点にしか見えない刺羽を舳先に捕らえ、新次郎と真島はひたすらに漕ぎ続けた。

不意に前方の雲が途切れた。

鮮やかな金朱の光が天から絹が垂れたように海を照らし、煌(きら)めく照り返しが雲に紛(まが)う黒と青の光の列を浮かび上がらせる。やはり日本に飛来する唯一の渡り蝶(ちょう)、浅黄斑(あさぎまだら)である。気流に乗って富士山頂にさえ舞い飛ぶ蝶が、刺羽同様に南へと向かうために群れなして飛んでいた。

夕日が眩(まばゆ)く光さし、歓喜の声を上げる三人の眼前に神島灯明山(とうめやま)の稜線(りょうせん)が浮かび上がった。

二

「さぞや、お疲れ残しでございましょう」

雪姫が椀に差し出した水を一息で呷り、正綱は井戸脇で大きく息を吐いた。

「お粥を用意いたしましたれば、中へどうぞ」

「ありがたい。いただきます」

汗を拭った正綱は台所の板間に座り、膳部から白粥を両手で捧げ持ってから口に運んだ。梅干しがひとつ載っただけながら、稽古後の脱力した体に塩味と酸味とが染み渡る。

「父上様も、最近食がお進みであらしゃいます」粥をかきこむ正綱の頬に雪姫が言った。「箸を置く音も、いいえ、木刀を振る音も以前と違うのです。正綱様が戻られてとても嬉しくお思いにあらしゃるのでしょう」

生還した正綱は以前にも増して船の建造に力を入れる一方、三瀬の館に頻繁に出向いて具教に教えを請うようになっていた。それでも長居はなかなかできなかったので、雪姫と話すのは久方ぶりになる。

「船の方は順調に進んでるよ。手伝ってくれる人ができたんだ」

遭難を共に切り抜けた堀内新次郎が協力を申し出てくれていた。熊野の船大工の手を借りて建造を進めるだけでなく、熊野衆が保有するおよそ三十隻の船を出してくれるとも話がついている。更に西国の他の海賊衆にも協力を呼びかけてくれていた。

「それも小梅藤四郎様様だよ」

正綱は首を振って苦笑を浮かべた。生きて大湊の浜を踏んだ際、命の借りは必ず返すとむしろ機嫌を害したように吐き捨てた新次郎だったが、友情の証にと正綱が小梅藤四郎を差し出すや、お前のためなら何でもするわと態度を一変させていた。

「あ、具教公からいただいた刀を人手に渡したのはまずかったかな」

「いいえ、良きご判断かと」雪姫は微笑んで頭を下げた。「それから改めて、環のことをお礼申し上げます。無事本復いたしまして、三瀬に戻ってまいりました」

「お世話になりました。この御礼は命に替えても、必ず」

強い決意を込めた視線を正綱にまっすぐに向け、廊下の端から環が頭を下げた。

「堅苦しいのは無しにしてくれ。でも、元気になって良かったよ。これも海賊の掟のご利益かもな」

食べ終えた椀に白湯を注いで正綱は頷いた。椀に浮かんだ顔は稽古に疲弊しきって覇気も緊張感も失せていたが、野分の夜に感じた焦燥感や切迫感もまた無くなっていた。

「海賊の掟は強欲無法な輩には無力なのかもしれない。いや、違うな。強欲無法な輩に屈しないためにはより強い力が必要なんだ。でも、その上で、俺は掟を汚さない生き方を選ぶよ。ただ、おかしいよな。海の上で餓え死にするか渇き死にするかって時に、そんな事を考えていたなんて」

呟くように口にした正綱は、首を傾げて瞬きを繰り返す雪姫を見やった。確かに真島が言ったように雪姫を助けたのは母を失った後悔からで、面影を雪姫に見ているのかもしれない。だが、同時に近くにいるだけで胸が苦しいほどに高鳴っているのも事実だった。

「それと、これからは無茶もしない」正綱はひとつ息を吐いて言葉を続けた。「俺も覚悟を決めたよ。だから助けたがりもほどほどにする。剣術も生きる助けになってくれると思うんだ。もっとも、ひとまずのところまで達するのにあと何年かかるか解らないけど」

正綱は箸を置いて右手を揺らし、繰り返し握り開いた。具教から多くを学んでいたが、未だ打ち込むどころか掠らせることさえできず、逆に相当な回数を打たれている。柔らかな袋竹刀で手加減されていても、しびれたような痛みが残っていた。

「一之太刀という技でございましょうか。兄上様もよく打たれておりました」

雪姫は用意してあった貝を開き、濃緑色の練り薬を竹篦で正綱の右腕に塗り込んだ。蓬を練り込んであるのか、苦みと爽やかさとを併せ持つ香りが鼻へ抜けた。

「ですが、兄上様は打たれるのを厭うあまり剣術の稽古をやめられてしまいました。そればかりか、ああも肥え太られたのは父上様への反抗であったのやもしれません」

雪姫の兄具房は馬にも乗れぬほど太っており、織田勢が攻め寄せた際には大腹御所の餅喰らいと囃し立てられたとは正綱も聞いていた。

「剣術が得意な者も苦手な者もいる。稽古次第で伸びるのは確かだけど、嫌なら反抗するより己の得手を伸ばせばいいと思うけどね」

「父上様は、それをお許しあらしゃいませんでした」雪姫は俯いたまま首を振り、声を沈ませた。「父上様は立派なお方です。さりとて良い行いばかりをなされてきたのでもございません。兄上様にしてみれば厳しすぎる父であり、他家にとっては旧主を滅ぼした覇者なのです」

志摩や伊賀にも兵を進めて北畠家の領土を最大にまで広げた北畠具教は、応仁文明の乱でも争った長野工藤氏に次男を養嗣子に迎えさせて和議を結んだが、家督を譲って数年後に元の当主親子が同日に死去している。病死と喧伝されたが、暗殺との噂も根強く囁かれていた。

「あの、正綱様は織田信長というお方をご存じあそばしますか」

頷く正綱に、雪姫は不意に挑むような視線を向けた。

「ならばお教えくださいませ。我が子に茶筅だの、奇妙だのと名付けるのはどのようなお方でございましょう。わらわにはとても、まっとうな親だと思えないのです」

「そうだな」

正綱は夕日を背に血刀を振るう長島での信長の姿を思い浮かべ、怒りと恐怖と畏怖の混ざりあった思いに小さく身震いした。

「確かに、信長ほど人を人とも思わぬ男は見たことがない」

「わらわには茶筅丸様と兄上様が重なって見えるのです」雪姫は言葉を選びながらも堰を切ったように話し出した。「かつて大河内の館で意図せず聞こえてしまったのですが、茶筅丸様は信長様からの書状で叱責を受けた後、誰もいない一隅に駆け込んで泣いておられました。ととさま、いい子になるから許してたもれ、とまるで幼子に戻ったような口ぶりで。あの御方と接したのは短い間でしたが、傲慢で癇癪を起こせば手を付けられない一方で、もろく、傷つきやすい面のある方でした。あるいは人を遠ざける荒々しい口ぶりや態度は、全て己を守ろうとする虚勢ではありますまいか」

茶筅丸が幼い頃から冷遇されてきたことは事実であり、信長が己の父であったらと考えるだけで怖気と吐き気で胃が痛む。だが、正綱は首を振って厳しい声を出した。

「だが茶筅丸は北畠支配の重要な役目を担っているし、姫さんを殺そうとさえした男だ。悪いのが信長だとしても、許す気にはなれないよ。まだ元服しないでくれているのは助かっているけどね」

冷夏のために例年より遅れてはいたが伊勢では稲刈りもほぼ終わり、秋が深まりつつある中、茶筅丸の元服は未だ行われていなかった。出来が悪すぎて傀儡さえ務まらないからだと嗤う声もあったが、周辺国に不穏な動きを察知した信長が領内での動きを控えているのだと正綱は見ていた。

「いえ、あの、許すつもりはないのです」雪姫は茜色の小袖の裾を握りしめて首を振り、俯き気味に眉を下げた。「正綱様がお見えにならない夏の間、ご無事なのか、どこで何をされているのかと思いあぐねてしまい、書物を読んだり、他のことを考えて気を紛らわせておりました」

思わず正綱は目を瞠ったが、うちしおれた雪姫の横顔に先ほどはねつけた厳しさと、かつて疑った罪悪感とが後悔を伴って重く跳ね返る。繰り返し口を開き閉じして煩悶する正綱に雪姫は言葉を続けた。

「ただ、おかしいのです。『神皇正統記』を読み返しても以前ならばすんなりと読めていたものが、根拠の無い断定ではないかと考えてしまう箇所がいくつもあるのです。父上様のこと、北畠の家のこともそう。昔はものを思わざりけり、ですね。でも今はもっと考えたいですし、それを聞いていただきたいのです。なにより本当のことを知りたく思います。たとえそれが、わらわを辛くすることでも」

「すごいな」

内なる熱に瞳を潤ませる雪姫を前に、正綱の口から感嘆の息が漏れた。

「京の将軍家に訴え出ようなんて、ただの姫さんじゃないとは思ってたよ。でも、こんなに強い人だとは思ってなかった」

「わらわは強くなどありませぬ」雪姫は頬を赤らめ、俯き加減に首を振った。「かくあらせませと願うのみです。ですが、もし、強さがあるのだとすれば、それはわらわに手本を見せてくださった方の――」

不意に小さな足音が雪姫の言葉を破り、続いて、やめろ、離せ、と元気の良い声が廊下に響き渡る。奥を見やるといつの間に現れたのか男児が二人、環に襟首を掴まれて動きを封じられていた。

「亀松丸、徳松丸。なんですか、騒々しいですよ」

「今日は村の池で池こねがあるのです。みんな行くのです」

三瀬では年に一度、共有の用水池の底泥を村人総出で浚っていた。必要な水量を確保するための大切な作業であり、捕れる魚は貴重な食料になる。だが共同体の責務としてだけでなく、泥だらけになって魚を捕まえる娯楽として子供たちはとりわけ楽しみにしていた。みんなというのも亀松丸を誘った村の友達のことだろう。

「かような里人の戯事に関わってはなりません。若様方は国主の御一門なのですよ」

環の厳しい声に、裏口から抜け出ようとして失敗した六歳と四歳の兄弟は首をすくめる。幼い徳松丸は瞳に涙さえ浮かべてしおれきっていた。

「傅役の怠慢ですね。まったく、何をしているのやら」

「待って、四郎左衛門を呼ばないで」

二人は足を伸ばして暴れたが襟首を摑んだ環の両手は微動だにせず、更に高く持ち上げられた。

「以前、父上様の御小姓を務めていた四郎左衛門が、今は弟たちの傅役と用人頭とを務めておるのです」

小さく囁く雪姫の声に、具教から小梅藤四郎を賜った時に見た小姓の艶やかな笑みが正綱の脳裏に蘇った。

「どうりでこのところ稽古の時も見ないと思ったんだ」

「それと内緒なのですが、四郎左衛門は環に懸想しておるのですよ」

環は大きく咳払いすると、両脇にそれぞれ男児の腰を抱えて立ち上がった。

「あのような男、私の好みではありません。まして役目さえ果たせぬ無能者は論外でございます」

「お待ちなさい、環」雪姫が制した。「里人の暮らしぶりを知ることも大切ですし、楽しみにしているものを無下に禁じえません。それにわらわも池こねを見たく思います。我らが同道いたさば父上様もおいきまきあらしゃいますまい」

具教の名に環も言葉を飲み込んだ。そして小さく頭を下げて、雪姫の弟たちを放した。

「かしこまりました。ですが泥の中に入らんとなされるのであればお召し替えを」

弟たちが歓声を上げて雪姫に飛びつく。押し倒されそうになる背中を正綱の手が後ろから支えた。

「もしよければ、俺も一緒に行っていいかな」

「はい、そうしていただけると喜ばしゅう思います」大きく傾きながら雪姫は頷いた。

「ぜひお助けくださいませ」


村の男らは横一列に並んで水を抜いた池に入った。笛太鼓の音に合わせて沈めた板を左右に揺らし、くるぶしほどまでに減った水をかき分けて進む。鯉や鮒が鱗を煌めかせて逃げ惑い、先には子供たちが待ち構えている。網で魚をすくうと、たちまちに歓声が沸き起こった。

　三往復して堆積した土を柔らかくこね終わると、正綱らは池の中央の深みへと進み、竹を十字に組んで先に網の四隅を結わえた四手網を沈めた。見回せば、亀松丸と徳松丸も村の友達と共に網で鮒を捕まえ、誇らしげに抱えている。着古して色あせた小袖にたすきがけした雪姫は環の指導の下に濁った水に足を踏み入れて網を使っていたが、獲物を捕まえる前からすでに顔に泥が跳ね上がっていた。

「よし、上げるぞ。いち、にの、さん」

　楽しんでいる様子に安堵（あんど）しつつ、数人がかりで持ち上げる四手網に重い抵抗がかかる。強烈な意思を持つ激しい動きに網が大きく傾き、巨大な鯉が泥水を跳ね上げて宙高く跳ねた。

「大きいのがいるぞ」

　正綱の声に、そして網から逃れて泳ぐ巨体を目にして皆が色めき立った。昨年の池こねを逃げ切って、主のように君臨していたのだろう。他の魚に比べ段違いに大きい。

　そして大きさだけでなく、泳ぐ速度も優れていた。大きな鰭（ひれ）を巧みに使って網をかわし、幾人もが捕らえそこねて泥水の中に尻餅をつく。それでも水が減っている上に村の人間が大勢池に入っており、なにより鯉自身が大きく育って隠れようがない。子供たちも追跡に加わって逃げ道は更に狭まり、泥の上に追いやられて這うようにして逃げ回る。

　その先に雪姫がいた。

狙い澄まして振り下ろした雪姫の網が鯉を捕らえた。だが網が小さすぎて頭を押さえることしかできない。そして戸惑う雪姫の顔に、もがく鯉が跳ね上げた泥が直撃した。

「姫様」

環が近くの者の手から網を奪って駆けつけるより早く、無事な片目を開けて位置を確認した雪姫は小網を投げ捨てて頭から鯉に飛びついた。鰻（うなぎ）のようなぬめりこそ無いものの必死に逃げようとする鯉に引きずられながらも諦めず、全身に泥が飛んでも押さえ続ける。

「やりました」

ついに力尽きた鯉を、環に支えられながら雪姫が両手で持ち上げた。

飛沫（ひまつ）どころか泥染（どろぞめ）したかのように小袖全体が、さらに顔や髪まで泥に塗れている。それでも雪姫の笑顔は眩（まぶ）しいほどに輝き、大きな歓声が沸き上がった。

三

最も大きな獲物は行商人に売られ翌年放流する稚魚の費用とするのだが、今回は激しい格闘のために値段がつかず、池こねからそのまま鯉こく会が始まった。村の老人や妊婦らも呼び集められて、池の畔（ほとり）で盛大に調理が始まる。

「来てよかったよ」

泥と魚の匂いを洗い流しに川原に降りた正綱は、腰に結わえた手ぬぐいを雪姫に差し出した。

「わらわもです」泥を洗い落とした頰に赤く興奮を残したままの雪姫も、弟たちを見やって頷いた。「亀松丸、徳松丸も楽しそうで。それに羨ましいです。わらわも友達が欲しくなりました」

「これからいくらでもできるさ。それに姫さんのあんなに誇らしそうな顔、初めて見たよ」

顔を拭おうとした雪姫の手が止まった。指先で自らの頰を右、左となぞり、川面(かわも)を覗き込んで自らの表情を確かめる。

沈黙の中、小さな鳴き声に正綱は振り返った。シロが座っていた。息が荒く、舌がだらんと垂れていた。

「お前、どうした」

長く雪姫に預けていたシロは帰還した正綱の手に戻り、今朝はさとが連れているはずである。駆け寄った正綱は、シロの首元に塗られた黄色の染料に瞳を鋭く細めた。

「行かないと。今日はここで」

「何事ですか」

それ以上答えず、正綱はシロを追って駆け出した。取り決めた合図では黄色は危急を意味する。壊滅的危険を示す赤ではないが、さとが何かを報(しら)せようとしているのは間違いない。

だが村から出るより早く、雪姫を背負った環が正綱を追い抜いた。

「手当の礼と、姫様のたっての望みだ。合力する」

「いや、危険だ。館に戻ってくれ」

駆けながら正綱は言ったが、環は首を振った。命に替えてもとは口先だけのことではないと、早速に示すつもりなのだろう。

「気持ちは嬉しいが、せめて姫さんは」

今度は雪姫も首を振った。そして環は速度を緩めるどころかさらに速め、ともすれば離されそうになる。正綱はひとつ唸ると、口を閉ざして駆け続けた。

シロは西へ、街道から宮川沿いに山深くへと先に立って走る。そして悠久の時を経て激しい流れが山を削り、峻しい崖や奇岩巨石が延々と連なる荒々しくも美しい岩渓谷へと三人を導いた。

「正綱様、こっち」

大きな岩の上に立つさとの声に正綱は顔を上げた。

「無事か。何があった」

「あ、うん」環と雪姫の姿に瞬きを繰り返したさとは、一呼吸おいて言葉を取り戻した。

「あのね、筏船が乗っ取られたんだ。滝川の連中だよ」

紀伊半島は温暖多雨な気候に恵まれ、古くから奈良や京の都の用を賄ってきた木材の一大産地である。正綱も船材用に多くを買い付けていたのだが、川を運ばれる途中で滝川一益の命令として筏船ごと徴発されたのだという。

「海賊のものに手を出すとは不逞な奴らだな。奪い返すぞ。敵は何人だ」

このまま奪わせるつもりは正綱にはない。造船に遅れが出るだけでなく、滝川党を更に増長させれば、今後の悪影響は計り知れない。悪しき芽は見付け次第、早急に摘まねばならなかった。

「八人。四人ずつ二艘に乗ってる。三人は鉄砲を持ってた」

だが、さとの返答に正綱は腕組みして唸った。

源流部とはいえ宮川は川幅があって流れも速い。崖から飛び込んだり泳いで斬り込んだりすることは難しく、まして二艘に分かれて鉄砲まで持っているとあれば一瞬で同時に制圧できなければ強烈な反撃を受けることになる。鳥屋尾ほどの腕前があれば、あるいは隠れたまま敵を射殺することもできようが、今から呼んだのでは筏船が田丸城の建築現場に寄せられるまでに間に合わない。

「あの、後日にでも父上様からお叱りいただければ、返してもらえるのではないでしょうか」

「そんな甘いもんじゃないよ」

雪姫の言葉をさとが即座に否定した。

信長は法を厳格に定めて一銭盗んでも斬首に処し、自ら家臣を成敗することも珍しくないが、一方で自分の欲しい茶道具や軍事物資は強奪してはばからなかった。具教に抗議してもらったとしても良くて弁償であって船材が戻る見込みは少なく、具教の立場を悪くするだけになりかねない。

「申し上げにくいことながら、おさと殿の申す通りかと」

言葉遣いに眉を跳ね上げた環も、頷いて言葉を続けた。

「正綱殿に借りを返す良い機会であるし、船に関わることは北畠家の大事。まして滝川党相手ならば望むところではある。だが、いささか厄介な相手だな」

「何か良い策があるはずだ。考えろ、考えろ。臨兵闘者皆陣列在前」

瞑目して九字を切った正綱は刀印を組んだままの指先で額を幾度も叩いた。

川を下る筏船は速く、猶予は無い。だが応援もなければ、兵器らしい兵器も無い。今、ここにいる正綱とさと、環、雪姫、シロだけで二艘に分乗した滝川党八人を倒して、筏船を奪い返さねばならない。

さとは伊賀衆であり、組討をすれば引き締まった長い手足と俊敏さを活かして男でも敵う者が無い。泳ぎにも長けており、息も長く続く。環も伊賀衆である。滝川一益配下の甲賀衆には遅れを取ったものの苦無の使い手であり、雪姫を背負って走り通しても額や首元に汗ひとつかいていない。だが雪姫は、もちろん戦う人ではない。ひたすら美しくたおやかで、深窓に育てられた華のような人である。細い指は琴を弾くためにあり、黒髪は綸子よりもなお艶やかで肌は絹に銀糸で刺繍した百合よりも白い。だが先ほど鯉に摑みかかって、誇らしげに抱えた笑顔こそが雪姫の真の美しさだと正綱は知っていた。達成感と喜びとで上気した頬や瞳には、直視できないほどまばゆい光が宿っていた。

「何をにやけてんの」

さとの厳しい声に己の思考が大きく道を外れたことを自覚し、正綱は瞑目したまま小さく咳払いして唇を引き結んだ。

「おさと殿は少々手厳しいのではないか」

だが聞こえてきた環の声に、正綱の思考が再び大きく外れた。髪を無造作に束髪にして化粧の薄い環は、ならばこそ整った目鼻立ちが人目を引いた。猫を思わせる涼し気な目元と秀でた鼻梁。濃い眉と瞳は意志の強さを表し、常に凜として媚びることが無い。唇は薄いが、口角の作る陰影は他の二人には無い蠱惑的な魅力を秘めている。細身の体は鋼の鞭のように引き締まり、きめ細やかな肌は色付いた果実のように滑らかで艶さえ帯びていた。

「ほらまた。正綱様が小鼻膨らませてるときは、良からぬことを考えてる時なんです。ほんと、男って奴はどうしようもない」

「それだ」

正綱は瞠目して叫び、驚く三人を見回した。

「皆、小袖を脱いで――」

言い終えるより早く、さとの掌底が正綱の顎を打ち抜いた。

「筏を取り戻さなきゃいけないっていう時に、いったい何を。ほんと、いやらしい」

「いや、違うんだって。聞いてくれ」

頭（かぶり）を振って消えそうになる意識を繋（つな）ぎ留めた正綱は、震える両足を踏みしめながら策を話した。

「やりましょう」雪姫が真っ先に頷いた。「天鈿女命（あまのうずめのみこと）みたいですね。いいと思います。わらわも心ばみます」

興奮気味の雪姫に眉根を寄せていた環も頷いた。

「この下流、流れが大きく湾曲した先の源太（げんた）ヶ淵（ふち）は、烏帽子岩と呼ばれる大岩のある難所だ。上手くすれば筏船から引き離すことができるやもしれん。私も全力を尽くそう」

前のめりの視線を左右から向けられ、さとは目を閉じて首を振った。

「仕方ない、やる。やるよ。けど、正綱様は見るな」

「いや、そういうわけには――」

「どういうわけでも」

再び掌底を正綱に向けたさとは湯気が立つほど顔を赤らめ、涙まで浮かべてにらみつける。正綱は頷くしかなかった。

「素敵です」雪姫は二人の手をとった。「三人で謡って、踊って、こらしめてさしあげましょう」

正綱はひとり上流へ走った。川幅の狭まったところで腰に結わえた鉤縄を対岸の大木に投げ、体重を支えるだけの引っかかりを確認すると縄にぶら下がって川を越える。

程無くして筏船が川を下ってきた。

伐り出した木材を筏に組んで下流に運ぶのだが、宮川源流には岩が迫って狭い箇所もあるため筏船は幅をひとり乗れる分までに狭くし、縦に長く連ねて流すのが常である。そして、その両側を二艘の川船が併走していた。乗り込んでいるのはいずれも陣笠に胴丸を着込んだ足軽であり、櫂を握る動きこそぎこちないが、視線は周囲と筏師の方に向けられて抜かりない。陣笠の下の表情は明るく声も大きいものの、火縄銃は一時も身体から離さず、切り火したままになっている。

油断とは程遠い様子に鳥の鳴き声を真似て合図を送った正綱は眉根を寄せたが、しばらく並走すると横笛の澄んだ音色が聞こえてきた。日は高いが、人里を遠く離れた深山幽谷である。場違い、あるいは場そのものを妖しく歪めるような響きが奇岩に反響し、足軽らが色めき立つ。在陣中のような厳しい眼差しで銃口を左右に振り、やがてひとりが声を上げて指さすと左岸の下流方向に全員が視線を向けた。

夏衣　われは偏に思へども　人の心に裏やあるらん

ままならぬ恋に身を焦がす歌を謡いながら、雪姫が行く手の岸から川に突き出た岩場の上に姿を見せた。白綾の肌着と湯巻のみを纏って、淡桃の扇を手に、長い髪を川風になびかせて謡いながらゆっくりと舞っている。泥で汚れた小袖を脱いだと足軽らが知る由もないが、若く美しい女性が素肌に布一枚を巻いているだけとは遠目にも解る。瞬時に足軽らの表情に好奇と興奮が加わった。

伊賀の女は牛蒡の煮しめ　色は黒ても味がある

続いて岩場に登場したさとは衣服を脱いではいなかったが、短い帷子からは二の腕、太ももの半ば以上が見えており、大柄故に遠目にも長く美しい手足がよく映える。歌の内容と、絶叫に近い体で声を張り上げたので足軽らは声を上げて笑ったが、笑いが収まると警戒と恐怖もまた消えていた。

懸てよいのが衣桁に小袖　かけてたもるな薄なさけ

最後に姿を見せた環は横笛を口から放し、謡いながら帯紐を解いた。そして脱いだ小袖を愛しい人の残り香が移っているかのように胸元に掻き抱き、憂いにけぶらせた横顔を足軽らに向けるように体を捻る。肩から背中、腰から尻にかけての美しい曲線が一瞬、秋の日差しの下にあらわになった。

働かなければ生きていけない庶民は活動的な服装を好み、絹にせよ麻にせよ衣服そのものが貴重品である。丈が合わなくとも構わず、暑ければ織りの粗い小袖を肌脱ぎにし、人前で授乳することさえ珍しくない。その一方で立膝で座ってもさばけぬほどに小袖の裾は身幅が広く作られ、更に下に袴や湯巻を巻くために腰から尻、太ももの辺りまでは輪郭さえ秘められていた。

ならばこそ、環が見せた素肌の曲線に足軽らは船上で前のめりになって唾を飲み込んだ。血走らせた欲望を両眼に光らせ、三人が立つ岩場を目指してひたすらに漕ぎ始めた。

年老いた筏師も足軽と同様に目を瞠り、川の流れに抗って棹さしたが、長く連結した筏は簡単に速度や方向を変えられるものではない。むしろせり出した岩場によって大きく湾曲する流れに運ばれて外へと大きく膨らんでいく。だが、離れていく筏を足軽らは一顧だにしなかった。

「まずいな」

正綱は岩陰に隠れながら対岸を移動して呟いた。三人の謡いと踊りは思惑通りに船足を乱し、任務を忘れさせるほどに虜にしている。だが、強烈に惹きつけすぎて足軽らは腕も折れんばかりに漕いでいた。岩場の上にはシロもいるが、三人は環が鉄笛を持つだけで、野辺の花ほどに無防備な状態にある。もし武装した足軽が乗り付けてしまえば、簡単に手折られてしまうだろう。

誰か作りし恋の道　いかなる人も踏み迷う

筒井筒　井筒釣瓶は果敢ない物よ　摺違ふてさえ物言わぬ

花よ月よと暮らせただ　ほどはないものうき世は

三人は続けて謡い、踊った。雪姫は足軽らの視線や声に惑わされること無くゆっくりと舞いながら謡い、さとも緊張がほぐれたのか、丈の短い帷子を更に絞るようにして情感豊かに謡う。環は小袖で体を隠しながら、あるいは見せぬからこそ足の動きひとつで足軽らの視線を強烈に惹き寄せた。

次第に大きく轟く水音さえ耳に入らぬ様子で、岩場目指してひたすらに二艘の船で漕ぎ寄せてきた足軽らは、ついに接岸して飛び移ろうと全員が立ち上がった。正綱は岩陰から飛び出して手にした石を振りかぶったが、助走を付けようと足軽らが一斉に片側に寄るや船が大きく傾く。全員がしゃがみこんで転覆を免れたところへ、船同士が衝突した。そして慌てふためく間にも、流れは容赦無く二艘共を動かした。先へ外へと岩場から遠ざかりはじめても櫂を取り直す者は無く、離れきらぬ内に跳ぼうと立ち上がる者もあったが、まとわりつく二艘が再びぶつかって大きく揺れては踏み出すことさえ叶わない。

そして岸から一旦離れてしまえば、漕ぎ戻ることはもはや不可能だった。流れは足軽らを乗せた二艘を運び去り、開いたままの口から声にならぬ声を漏らして目で追い続けても、別の岩が三人の姿さえ覆い隠す。

間をおかず、烏帽子岩が船の前に立ちはだかった。

咄嗟に衝突を避けようとするが、吸い込まれるように正面から激突し、船は傾き、崩壊した。源太ヶ淵の水量は胸ほどながら、投げ出された足軽らは衝撃と秋の冷たい水とで混乱を渦巻かせ、胴丸や刀の重みと水流とで泳ぐどころか立つことさえできない。そして流されるままにいくつもの岩に叩きつけられる。

二艘目には先の船の末路を目の当たりにしてなお僅かな余裕があった。前方を凝視して悲鳴を上げながら必死に漕ぎ、棹をさす。だが、烏帽子岩から逃れるには足らず、恐怖と困惑を更に募らせて激突する。

そして川が、全てを押し流した。


「うまくいった。大成功だよ」

シロに導かれて合流地点に辿り着いた正綱が伝えると、座り込んだままの三人は視線だけを上げて迎えた。船を失い、更にひどく負傷した足軽らは這う這うの体で山中を退散し、難を逃れた筏師は当初の約定通りに正綱のために木材を運ぶと改めて約束したが、そう聞かされても三人は頷くのも億劫な様子で視線を落とし、大きく息を吐いた。

「まさか怪我でも」

「そうじゃない」さとが首を振った。「何だか急に力が抜けちゃって」

環も雪姫も、着直した小袖の重さにさえ耐えられないように力無く頷いた。

「じゃあ何か力の出るものを作るよ。それまでこれを食べて待っていてくれ」

気持ちが激しく高揚すると、落ち着いた後に疲労が倍以上に重くのしかかる。あるいはと来る途中に摘んでおいた山法師と木通（あけび）の実を三人に手渡し、正綱は竹を手頃な大きさに打刀で切り折って川原へと運んだ。

「あの、わらわもなにかお手伝いを」

岩の上から雪姫が声をかけた。果実に力を得たさとと環は森に食材を探しに出かけたが、雪姫には藪（やぶ）や木立は危険すぎ、主を働かせるなど以ての外だと置いて行ったという。正綱も座って待つようにと言いかけたが、手を伸ばして雪姫が降りるのを手伝った。竹を一節だけ切って底のある筒を作り、雪姫を連れて川原へ出た。

「じゃあ、手伝ってもらおうかな。蟹（かに）のいるのが解るかい」

雪姫は周囲を見回した。白い石の川原は静まり返って、川波の他は動くものも無い。それでも視線を低くして目を瞠ると不意に声を上げた。

「はい、ゆめゆめしいかざがここにも、あそこにも。おおにぎにぎです」

「その蟹を捕まえてほしいんだ。できるだけ沢山」

「はい」

雪姫は正綱が差し出した竹筒を手にとった。思いがけぬ重みに沈んだ両手の間を覗き込むと、立ち上る刺激臭に大きく頭を振って遠ざける。

「焼酎、酒だよ。ここに蟹を入れると酔っ払って逃げられなくなるんだ」

「わらわも、ささの匂いだけで酔ってしまいそうです」

川風に顔を向けて呼吸を繰り返した雪姫は、頬を赤らめたまま改めて頷いた。

「でも心ばみます。もしかしたら、わらわはかざを捕まえるのが上手かもしれませんよね」

「もしかしたら、日ノ本一上手いかもしれない。俺はすぐ傍にいるから、頼むよ」

大きく頷いた雪姫はしゃがみこんで足元の蟹を追いはじめた。シロも太い尻尾を揺らして攻撃体勢を取ると、前足で蟹に飛びついて手伝う。

正綱は雪姫の姿を視界の端に留めながら太い枝を敷いた上に朽ち倒れた丸太を二本転がし、平行に並べた間に枯れ枝を積んでいった。その上に枯れた笹と木粉を載せて火打ち石で火花を飛ばすと、すぐに炎が立ち昇った。

「よし、と」

火勢を確認した正綱は手頃な長さに切って中の節を抜いた竹筒に川の水を汲(く)み入れ、火のそばに六本ほど挿し入れた。

「正綱様、いっぱい採れたよ。環さん、すごいんだから」

程無くして林から現れたさとが、枝と細引きで作った即席の背負子(しょいこ)に乗せた袋を持ち上げて見せた。

「茸(きのこ)はいろいろと役に立つ。知っておくに越したことはない」

薄平茸(うすひらたけ)、大袋茸など正綱が知る物の他に、鮮やかな赤や黄色の茸も入っていた。茸は食用の他、毒で命を奪うものもあれば、痺れさせて行動を封じるものもあり、伊賀衆はよく用いている。正綱もさとも一通りは学んでいたが、環の知識と経験は二人を遥かに凌駕していた。

「全て毒味済みだ」

環が採った茸はどれも端が僅かに切れていた。毒の有無を確かめるには少量をしばらく手に乗せ、異常が無ければ口に含み、更に時間をおいて異常がなければ飲み込んで確かめるのが基本だが、どうしても時間がかかる。環は採って歩くそばから口に入れていたのだろう。

「しかし、仮にも姫のお口に入るもの」環が焚き火を見やって言った。「よく熱を通さねばならん。その湯筒、一本いいか」

正綱が頷くと、環は茸を裂いて次々に投じていった。

「いっぱい捕まえました」

シロを連れて竹筒を手にした雪姫も、頬を上気させたまま火の周りに集まってきた。

「すごいな、さすがだ。じゃあ始めようか。まずは姫さんに捕ってもらった蟹。これがいい味出すんだよ」

正綱は雪姫から受け取った竹筒の中に細い棒を突き入れた。底を破らぬように蟹を甲羅ごと潰してかき混ぜ、殻が入らぬよう注意しながら焼酎ごと湯の沸き立った一番太い筒に流し入れる。

「腹を壊すといけないから蟹汁はしっかり煮立たせる。味付けは味噌だ」

正綱は腰に結わえた袋から味噌玉を取り出した。削った鰹節が混ぜてあり、湯に溶けばそのまま味噌汁になった。

「そこへ、おほうとうを入れる」

続けて、正綱は先ほどから水に浸してあった幅広の麵を箸ですくい上げた。こうして皆で食べるならあの老人も大笑いして喜んでくれるに違いない。

「どうかなさいましたか」

「ああ、いや、これを呉れた人のことをね。元気だといいんだけど」

伊賀や伊勢では秋が深まっており、甲斐ならば稲の刈り入れが済んでいても不思議はない。武田の軍勢がいつ動き出すのかはもちろん注視していたが、あの老人のことも折に触れて思い出されてならなかった。数日世話をしてもらっただけなのだが、もう一度会っておほうとうを共に食したいとの思いが消えることはなかった。

「あとはもう一度煮えるのを待つだけだ。シロは干し魚で我慢してくれよな」

陽光の中、蝶や己のしっぽと戯れていたシロも与えられた魚にかぶりつく。見回せば、周囲の山々は赤や黄色に色づき、風も空の青ささえ穏やかに滲んでいた。

「ならばそれまで山鳥茸を焼こう。もちろん毒味は済んでいる」

環が柄に網目のある茶褐色の茸を取り出し、竹を細く裂いた串の先に刺して配った。どれも大ぶりで、串がしなるほどに重い。

「わらわもひどりしてみとう思います」

環は一寸考えた後に手渡し、雪姫は瞳を輝かせて山鳥茸を火にかざした。

「まずは笠の部分を火に当てます。焦げないよう、近すぎず、遠すぎず。その内に香りが立ち、汗をかくように水が噴き出てきますから、五つ数えてひとかじりしてください」

三人は環の言うとおりに一心に火の上の茸を見つめた。やがて独特の芳ばしい香りが立って水分がふつふつと湧き出ると、熱く焼けた肉厚の笠を口へと運ぶ。そして噛み締めるや目も口も閉ざしたまま身を反り返らせた。繊維質で噛みごたえのある歯ざわりは野菜に近いが、名前の通り山鳥を思わせる濃い旨味が唇を離せないほどに溢れ出る。そして噛むたびに、鼻へと抜けていくのも惜しいほどの香気が立ち上った。

「秋だな」

「秋だねえ」

正綱の言葉にさとが幾度も頷く。火に近づけすぎた部分さえ味を変化させ、噛むほどに鼻と舌とが喜びに躍った。

「かようにして茸を食べたのは初めてです。椎茸とも全然違うのですね」

「こうして焼くのは採りたてでないとできませんから。味噌を付けても美味しいですよ」

さとがすかさず腰袋から味噌玉を取り出して雪姫と環に示した。少量の湯で溶いて薄く塗り、軽く炙って口に運ぶと別種の旨味が重なり合い、噛むほどに混ざり合う。四人は言葉さえ失ったかのようにひたすら火に炙っては口へと運び続けた。

「いい音がしてきた」

汁のたぎる音に正綱は腰を上げた。太い竹を縦長に割った椀に煮込んだおほうとうをそれぞれに流し入れると、青竹の香り漂う中に煮込まれた味噌と焼酎の香りがぷんと立ち上った。

「では茸を具に載せよう」

環が茹で上がった各種各色の茸を裂いて上に盛り付けた。毒々しいように見えた茸も細く裂いておほうとうの上に載ってしまえば不思議と食欲をそそり、汁で煮込まれた麺と茸を削りたての竹箸ですすると甘く香ばしい香りが口から鼻へと広がった。蟹と酒精の抜けた焼酎が味噌に深い風味を添え、茸のぬめりが新たな食感を加える。素朴なおほうとうの麺と絡んで、全ての旨味が口の中で豊かに響き合った。

「これは爺さんにも食わせてやりたい出来栄えだな」

おほうとうは伊賀の味噌にもよく合った。慣れた味だからこそ、それ以外の芳潤な旨味が際立ち、正綱の手も口も忙しなく動く。他の三人には幅広のおほうとうは初めての食感であり、物珍しさも手伝って茸で山盛りになっていた椀も見る間に無くなる。ついには雪姫でさえ汁の一滴も残さず飲み干した。

「口に合ってよかったよ。おほうとうは好きかい」

「はい、とっても」勢いよく頷いた雪姫は、不意に首を傾げた。「お好きさんかと聞かれたのは、初めてのことかもしれません。わらわはお膳に出されたものをいただくよう教えられてきました。着るものも、読むものも。わらわが何をするべきか、何が良いかは乳母（めのと）や侍女、父上様が決めてくださってきたのです。何がお好きさんかは、これまで誰も、わらわ自身も気にしたことがなかったように思います」

「それなら、お好きさんがこれからいっぱい増えるといいな」

　正綱は立ち上がり、川の水を汲みに降りた。環も手伝いに離れると、改めて手を合わせた雪姫は短い木の枝を取って灰を埋める穴を掘るさとの隣に並んだ。

「わらわもお手伝いします」

　無言で頷くさとに、雪姫は更に身を寄せた。

「おさとさん、あの、正綱様を殴ったの素敵でした。よければ、わらわにも殴り方を教えてくださいませんか」

「環さんに習えばいいじゃない。私より教え方上手いよ」

「環はだめだと言うのです」視線を落としたまま肩をすくめるさとに、雪姫はなおも言った。「わらわが人を殴るような状況には環がさせぬと」

「確かにね。体を張るのは私らみたいなものがすることさ」

「でも、いえ、ならば、おさとさん、わらわとお友達になってくださいませんか。弟たちは三瀬の村に友達がいて、とても羨ましく思ったのです。わらわはおさとさんがお友達になってくれたら嬉しく思います」

「だめだよ、無理だ」

目を瞠り、さとは胸を突かれたように大きく下がった。そして幾度も、幾度も首を振った。

「今日のことで確かに見直したよ。でも、私と姫様では身分が違う。友達にはなれない。なっちゃいけないんだ」

第三章　桑海

一

元亀三年（一五七二）十月、武田信玄が動いた。全軍を二手に分かち山縣昌景らは東美濃から三河へ、信玄本隊は遠江へと徳川領に侵攻する。

稲の刈り入れから間をおいての出立となったが、山縣の隊は北三河の徳川方諸家を戦わずして味方に引き入れると柿本城、伊平城、岩村城を攻略。信玄本隊も天方城、一宮城、各和城など北遠江の徳川諸城を一日で陥落させる。そして合流すると出立から僅か十日ほどで二俣城に到達した。遠江のほぼ中央に位置して家康の本拠地浜松城を南に見下ろす天竜川上流の要衝を、三万の兵で包囲する。

対する家康は八千の兵で浜松城に籠もった。援軍を要請するも、信長は浅井朝倉、本願寺勢から攻撃を受けて畿内にて対陣中である。三河に派遣されたのは僅か三千の兵のみであった。

「いよいよだの」

三瀬御所脇の山桜の下で、鳥屋尾は満面に笑みを浮かべて腕を振るった。

「信長から戦況を伝える使者が来たが、茶筅丸めの狼狽ぶりったらなかったぞ。滝川一益でさえ、苦々しい顔をしておった」

「それで、いつ始める」

「すぐにも。陣触を決起の合図とする」

鳥屋尾は口の端を持ち上げた。長島包囲に駆り出されて以来、このまま織田家の下働きに使い潰されるのではとの危惧が北畠家中に広まっていた。破竹の進撃を続ける武田勢を相手の陣触が発せられれば不安と反発は更に高まり、かねての織田家への敵愾心に火が点くのは間違いない。

「そして我らは滝川一益、茶筅丸ら織田方の者どもを叩き出し、正統なる北畠当主たる具房様と大殿様とのもとで武田勢に合力するため北上する。その先駆けとなるのがそれがし、そしてお主と百隻の船団よ」

「それについては謝らなきゃな。百隻は揃わなかった」

正綱は深く頭を垂れた。

駿河や熊野など九鬼衆の手の届かぬ地域や伊勢各地で九鬼衆の目を引かぬよう新造した船が二十隻。様々な伝手を頼って駆り集めた船が十隻。熊野衆の既存の船を合わせても現状では六十隻しか揃っていない。大型の廻船を多数所有する伊勢大湊の会合衆は完全に九鬼衆に押さえられており、これ以上は造る見込みも借りる当てもなかった。

「武田海賊衆の船はさすがに借りられないからな。これ以上は難しい」

「それならいっそ、九鬼衆の船を奪うのはどうだ」

冗談めかした鳥屋尾の言葉に、だが正綱は真顔で頷いた。

「そうだな。確かにそうだ。それなら百隻は間違いなく揃う。そうか、その手があったか」

「待て待て、本気にするな。相手はあの九鬼だぞ。それとも策があるのか」

「無い」断言した正綱は笑みを浮かべながら、目を細めた。「だが、やってみる価値はありそうだ。しばらく出かけてくる。陣触には必ず駆けつけるから、大船に乗った気分で待っていてくれ」


正綱はシロと共に伊勢本街道を東へ向かい、田丸城を見上げた。

春に来た時には基礎の石垣が出来上がっていただけだったが、ほんの半年ばかりの間にひときわ高い矢倉が竹枠の内側に組み上がっていた。三層ながら平坦な土地に唯一そびえる小高い丘の頂にあるため、目が眩むほどに高く見える。他にも二の丸、三の丸、家臣屋敷群と五間半（約十メートル）ほどの段差を付けて丘の周囲一帯に縄張りがされており、全て完成すれば小さな町ほどになるように思われた。

時分時でもあり、正綱は巡礼者や仕事合間の作事人足らにまじって麓の川原に大鍋をかけてうどんを売る屋台に並んだ。前に並んだ者たちは幾度も利用しているのか、無言のまま店主の前に銭を置いて椀を受け取っていく。次々とすれ違う者の椀の中身を見やると、どれも太い麺に黒褐色のたれがかけられていた。

「固めか、柔らかめか」

「どちらも一杯ずつ」

釜に目を向けたまま顔も上げずに問う店主に正綱は答えた。二種類あるとは思わず戸惑ったが、見る限りさほど量が多いでもない。それに興味もそそられていた。

「それからあれはいくらだい。土産にしたいんだが」

店の傍らに立てかけられた、通常の十倍ほどもある大草鞋を指して正綱は尋ねた。店主は顔を上げて初めて正綱を見つめ、次いで右の中指と薬指で押さえられた銭に視線を落とした。

「五百二十八文だ」

そっけない言葉と共に差し出された二杯の器を受け取った。片方は正綱もよく知るうどんだった。すすりやすい細さで角の立った麺が昆布のだし汁に浸かり、持って歩くたびに香りが立って鼻をくすぐる。そしてもう片方はそこはかとなく味噌の香りのする黒みを帯びたたれが麺にかけられ、麺自体が親指ほどに太い。シロを連れて石の上に腰を下ろすと、初めて見る太麺からすすった。

まず感じたのは柔らかさだった。唇でも切れるほどだが、粘りがあって食感はむしろ団子に近い。次いで麺に絡んだたれの味噌のような塩味と深く熟成した旨味が、口いっぱいに広がる。たれだけを舐めると味が濃すぎるほどだが、太く柔らかな麺と口の中で合わさると、むしろ互いを引き立てあって優しい味を作り出した。

「そのたれは味噌溜まりという」

店じまいしたのか、屋台から出てきた店主が声をかけた。

人間は塩無くして生きていけないが、海水を干して作った塩にはにがりが多く湿気で溶けてしまう。ならば湿気を吸わせようと、干し大豆を一緒にして保存する試みは失敗したものの、両者が混ざり合って発酵した醬に人々は価値を見出した。味噌の始まりである。そして紀州湯浅金山寺の人々は、味噌樽から漏れ出る液汁の味が良い事に気付いて味噌と同じくらいに液汁を活用するようになり、以来、塩、梅、酢、味噌、煎酒に加わる新しい調味料として味噌溜まりが広まりはじめていた。

「柔らかい方は初めて食べたけど、じんわり滲みて温かくなる感じがするな。固めの方にも味噌溜まりが入ってるんだろ。だし汁の加減もちょうどいいし、こっちはよく練られて麺の腰が強いのもいいな。どっちもうまいよ」

「そうだろう」照れたような誇らしいような笑みを浮かべ、店主は近くに腰かけた。「ここで働く連中は柔らかめが好みでな、腹持ちするのにもたれないそうだ。それで何が知りたい」

伊賀衆は各地で商人などを装って情報を集め、共有する。顔を知らない同士が互いの存在を知らせる合図が看板であり、銭を受け渡しする指の置き方だった。

「九鬼衆について知りたいんだが、まずは今の居場所は解るかい」

「熊野衆と戦の真っ最中のはずだ」

正綱はうどんを噴き出さんばかりにむせ返った。

天下布武を掲げる信長は全方面に戦線を拡大していたが、伊勢方面を任された滝川一益と九鬼嘉隆が次に仕掛けたのが南の熊野である。滝川一益が他の戦線に急遽(きゅうきょ)向かわされたため九鬼嘉隆の船団が単独で熊野衆と海戦を行っていたが、熊野衆は地元の複雑な地形や海流を知り尽くしており、なにより自領を守る戦いである。圧倒的な船数を揃える九鬼衆を相手に善戦し、戦は膠着(こうちゃく)していた。

「熊野衆を率いる熊野別当堀内家はかつての十二地頭のひとつ浦豊後守(うらぶんごのかみ)と昵懇(じっこん)にしていてな、とりわけ浦の菊姫(きくひめ)と堀内新次郎は年が近く、仲も良かったそうだ。だが九鬼に攻められた十二地頭の内で浦一族は唯一徹底抗戦の末に皆が討死にし、菊姫も砦(とりで)から海に身を投げて果てたと聞く」

「そんなことが」

正綱は船の上での新次郎の口ぶりを思い浮かべて心中を慮(おもんぱか)ったが、やがて大きく息を吐いて唸(うな)った。戦の最中とあらば九鬼衆の船を奪うどころか、熊野衆から借りるつもりでいた船さえ揃わないことになる。

「いやいや、武田勢が尾張に入れば信長も九鬼衆を呼び戻すはず。伊勢湾に入ってから奪えば、手間が省ける……けどよけいに難しくなるか」

「そう言えば九鬼には面白い噂がある」深く垂れた首を小さく振る正綱に店主が言った。

「九鬼嘉隆が当主の座を狙っているそうだ」

北畠具教と志摩十二地頭による九鬼討伐で死んだ当主浄隆には幼い嫡男澄隆があった。落城の際に嘉隆は澄隆を抱えて逃げたが、九鬼氏が志摩に復権した際に戻り集まった家臣らは、織田家で出世目覚ましい前の当主の弟の嘉隆ではなく、嫡男の澄隆を当主に選んでいた。

「じゃあ、九鬼嘉隆は甥っ子を追い落とそうというのか」

正綱の姉夫婦にも、ちょうど北畠家の亀松丸と徳松丸くらいの年頃の子がある。距離こそおいているものの、赤子の頃から知っている大切な甥っ子以外の何物でもない。顔全体を縦に縮めて口の端をねじ曲げる正綱に、店主は言葉を続けた。

「今の九鬼家があるのは嘉隆の働きだ。それは間違いない。だが自ら当主になろうとすれば主殺しに子供殺しを負うことになって、どうにも聞こえが悪い。一方の澄隆だっていつまでも子供じゃない。殺されるくらいなら先手を打とうとして刺客を探しているそうだ。どうだ、面白かろう」

「確かに……それもまた一案だな」

更に深く首を垂れた正綱は、指先で額を幾度もつついた。今、九鬼嘉隆を除けば熊野衆を助けて武田勢のための船も用意できることになり、なにより織田勢の力を大きく削ぐことになる。だが陣触は明日にもあるかもしれず、志摩へ向かえば機を逃すことにもなりかねない。

「頼みがある。しばらくここで働かせてもらえないか」

思い悩み、それでも答えも策も見出せず、正綱は店主に頼み込んだ。状況がどう変わるにしても田丸は街道の途中にあって伊賀より海に近いため、熊野志摩遠江のいずれから連絡があっても早く受け取ることができる。鳥屋尾から連絡を受けるにも都合がよく、陣触など北畠家の動きを知るにも最適の場所だった。

店主の承諾を得て、その日から正綱はうどん屋台で働き始めた。大草鞋の隣にシロの居場所を作り、むと描いた筵旗を立てて麦飯を供する。農繁期も終わって城の建造に雇われた者だけでなく、多くの者が行き交って屋台を利用し、諸国の状況が盛んに話題に上った。

「徳川が負けたそうやな」

「負けたどころじゃねえべよ、武田に返り討ちにあったがな。負けも負け、大負けや」

三方ヶ原の戦いの結果は正綱の耳にも入っていた。一言坂に出た物見を討ち取られ、ならばと降りしきる雪をおして後方から強襲した徳川勢は、逆に待ち構えていた武田勢に僅か一刻（約二時間）ほどの戦で完膚無きまでに討ち破られていた。家康は兵も高位の武将さえ多く失って浜松城に逃げ帰ったが、その報せは盛んに喧伝されているらしく、父からの使者が着いた翌日には田丸城下でも話されていた。

「ほなら家康も死んだてか」

「命からがら逃げ帰ったて聞いたで。けど、城門を開け放って誘い込むかと見せたもんで、追ってきた赤備えの山縣は怪しんで攻めずに戻ったそうな」

「あほか、武田信玄からしたら家康みたい道端の石ころや。無理に城を攻めんでも、織田を討ったらすり寄って来るがな。それが証拠に浜松城を尻目にゆうゆう通り過ぎたって言うでねえか」

戦勝後、武田勢は浜松城を取り囲むことなく、浜名湖（はまなこ）沿いを北西へ進んだ。そして、松かれて竹たぐひなき旦哉（あしたかな）、との文を付けて家康に松を送る。松とは松平（まつだいら）、すなわち家康のことであり、竹は武田を意味する。年末の挨拶にかこつけての挑発に、家康は端を斜めに削ぎ切った竹に同じ文を付けて返すと、松枯れで竹だくび（武田首）なき旦哉、と詠んだ。もっとも武田の陣に赴いたのは使者のみで、兵を失った家康は再び攻めることも三河に戻ることもできず浜松城から動けずにいた。

「織田はどうするやろな。浅井朝倉が近江に出張って、大和の松永久秀（まつながひさひで）と三好衆が謀反。長島には一揆衆が籠もって、京の公方（くぼう）様とまでえらい不仲になったって言うでねえか。そこへ東から武田が手切を突き付けて攻め込んでもた。もう八方塞がりだなや」

もともと北畠の領地であり、戦の過程で焼き討ちにあっている田丸の住民からは劣勢明らかな織田勢を応援する声はなかった。

「そしたら、この普請はどうなるべな」

「普請どころやのうなるんとちゃうか。やたらめったら急がせるけんど、払いがええもんで気に入っとったんだが。この城もできる前に燃やされるかもしれんで」

「だとしても、わしらにゃ関係ねえ」食べ終えた人足頭の男が立ち上がり言った。「普請が終わるまで働いて、貰（もら）うもんを貰う。それだけのこった」

　数日経っても策は浮かぶことなく正綱は焦燥に駆られたが、陣触が発せられることもなかった。明日にも三河へ攻め入るかと思われた武田勢は浜名湖北の刑部（おさかべ）に留（とど）まり続けていた。浜松に雪を降らせるほどの寒波が押し寄せていたとはいえ、より雪の多い甲斐信濃で幾度と無く戦い、常ならぬ決意を持って京を目指すはずの武田勢が何故か動こうとしない。

　父からの続報は無く、見聞に出向いていた伊賀衆も年内は留まるようだとしか答えられない。北畠具房は陣触を出さず鳥屋尾からの連絡も無いままに、近江戦線にて木下秀吉に敗れた朝倉義景（よしかげ）が越前に撤退したとの報せが正綱の耳に飛び込んできた。越前にも強力な寒波が迫っており、今、兵を引けば出陣は翌春以降となる。九鬼嘉隆自身は熊野の北にあって兵船連ねて熊野衆を抑えつつ、いつでも北上できる状態にあるとさとが摑（つか）んで戻ったが、武田勢の不可解な停止に正綱は策を練るどころではなかった。

「じゃあ、私が見てくるよ」旅装を解かずにさとが言った。「ちゃんと調べてくるから安心して」

　武田の対間諜（かんちょう）防衛は苛烈を極める。時と場所を選ばず発せられる合言葉に応（こた）えられなければ即座に斬られ、軍行にはつきものの物売りや遊女らでさえ兵士らとの接触を厳しく制限されている。不安はあったが、他に頼める相手もなかった。

「頼む」

　さとを送り出すと、客に麦飯をよそう間も正綱は策を練り直した。

　武田と織田の合戦が起これば長島の一揆衆が織田を背後から襲うのは疑うべくもなく、これを封じるには九鬼の船団を以てするよりない。河口から長島輪中を取り囲むように展開するはずである。

　ただ、九鬼衆とて戦の後であれば長島に赴く前に大規模な補給と修繕を必要とする。九鬼衆の本拠地である田城城は今も建造途中な上に内陸にあるので、船団が立ち寄るならば伊勢大湊をおいて他にない。

「一度、大湊に行ってみるか」

　頭の中だけで呟いたつもりだったが、声に出ていたらしい。麦飯を受け取った人夫が声を上げて笑った。

「なんや、にいちゃんも大湊に行きよるんか。気い付けや、銭みんな持ってかれるで」

　大湊には先ごろ神宮参拝の精進落としの名目で、豪勢な料理屋や髪を高く結い上げた傾城を揃えた店が現れ、大盛況を迎えていると噂も頻りだった。

　戦の後であり、次の戦に向かうのが解っていれば短い上陸の間に羽目を外す九鬼衆も多いだろう。とはいえ雪姫たちに再び舞ってもらう訳にもいかない。

「よっぽどええ思いしたんやな、顔がにやけっぱなしや」

　客らの笑い声に咳払いして正綱は思考を整理したが、大湊に集まる九鬼衆の船を奪うのに九鬼衆全員を陸に上げる必要は無いのだと不意に気付いた。九鬼嘉隆が船団に指示できない状況におけば、熊野衆と協力して九鬼衆の船を奪うこともできなくはない。

伊賀では欲を使えと教えられる。銭、女、地位、権勢、名誉、刀、茶道具、酒、博打など、人はなにかに心惹かれるものであり、欲望を抑えることは奔馬を乗りこなすより困難である。大築海島の九鬼衆が鯨に、筏船を奪った滝川配下の足軽が雪姫らの舞に我を忘れたように、九鬼嘉隆が欲するものをつついてやれば動かせるはずだった。

「おいおい、手が止まっとるやないか」

正綱は店主の声に視線を上げたが、耳に響いたのは先日交わした会話だった。

「それだ」

「何言うてんのや」

「こっちの話」

店主は呆れ顔で首を傾げるが、正綱は特大の笑みを浮かべて応える。そして幾度も頷きながら、山盛りに麦飯をよそった。

数日して戻ってきたさとと川原に出ると、正綱はシロを撫でながら新たに思いついた策を語った。

「じゃあ何人かで噂をまいてくるよ。それと矢文も。澄隆の方でいいんだよね」

「頼む」

どれほど愚弄し憎んでいるとしても、主君である澄隆に九鬼嘉隆は年賀の礼を欠くことはできない。両者の不和は事実なので、暗殺計画があると澄隆に伝えれば疑惑は深まり、顔を合わせれば反目は自ずと伝わる。そして膨らませた疑惑を利用して、停泊する船団から九鬼嘉隆を切り離すのが正綱の策だった。

「じゃあ武田の話ね。ごめん、何も解らなかった」

仰向けに寝転がったシロの柔らかな腹を揉む手を止め、さとは俯いた。

越年を当初から予定していたのか、武田の陣営に混乱はなかった。川中島では上杉謙信と対陣して二ヶ月間にらみ合ったこともあり、浜松城、あるいは三河に攻め込まぬのも信玄の深慮遠謀に違いないと皆が信じ切っている。むしろ平穏に元旦を迎えられると喜ぶ者が多くあった。

「武田信玄の様子はどうだった」

「それが全然近づけなくて。でも、正重様にお願いしたら、山縣様をわざわざ連れてきてくださったよ。すごく優しい人だね。ただ、山縣様が言われるには船が必要になるのは桃の花が咲く頃になるだろうって」

「桃だって」

シロが驚いて起き上がるほどの勢いで正綱は問い返したが、さとはただ頷いた。

「聞き間違いじゃないよ。水仙でも木蓮でもなくて、桃。山縣様はそれ以上何もおっしゃらなくて。あ、正綱様には宜しくお伝えをって言われた。どうする九鬼の話」

「やっておこう。どう転んでも九鬼は味方にならないだろうし」

正綱は唸りながら、尻尾から額までシロの毛を逆立てるように掻き回した。

正月の年賀で一波乱起こすつもりで正綱は策を練っていたが、春になるまで武田が動かないとなれば話がまた変わってしまう。たとえ九鬼嘉隆と澄隆の間に一波乱起きたとしても混乱が収まった後となり、なにより果断速攻を常とする織田信長が春までどう動くか予想がつかない。

「桃の花が咲く頃、か」

正綱は大きく伸びをしながらシロの隣に寝転がった。北畠の陣触がかからず、山縣昌景、そして武田信玄の真意が摑めない以上、せめて船の建造を進めて備えるしかなかった。

「新次郎と、いやまず、とっさんと相談するか」

淡く灰色がかった空を鈴鹿おろしが吹き抜けて雲を流す。正綱の脇の下に潜り込んで腕を枕にするシロの鼻先に白い雪が落ちてきた。

二

年が改まると武田勢が再び動き出した。

元亀四年（一五七三）正月に三河に侵攻すると、野田城を取り囲む。だが野田城は街道から大きく北へ外れた僅か五百の守備兵しかいない藪の中の小城であり、かつて山縣昌景の別働隊でさえ通り過ぎた戦略的価値の低い城である。そして取り囲んだだけで攻めようともしなかった。街道沿いに南東の豊橋に進めば岡崎まで指呼の間であるものを、まるで浜松の家康や岐阜城の信長が後詰に現れるのを待つかのように時を費やす。

そして一月ほどかけて落城させた後、武田勢は北東へと兵を転じた。浜松から遠ざかり、岡崎へはむしろ逆方向である。一方、将軍足利義昭が反信長を掲げて近江で挙兵し、信長は即座に柴田勝家、明智光秀らを派遣する。岐阜城が手透きになったと世間に知れ渡ったが、武田勢は先に落城させた長篠城に入ったまま動こうとしなかった。

春、桃の花が散ると、正綱は三河へ向かった。

山縣昌景の言葉を信じて待ったが武田勢の侵攻は無く、北畠の陣触が無いままに鳥屋尾も決起に踏み出せない。一方、信長は自ら陣頭指揮を執り京の街を焼き払っていた。身ひとつで焼けだされた住民や奉公衆らにも見限られ、勅命による講和の締結後に足利義昭は京を追われた。長島の一揆衆は抑え込まれ、九鬼嘉隆と澄隆の関係も流言によって緊張を高めていたが、どちらも行動に出ることの無いままに季節は変わっていた。

なにもかもが信長の優位に向かっていた。茶筅丸は元服せず、当主継承と雪姫の輿入も未だ要求していなかったものの、それとていつ行われてもおかしくない。

伊勢湾を渡った正綱は三河豊橋に上陸すると、雁峰山を目印に北の長篠へと駆けた。武田の占領地なのか、徳川が奪い返したのか定かでない地域である。細心の注意を払いながらも不安と焦燥感に駆られてひたすら走ったが、武田の兵の姿はどこにも無い。占領したはずの野田城でさえ僅かな守兵の姿しか見えず、街道には関番さえ立っていなかった。

武田勢は三万の兵を抱えている。宿営するにも小城では収まりきらず、煮炊きするかまどの火や煙が目立たないはずがないのだが、更に進んで薄暮の長篠城に辿(たど)り着いても大軍の気配はまったく見えなかった。

「まさか」

正綱は恵那山(えなさん)に続く北の尾根を見やった。三河にも長篠城にもいないとなれば、行く先はひとつしかない。

「向井正綱殿」

いつ近づいたのか、すぐ傍らに深編笠(ふかあみがさ)の男が立っていた。甲斐で見張っていた男かは解らないが、顔と名を知っているならば一味同心の者だろう。正綱は身構えたが、男は無造作に背を向けた。

「ついてこられよ」

言い捨てるや深編笠の男は駆け出した。街道だけでなく川沿いに岩場を飛び渡り、山深い獣道をも駆け抜ける。伊賀の山々を駆けて育った正綱でも背中どころか気配を追ってついていくのが精一杯の勢いで、夜の帳(とばり)が降りても構わず走り続けた。

「やけに走らせるな」

ようやく大杉のたもとで立ち止まった際に水を飲みながら正綱は問うたが、深編笠の男は答えずに清流を一口含んだだけで再び走り出した。木々の間から時折覗(のぞ)く星の見え方からして、ほぼ北へ走り続けているのは間違いないが、すでに東美濃、あるいは信濃に入っていてもおかしくない距離を走っていた。

それから間もなく、名も知らぬ山を登りきったところで、光の列が眼下に浮かび上がった。兵の掲げる松明が音も無くゆっくりと北東へと進み、微かな匂いが残されている。燃える松明の匂いとは別種の、抹香のような残り香だった。

「なんだか葬列みたいだな」

正綱の呟きに振り返った深編笠の指が震えた。天を仰いで二度大きく震え、音が鳴るほど拳をきつく握りしめる。

「列の殿は山縣様。向井殿もおられる。後は貴殿おひとりでも行けよう」

問い直すより早く、草鞋の音を残して深編笠の男は闇に消えた。正綱は行列を追ったが、松明の群れは山を下った開けた野で散開していた。すでに夜も更けて近づくことに困難は無かったが、軍規の厳正を以て知られる武田だというのに陣営を見回る者も無く、陣幕さえ一部の者が立てるのみで大半が焚き火の周りに力なくうずくまったまま動かない。

ここまで武田の軍勢は敗北しておらず、見る限り怪我を負った者は少ない。病や飢えの兆候も見えないが、兵らの表情は一様に打ち沈んでいた。手近な者に尋ねようとして夜目にも目立つ赤備えの兵を見出した正綱は、後を追って陣所に入り込んだ。

「海賊衆向井正重の子正綱でございます。伊賀より遠路罷り越しました。山縣様もお見知りおきの者なれば、父の陣所へご案内いただけませんか」

歩哨に立っていた男はただ手で奥を指し示した。陣幕に入ってもう一度繰り返すと、見覚えのある人影が奥から声をかける。父と山縣昌景であった。

「この軍の動きは一体……」

現れた父は山縣昌景を見やり、頷くのを確かめてから口を開いた。

「御屋形様が身罷られたのだ」

三方ヶ原にて徳川家康を破ったものの、雪中の陣頭指揮が堪えたのか直後から喀血が止まらず、暖かくなればと回復を待つ途中で亡くなったと聞かされても正綱に驚きはなかった。刑部での停止や緩慢な野田城攻めは他に説明がつかない。冬から春にかけて考え続けていた正綱は、むしろ得心して頷いた。

「喀血が傷ではなく病ゆえであれば、甲斐でお目にかかった壮健な信玄公は別人、いや身代わりでございましたか」

「左様」山縣昌景は頷いた。「されど、そなたは本物の御屋形様ともお会いしていたのだ。おほうとうを振る舞われた老人よ。御屋形様はそなたの人となりを見たいと仰せられて、かねて養生中のところを一芝居打たれたのだ。御屋形様はそなたを高く買っておられた。武田に是非欲しい宝だと申されてな」

正綱は瞑目して大きく息を吐いた。山縣の説明に謎は氷解したが、同時にあの老人とはもう会えず、おほうとうがうまかったと伝える機会が失われたとの悲嘆が胸の内を吹き抜けた。

「一目、お顔を拝見いたしとうございます。お許しをいただけませんか」

「今宵は勝頼様が夜伽しておいでだ」正綱の願いに、山縣昌景は首を振った。「我らにも入ってくれるなとのことでな」

突き放すような響きに正綱は眉を寄せた。他の悲しむ者を拒む勝頼の命令が気に障ったが、山縣昌景の言い様も後継者と認められた者への敬意を欠いていた。

「では、これからどうなさるのですか」正綱は歩を進めて、さらに尋ねた。「このまま甲斐に戻られるのですか。西上は、信長はどうするおつもりですか。これで終わりなのですか」

「全て終わりだ。もう、御屋形様がおいでになられぬ」

低く呟いた山縣昌景は突然、机を蹴り倒した。怒声を上げて陣幕の内の楯をなぎ倒し、矢束を投げ捨てる。

「夢を見たのだ」荒い息のまま山縣昌景は言った。「わしが先陣きって朱塗りの欄干鮮やかな五条大橋を渡り、京の町衆が孫子四如の旗と諏訪法性兜の御屋形様を仰ぎ見る夢を。そのためならばこそ兄を訴え出た。山縣の名跡と赤備えの家臣を継いだ。他人からどう言われようと構わぬ、そのためならばこそ、わしは……」

山縣昌景は声を上げて泣き崩れた。

数日して三瀬に戻った正綱は具教の前に伺候した。

「大事の話でございます。お会いいただきたい者を連れてまいりました。余人を交えずお話を」

具教はまっすぐに正綱を見つめて頷く。小姓が障子を開くと外に控えていた男が膝行して進み出た。

「向井正重、我が父でございます。本日は武田家家臣として参りました」

具教と正重は面識がある。懐かしげに声をかけようとした具教だが平伏したままの正重の背中に言葉を飲み込み、座り直して近く寄るよう命じた。正綱は散り飛ばされた山桜の花びらで白く覆われた廊下に出て障子を閉めた。

「正綱様、おするするさまでお喜び申し上げます」

正綱を見やって昨年よりも更に美しく喜びに華やいだ雪姫が歩み来たが、不意に響いた具教の荒ぶる語勢に足を止めて瞳を烟らせた。

「父上様は何をおいきまきであらしゃるのでしょう」

「姫さんには、詫びを申さねばならなくなった」

正綱は深く頭を下げた。

「武田は来ない」

正綱は武田勢の撤退を話したが、信玄の死は伏せた。三年は死を伏せよとの遺言に従い、あくまで病での撤退、そして代替わりというのが武田家の表向きの言い分である。信玄は花押だけを直筆した紙を多数残しており、書状を発するにも支障はなかった。

とはいえ武田信玄が西上し、信長を討ち滅ぼして京に入るのも目前と思われたのが僅か半年前のことである。あまりといえば、あまりの変化だった。

「左様でございましたか」雪姫は小さく息を吐いて頷いた。「覚悟はいたしております。わらわのことはどうぞお気になされませぬよう」

頭を下げ、雪姫は踵を返した。

「待ってくれ」花びらを舞い上がらせて正綱は雪姫の腕を摑んだ。「何か策があるはずだ。まだ諦めないでくれ」

「では、なんとなさるのです」

血の気も表情も失せた雪姫の短い問いに、正綱は答えることができなかった。打ちのめされ、力を失った指から雪姫の打掛がすりぬけて遠ざかる。

それでも、再び手を伸ばして追おうとした背後で障子が開いた。廊下に出た父は正綱を視線で促して門へ向かった。

「丑寅の方向にいる男は何者だ」

後に従い歩く正綱に、視線を前に向けたまま父が問うた。深く頭を下げているので顔は見えないが、男の隣にいるのは環である。そして正綱らが前を過ぎたと見るや男は左手を環の手に重ね、環も払いのけようとするでも咎めるでもなくそのまま触れさせていた。

「用人の佐々木四郎左衛門かと」

「そうか。お前にも大事な話がある。屋敷で落ち合おうぞ」

足早に門をくぐって街道を北へ向かうや、父は不意に山へと飛び込んだ。突然のことに正綱は瞬（まばた）きを繰り返したが、山中を駆け抜ける父とは別の気配に髪の毛が逆立つ。何者かが父を追っていた。

つけられていた。いつから、どこから、誰が、と疑問が次々に沸き上がって鼓動を速める。父を追う者を捕まえて問い質（ただ）したいところだが、すでに気配は追えないほどに遠ざかっていた。あるいは正綱も以前から見張られていたのかもしれない。

正綱もしばらく伊勢方向へ向かった後に山へと飛び込んだ。木々の間を走り、身を低くするや高く跳び上がり、木の枝から枝へと飛び移る。冬の間も幾度となく稽古に来ていたので正綱の素性は誰に知られていてもおかしくはなかったが、それでも常にも増して気配を消して山中を駆け抜けた。

薬草畑などを経て尾行の無いことを確かめてから向井の荘の館に戻ると、門を潜る前から賑（にぎ）やかな笑い声が響いていた。すでに到着していた父が座敷の縁側に座って庭を眺めながら、善兵衛と漬物を肴（さかな）に酒を飲んでいた。

「しかし、このどぼ漬けは美味（うま）いの。ほんま、ええ塩梅（あんばい）や。しばらく見ん間に腕を上げたな」

「ガトは昨年から家を空けてばかりおりましたが、まあ、やらなあかんことだけはしてあったようで」

「正綱の手助けで忙しかったのであろう。ならばわしこそ礼を言わねばなるまい。これは土産だ。京土産にはならんかったが、そのつもりで貰ってくれ」

酌をしていたさとは受け取った貝を開く。中身を見るなり表情が輝き、勢いよく頭を下げた。

「雇い人のガトにまでそのような」

「なに、ほんの気持ちよ。これからも正綱が事、よろしく頼むぞ」

善兵衛の言葉に父は鷹揚に頷き、門を潜った正綱に視線を向けた。正綱は一礼して裏へ回り、井戸水で汚れた手足を洗った。

「正綱様、正重様より紅をいただきました」

シロと共に駆け込んできたさとに正綱は頷いた。何かしら言葉を待っているのだとは解っていたが、背を向けて桶を勢いよく引き上げる。井戸端に置いた桶から水が波立って跳ねた。

「それにしても」善兵衛の声が井戸端にまで響いてきた。「殿はお歳を召されぬようですな。しばらくぶりにお目にかかったというのに、まったくお変わりない」

「伊賀に戻ったからよ。遠江の城の中では五十五なれど、船を漕げば三十五に、伊賀に戻れば十八の心持ちになる。追手の者もなかなかの手練であったが、造作もなくひねってやったわ」

二人の笑い声をかき消すように、正綱は抱えた桶を逆さにした。足を濡らした水は埃を流すだけでなく、音を立てて跳ね上がって頬を汚す。手ぬぐいを差し出したさとの傍らをすり抜けて袖で顔を拭い、正綱は座敷に向かった。

「お話とは、なんでしょう」

「此度の働き、見事であった。北畠様からもお褒めいただいたぞ」

「褒められるようなことは何もしておりません」正綱は吐き捨てた。「織田を討つことも、北畠を救うことも叶いませんでした」

正綱の脳裏に別れ際の雪姫の表情が浮かんだ。大鯉を捕まえた誇らしげな笑顔も、おほうとうを食べた喜びも、全て絶望に塗りこめられて瞳から失せていた。

「ならば、なんとする」

父の声に正綱は顔を上げた。

いつの間にか夜の帳が降りていた。包丁を使う音が遠くから聞こえるばかりで、灯明に火を灯した座敷で父と二人きりで向き合っていた。

「どうしようもありません」

正綱の口から、波立った思いと言葉とが溢れだした。

「信玄公は亡くなられ、朝倉は逃げ出し、京を追われた足利公方に織田を掣肘する力はありません。俺もです。どれほど織田を止めたいと願っても、その力はありません。俺は姫さんを護りたかったのに」

「それが、お前が動いた理由か」

「そうです」

正綱は床に拳を打ちつけた。

「ある者には笑われました。抱く見込みも無い女を助け続けるのは愚かだと。その時には認められませんでしたが、俺は姫さんに母上を重ねて、姫さんを助けることで母上を助けられなかった昔を変えようと、己が救われたいと願っていたのかもしれません。ですが惹かれてもいるのです。なにより姫さんはいい人です。幸せであってほしいのです」

「ならば貫き通せ」

父の言葉に正綱は顔を上げた。瞬きを繰り返し、初めて見るかのようにまっすぐに父の顔を見つめた。

「北畠の戦はまだ終わっておらぬ。お前のしたいようにやり通してみよ。それがなんであれ、わしも正勝も全力で支援する。事あれば、いつでも、どこへでも駆けつけようぞ」

「よろしい、のですか」

頷いた父は視線を月に向けた。

「わしにもその人のためならば何だってすると誓った女がおった。だが護れなんだ。今でも悔いておる。看病になど行かせるべきではなかった。もっと早く気付いておれば、他の医師に診せておれば、他に薬があったのでは、とな」

父の眼差(まなざ)しに見覚えがあった。父がその眼差しで見つめる先にはいつも母の姿があった。

「親と子で同じ思いはしてほしくない。存分にやれ。貫き通すが男の正路(しょうろ)ぞ。ただ、お前はわしに似て男前だが、母者に似てお人好(ひとよ)しでもある。厄介事も上手(うま)くこなせるならよいが、斬られでもしたら痛いのでな」

「痛い、ですか」

「ああ、痛いな」父は真顔で頷いた。「もっとも、わしは斬られたことは一度も無いがの」

「また調子のいいことを。俺は心底真面目に話しているのです」

「まあそう言うな」

　父は声を上げて笑い、それが合図となったかのように、さとが酒を運んできた。うどの三杯酢、ふきのとうの味噌和え、刈葱のぬた、皮のまま焼いてから味噌を塗った筍が肴に並ぶ。冬の寒さを耐え忍んで芽吹いた山菜は湯がいてなお香り立ち、苦味さえも味わい深い。気を削がれた正綱も箸を取ったが、父の酒の進みが速い。正綱に注がせ、正綱にも注ぎ返した。

「わしの父、つまりお前の祖父は早くに亡くなったでな、親子で酒を酌み交わすとは叶わぬ望みであった。だが、今こうしてお前と呑んでおる。形を変えて、望みが叶うたわ」

　以前、吉田館で酒を呑む前に中座したことを思い出し、正綱は表情を隠しながら父の盃に酒を注いだ。

「ですが、義兄上とはよく呑まれておるのでしょう」

「正勝はわしより強いでな。いつも酔い潰されておるよ」苦笑した父は飯を頼んだ。「だが今日は大事な話がある。話さぬ内に酔い潰れてはならんからな」

　三瀬の館を出る際の父の表情を思い出して正綱も居住まいを正したが、さとがお櫃を室内に運び入れた途端、漂う香りに正綱と父の視線が惹きつけられた。

「初めて炊いたもんで、お口に合うか解らんけども」

さとがお櫃の蓋を取ると、艶を帯びて光るとり飯が現れた。割いた鶏肉と椎茸、油揚げを米と合わせて炊き上げた炊き込みご飯は、全体に茶色く色付いていた。

「味噌溜まりか」

正綱の言葉にさとが頷いた。田丸城外のうどん屋で味わって以来、正綱はいろいろな料理に味噌溜まりを使うようになっていたが、さとも炊き込む際に入れたらしい。流れ出た鶏の脂と熟成した味噌溜まりが合わさって飯に染み込み、湯気と共に食欲を掻き立てる香りを醸し出していた。

「これは、変わったとり飯だな」

箸の先に小さく載せた父は、ゆっくり口に運んで嚙みしめると大きく頭を揺らした。

「しかし、うまいの。実にうまい」

父はまた一口、今度は飯と割いた鶏肉とを一緒に嚙みしめる。瞳を閉じて幾度も嚙み味わった末に、喉を鳴らして飲み込んだ。

「長生きはするものだ。この歳になって初めての経験ができる。いや、今日はまことに喜ばしい日となったわ」

父は善兵衛も呼んで皆で食事をはじめたが、賑やかに食べ進め、とり飯を三杯食べ終えると大あくびをして目をこすりはじめた。

「馳走(ちそう)であった。先に寝さしてもらう。ずいぶん走ったので、ちと疲れたわ」

布団を敷きに行くさとを手で制して父は奥座敷へ向かったが、戸が閉まるより早く大きないびきが聞こえてきた。

「寝ていても騒々しいな、まったく」

苦笑した正綱は箸を置いて奥座敷へ入った。思ったとおり父は戸も締めず、夜具も使わずにただ寝転がっている。春とはいえ伊賀の夜はまだ寒く、正綱は長持から布団を出して板間から這い上がる冷気を遮るように敷くと、父を抱きかかえて寝かせ直した。

「かつては、正重様が幼い正綱様を寝かしにお運びになられたものでございます」

「そうだな」

満腹し、安心し、緩みきった邪気の無い顔で父は眠っているが、五十を越えて薄くなった髪には白いものが目立ち、目口の周り、額にも皺(しわ)が刻まれている。昼間の健脚ぶりには驚かされたが、改めて見れば身体そのものも一回り小さくなったようにさえ思えた。

「したいように生きてみよ、か」

母を亡くして悲嘆に暮れていた時も、その怒りを父と姉にぶつけて伊賀に引き籠もった時も、思えば父は何ひとつ命ずることも禁じることもなく、したいようにさせてくれていた。あるいはそれが父の思いやりであったのかもしれない。

寝所に光が入らぬよう戸を締め、正綱は深く息を吐いた。

「そう言えば父上、大事な話とはなんでございましょう。昨夜、飯の時に聞けずじまいでしたが」

翌朝、とり飯を握った竹皮の包を受け取り、出立の用意を整える父に正綱は問うた。伊賀までつける者はなかったようだが、遠江へ戻る父を見送りに行けばまたつけられる恐れがある。ここで見送ると判断した以上は、聞いておかねばならなかった。

「はて、なんであったかの」首を傾げた父はひとつ頷いて言った。「そう、あの用人、佐々木四郎左衛門には用心せよ。わしを見る目つき、どうも気にかかる」

小姓として側近く仕えてきた佐々木四郎左衛門は具教の信頼篤く、環でさえ以前ほど毛嫌いしておらず、むしろ心を許している。悪人ではないように思われたが、正綱は頷いて次の言葉を待った。

「それから、鯛、目張、笠子、虎魚、なにより鮑だ。徳川家康殿に頼み事をする際にはこの五品を贈れ。必ずや親身になってくれようからの」

「それはどういう……徳川殿を頼れ、ということでございますか」

面識は無いが、今川にある時は今川に、織田と同盟してからは織田に忠実に仕える徳川家康の印象は悪くはない。ただ武田にとっては三方ヶ原以前から干戈を交え、今後も駿河遠江に攻め込んでくるであろう当面の敵である。

「いや、頼みがいのある了見の広い男、ということだ」父は首を振った。「畑には植えてもおらん草が生え、鯛を釣ろうとして笠子が釣れるもの。何が起こるか解らんこの世で、頼みとできる男は少ない。お前が何かを為さんとする時に、武田の禄を食むわしや正勝の力が及ばぬこともあろう。あの御仁ならばたとえ敵であったとしても無下にはされまい。その時に必要になるのが鯛、目張、笠子、虎魚、鮑だ。よく覚えておけ」

「鯛、目張、笠子、虎魚、鮑、ですか……」

頷くしかない正綱に父は更に言葉を続けた。

「後はいつも言うておることだが、己を楽しませることを忘れるな。他には誰も楽しませてくれん。こき使うてはすり減るばかりぞ。ささやかでもよい、できれば日に一度、月に一度は存分に楽しみ、幸せを噛みしめよ。いや、何を言わんとしたか思い出した。正綱よ」

襟を正して耳をそばだてる正綱に、父は顔を寄せて小声で言った。

「小袖を脱がせるのは心も裸にしたい女だけにしておけ。そういう女には、もちろん己も裸になるのだぞ」

三

足利公方を討ち破った信長は天皇に奏上し、世は天正と改元された。そして大軍を差し向けて朝倉義景、浅井長政を討ち滅ぼすや、勢いそのままに七万を越える軍勢を長島に向ける。尾張美濃伊勢の三方から取り囲んだ織田勢は砦や拠点を端から潰しながら前進し、一揆勢を川中の輪中に追い込んだ。

三度目の長島侵攻である。

これまでに二度、同じように輪中に籠もって織田勢を撃退してきた一揆勢の士気は高かったが、今回は織田の船団が輪中を包囲した。援軍も無く、補給をも断たれた輪中には近隣の村々の住民も意図的に追い込まれており、十万を越える人々に蓄えた兵糧は見る間に底をつく。それでも信長は交渉の余地を認めず、降伏を願い出て堤防に上がる者を筒先揃えて撃ち殺し、嘆きの声もろとも人々を焼き殺した。

正綱も伊勢長島に来ていた。どうすれば信長を倒し、雪姫を救えるか策も立たぬまま、北畠家の軍勢を率いる鳥屋尾が乗る船の水手（かこ）として眺める長良川は、秋の夕日と業火に燃え盛る砦、そして至るところに積み上げられた無数の一揆勢の死体から流れ出た血によって赤く染まっていた。

「こういう戦はいやなものよ」

小早船の舳先（へさき）に立った鳥屋尾が、顔を青ざめさせながらも吐き捨てた。

「だが、それがしが信長めと同じ立場なら同じことを命じるであろうというのがなんとも腹立たしい」

「武士の掟（おきて）、か」

長島の一向一揆によって信長は氏家卜全（うじいえぼくぜん）、林通政（はやしみちまさ）ら名のある武将ばかりか兄弟さえ失っている。だが一揆衆の皆殺しは復讐（ふくしゅう）だけでなく、反抗は決して許さないとの政治的恫喝（どうかつ）としても極めて有効だった。

「嫌なことついでに聞かせてくれ」渋面のまま頷く鳥屋尾に、櫂を握る正綱は続けて問うた。「茶筅丸、いや具豊はいつ北畠当主になるんだ」

元号が変わるとすぐに信長は茶筅丸を兄弟と共に元服させていた。遅い元服とはなったが、改元同様に織田家が窮地を脱した祝いと捉えられていた。ただ北畠具豊と名乗ってなお身分は未だ世子のままであり、雪姫の輿入の話も進んでいなかった。

「どうも信長の許しが出ぬようだ。長島の一揆衆の始末がついたらと危惧しておったのだが、かくも一方的な状況ならば準備せよとの命がすでに下っていてもおかしくない。だが、今なお何の話も無いところを見ると、あるいは信長は具豊を他の家に使うつもりやもしれん」

難敵を退けた信長には越後や坂東、四国や九州など東西に新たな土地が見えるようになっていた。だが六男七男が武蔵や安芸一国を継いで、次男三男が伊勢の一地方を分割するようなことになるのでは不満を生みかねない。そして具豊と北畠との養嗣子縁組を解消するのであれば、雪姫を娶る理由もまた無くなる。

「じゃあ、姫さんの輿入自体が無くなるってこともあるってことか」

「ただ、具豊本人はすぐにもと熱望しておるのだ」顎髭をしごいて深く息を吐いた。「このところ雪姫は息災かと三日に一度は聞いてくる。姫が好きなものは何かと尋ねることさえある。思いもよらぬことではあるが、あるいは具豊は雪姫様に惚れておるのやもしれん」

外れんばかりに顎を落とした正綱は、幾度も身震いしながら大きく首を振った。

「じゃあ首絞めて脅したのは好きの裏返しだとでもいうのかよ。歪みすぎだろ。否、断じて否だ。そんなことは絶対許さない」

「いずれにしても、だ」鳥屋尾は唸るように息を吐いた。「全ては信長の胸三寸よ。忌々しいことこの上ないがな」

「それならいっそ」

輪中に立ち上る炎をにらむ正綱の指先が鍔の縁をなぞった。今回も信長は長島入りしていたが、近づくどころか見かける機会さえない。手を伸ばせば届くところにいた際にどうして殺してしまわなかったのか悔やみ、眠れぬ夜もしばしばあったが、そのつもりで寝所に忍び込めば問題は一突きで解決する。

「早まるな」鳥屋尾は首を振った。「隙だらけのようで、実は警戒は厳しい。善住坊の二の舞ぞ」

伊賀甲賀を問わず信長の暗殺を請け負う者は数え切れぬほどあったが、名うての手練がすでに幾人も失敗していた。銃の名手と知られる杉谷善住坊は鈴鹿山脈の千種峠にて近距離から狙撃したものの失敗して捕縛され、鋸挽きに処されたばかりである。

「信長が第六天魔王だとは思わんが、悪運の強さは本物だからの。しかし良い話もある。奉公衆の真島昭久殿が、そう言えばお主は知り合いだそうだが」

「真島……」

思い出すのに時間がかかったが、海の上で烏帽子を振って嘆く直垂姿の男の姿が正綱の脳裏に浮かんだ。

「あの男が、いや公方様がまた動いておるらしい。今度は東から武田上杉北条、西から三好毛利本願寺が織田に攻め込む。将軍家を旗印として織田家を滅ぼす大同盟再び、とな」

「本当か」

「無論だ。更に織田の同盟者や、家臣にも書状を遣わして内部からの切り崩しも図っていると聞く。幾人か動くやもしれぬ、とのことだ」

思わず身を乗り出した正綱に、更に何か言いかけた鳥屋尾は不意に手を下へと振った。正綱が水手の位置に下がって俯くと、後方から艪を漕ぐ合図となる太鼓の響きと低いかけ声が近づいて来た。

やがて姿を現したのは全長百三十二尺（約四十メートル）、横幅四十三尺（約十三メートル）、水面から側板の上部までが二十尺（約六メートル）にも及ぶ巨大な安宅船である。

両舷に百もの大型の櫂を備え、甲板の上には樫の楯板で囲われた指揮用の矢倉さえ備えた安宅船は水上の砦そのものだが、至近に迫ったその船はとりわけ巨大で、もはや城と評するほうが相応しい。装甲を厚くした舷側の狭間から狙撃する広さがあるばかりか、口径が通常の五倍以上あって発射音も煙も凄まじい大筒と呼ばれる火縄銃さえ台座に据えられて幾挺も搭載されていた。正綱の乗る小早船などは巻き起こす波だけで転かされかねない。

「鳥屋尾殿。お役目ご苦労にございます」

追い抜いていくかに思われた安宅船から大声の挨拶と共に舷側から縄梯子(なわばしご)が下り、魚鱗(ぎょりん)状の小札(こざね)を縅(おど)した鎧(よろい)をまとってなお身軽に武将が小早船に降り立った。

「これは九鬼殿」鳥屋尾は礼節を保って一礼した。「お忙しいところ、丁寧なご挨拶痛み入ります」

「いや、鳥屋尾殿は野戦の名将と伺っておりましたが、船団指揮も見事なものでございますな。一芸に秀でれば諸芸に通じるとはまさに鳥屋尾殿のこと」

「天下人の武士たる役目とあれば船酔いするとも言うておれませぬ。それに、だいぶと慣れましたわ」苦笑を浮かべた鳥屋尾は壁の如くそびえたつ安宅船を見上げた。「しかし、なんとも見事な船ですな」

「天鬼丸(てんき)と名付けております」

九鬼嘉隆も自らの安宅船を愛(め)でるように見上げ、太い眉と薄い唇を笑う形に弛(ゆる)めて幾度も頷いた。

「しかし、天鬼丸より凄まじきは上様の御威光でございますぞ。なにしろお声がかかるや美濃木曾飛騨から木材が届き、船大工が列なして待ち受け、この巨船を僅か一月で造り上げてしまうのですからな。天下人の武士であることがこれほど誇らしく思えることもございませなんだ。そう、木材といえば源太ヶ淵の妖女の噂をご存じですかな。岩の上で美しき三人の乙女が、肌もあらわに舞い謡って船人を惑わすと。あれは真実でございますぞ」

「まさか」

眉を寄せる鳥屋尾に、九鬼嘉隆は癖の強い髪を大きく揺らして首を振った。

「実を申せば出くわしたのは木材を徴発に赴いた滝川殿の配下なのです。妖術で引き寄せられ、金縛りにされて体も櫂も動かせぬまま船はなすすべもなく岩にぶつかり木っ端みじんに。命だけは助かったものの怯（おび）えきって使い物になりませぬ。土地の船頭らも恐れて船を出さぬようになりましてな。いや、天鬼丸に伊勢の材を使えぬとなった時は、腹を切るよりないと覚悟いたしましたわ」

海に出れば死と隣り合わせの漁民や海賊には信仰心の篤い者が多いが、九鬼嘉隆は怪異迷信の類（たぐい）までも信じ込んでいるのか大真面目に語る。正綱は顔を腕で覆って込み上げる笑いを懸命に押し隠した。

「左様でございますか」鳥屋尾は驚いた表情のまま頷いた。「それは良いことを教えていただいた。源太ヶ淵は三瀬にも近い。里人が害に合わぬよう、触れておきましょうぞ」

「十分に気を付けられよ。されど討ち果たす役目はどうか拙者にお任せくだされ。美しき妖女の首とあれば、刎（は）ねればさぞかし良い音がいたしましょうでな」

志摩の地頭を騙（だま）し討ちにした際、頸動脈（けいどうみゃく）と気管を切断する音が琵琶（びわ）の弦をかき鳴らす音のようだったからと、その地を琵琶の海岸と名付けた九鬼嘉隆は口の端を吊（つ）り上げて低く笑い、舌先で唇をなぞった。

鳥屋尾は言葉に詰まったが、九鬼嘉隆は不意に片手を上げた。

「いや、随分長居をいたした。それではこれにて」

天鬼丸の内側で呼ばわる声が伝わり、舷側の一部が跳ね橋のように外に開いて小早船の上に差しかかった。奥には複数の武者の姿があった。

「やはり最後に決着を付けるのは刀でございますればな」

目を丸くする鳥屋尾に九鬼嘉隆は口の端で笑い、一礼して舷側に飛び移る。そして舷側を閉めるや天鬼丸は速度を増して離れていった。

「お主、大殿様からお叱りを受けるようなことを、しでかしておるのではなかろうな」

鳥屋尾から発せられた一段低い声での問いに、正綱は眉と口角を上げたまま首を横に振った。

「どこからどう世上の噂になるかは解らぬし、それがしの周囲を嗅ぎ回る者もおる。滅多なことをするでないぞ」

「肝に銘じておくよ」

正綱は頷いた。武田と共に挙兵するとは未発に終わったものの、鳥屋尾らが具豊排斥に動いていることを滝川一益が知っていても不思議は無い。北畠同様に織田一族を世子にとらされた長野家や神戸家では前当主の隠居と共に従わぬ家臣の粛清がすでに行われており、北畠家で行われない理由は無かった。

「それにしても妖女とはね」

正綱は呟いて岩の上で舞い謡う雪姫の姿を思い浮かべたが、瞼に浮かんだ生気に満ちた顔はいつしか全てを胸の内に封じ込めた石のような表情に変わって戻ることは無かった。

「そういえば」正綱は首を振って話題を変えた。「先ほど天下人の武士と言っていたが。その言い回しが流行っているのか」

「……戦を共にした武士の結びつきは強く、他のつながりとは別だというのは解るか」

「俺ととっさんのようにだろ」

冗談めかして言った正綱に、鳥屋尾は眉根を寄せたまま小さく頷いた。

「越前に近江にと織田の命で遠方の戦に駆り出されることを厭う一方で、楽しみもまたあるのだ。信長は良い戦働きをすぐさま褒める。数千、数万の軍勢の前で日ノ本一と賞されてみよ。心動かされぬ武士はおらぬわ。そして夜ともなれば尾張や近江、摂津の武士らが交わりを求めて訪れ、かつて槍を交えた者とでさえ共に酒を酌み交わす。今日あって明日無きが武士。ならばこそかりそめの宴が心に深く刻まれる。それが永楽通宝の、天下人の旗の下で戦うということなのだ」

「なんだか織田家の一員になったような口ぶりだな」

「解っておる」鳥屋尾は非難を逸らすように首を振って言葉を続けた。「わしは己が何者か解っておる。だが、北畠家中にさえ信長に心寄せる者が増えているのもまた事実なのだ。具房様は愚昧でも残忍でもないが覇気に欠け、月に一度の評議にかけるための審議に三月四月と待たねばならぬ。一方、信長は万事が迅速果断にして厳正苛烈。朝倉にも一向宗にも最後には勝利を収めておる。実に頼もしい、痛快ですらあるとな。とにかく信長という男は武士あしらいがあまりに見事に過ぎるのだ。ならばこそ、事を急がねばならん」

正綱と鳥屋尾は大きく息を吐き、言葉も無く川面（かわも）を見つめ続けた。


日が落ちても織田勢の船は湊に戻ることはない。むしろ夜陰に乗じて補給や脱出を図る小舟を取り締まるため、松明掲げて輪中の周囲を交代で見回った。

真夜中の警邏（けいら）に出た正綱は小舟に乗り、松明と照り返しとでまばゆいほどに照らされた輪中の周囲を巡回した。今や輪中からの和讃（わさん）の歌声はときおり聞こえるのみで、灯（あか）りも消えて悲嘆やうめき声さえ力無い。一方、織田勢の船は輪中に近づくとしきりに発砲した。一揆勢を狙ってではなく、音で安心と安眠を奪うためである。織田勢の傍若無人な行状に、正綱は今更ながらに武田信玄の病死が悔やまれてならなかった。

信玄の存命を繕って武田の家督を継いだのは四郎勝頼である。信玄の実子であり、生前から指名されていたものの、長く武田の敵であった諏訪家の名跡を継いで臣籍にあり、武田家代々当主の通字（とおりじ）である信を持たないために風当たりは強い。更に三方ヶ原以降の軍議において西上の完遂を強硬に主張したことから、信玄の身を案じて即時撤退を主張した重臣らとの間にしこりが残っている。その上、戦を控えよとの信玄の遺言を無視して攻勢に出たために家中は割れていた。

だが元来気性が激しく、初陣以来自ら先頭に立って戦うばかりか敵の猛将を幾度となく討ち取ってきた勝頼は、戦勝を重ねていた。作手（つくで）城奥平定能（おくだいらさだよし）、飛騨姉小路自綱（あねがこうじよりつな）ら離反した国衆を討ち、織田領東美濃明智城を攻め落とすと、かつて信玄が大軍を以てしても攻め落とせなかった徳川領遠江高天神城さえ陥落させる。守兵少なく、二俣城が武田の手に落ちて以来東遠江で孤立していたとはいえ、織田徳川の後詰が到着するより早くの攻略は衆目を改めさせるのに十分な戦果であり、勝頼の威勢と武名は大いに高まっていた。

　勝頼に西上を行う意向のあることは父からの書状でも報されていたが、それでも浅井朝倉はすでに滅ぼされ、足利公方も京から追われて実権を失い、目の前の長島一向一揆にいたっては崩壊寸前である。戦は兵数のみで決まるものではないが、八万近くを動員した織田勢の中に身をおき、完全に包囲されて餓死を待つばかりの一揆勢を前にしては、織田勢を戦で討ち破る困難の方が思いやられた。

「この有り様をみれば、織田に付きたくなるのも当然かもな」

「正綱様、佐々木様を見かけなかった」

「いや……待て、佐々木様って、佐々木四郎左衛門のことか」

　生返事してから父が先日出した名前と気付いて正綱は、振り返ってさとを見やった。陣屋での飯炊きに潜り込んださとは食事を届けに来てからそのまま正綱の警邏船に乗り込み、当然のことのように櫂を握っていた。

「そう。その佐々木様。捜したんだけど、見付けられなくて。環さんからくれぐれもよろしくって頼まれてるのに」

「俺も頼まれたよ」

出立前、建物の脇に引き込まれて相対した環の姿を正綱も思い出した。着ている小袖も、髪型も変わっていない。化粧も唇に僅かに紅を差しただけである。それでも別人かと見違えるほどに環の様子は変わっていた。肌が輝き、表情が烟るようにしとやかで、瞳や頬からは声をかけるのもためらうような鋭さが消えている。目の周りが赤かったのは、化粧ではなく泣いていたからかもしれない。

「まあ、佐々木殿はいい男だからな」

「顔だけじゃないよ。もうしつこいくらいに言い寄られたそうだから。やっぱり女はさ、求められたいんだよね。愛したいし、愛されたい。優しく満たされたいんだよ」

「そんなもんかね」正綱は肩をすくめた。「男を惑わす源太ヶ淵の妖女も恋に落ちた、か」

首を傾げるさとに、正綱は九鬼嘉隆の話を語った。

「そういえば陣屋でも噂になってたよ。責任逃れにしても、妖女だなんてひどい尾鰭の付けようだよね。あ、でも、死んでもいいから自分も妖女を見たいって三人くらいは言ってた。ほんと男って奴はどうしようもない」

「俺もまた見たいけどな。おさともいい声してるよ。『伊賀の女は』も悪くなかったけど、次に謡った、筒井筒──」

「ねえ、お腹空いてない」唐突にさとは周囲で連発する銃声さえかき消すほどの大声を上げ、竹皮の包を突き付けた。「握り飯食べて」

「何だよ、いきなり」

だが炎に照らされた顔を強張らせたさとは突然に正綱の腕を摑んで引き倒し、そのまま体ごと覆い被さった。

「おい、ふざけるなよ」

押し退けようと下から伸ばした正綱の手が、不自然な感触に滑った。さとの体を包む擦り切れそうに薄い麻の帷子が粘ついた熱い液体で濡れていた。

「邪魔が入ったか」

激しい水音が迫り来た。漕ぎ寄せた船がぶつかり、衝撃で仰向けに転がった正綱の視線の先で船べりに足をかけた男が刀を抜く。血走った隻眼が焼き討ちの炎を映して闇に燃え、正綱に向けられた切先が頭上で煌めいた。

「伊賀での恨みぞ、覚えたか」

押し寄せる殺意に正綱は鑿を放った。手首の返しだけで狙いも威力も無いが至近からの反撃に隻眼の男は咄嗟に身を引く。顔をかばう動きに船が大きく揺れたが、正綱よりも襲う男の方が早く体勢を整えた。立ち上がって柄に手をかけるのが精一杯の正綱の胸めがけて、まっすぐに切先を突き出した。

だが正綱の体は幾度も稽古した形のとおりに動いていた。抜き放つと同時に鋭い切先を外に弾き、そのまま腕に沿って刃を滑らせる。口蓋を貫いて盆の窪まで抜けた刃を胸を蹴って引き抜くと、隻眼の男は背中から暗い流れに落ちた。

「おさと」

だが正綱は沈み流れる骸には目も向けず、船底に倒れたままのさとの肩を摑んだ。左胸が朱に染まり、血溜まりが船底全面に広がっている。正綱を狙った銃弾を正面から受けたのだろう、背にも指先が入るほどの穴が空いていた。

「おさと、目を開けろ。死ぬな」

正綱は傷口に長手ぬぐいを押し当てて縛り付けたが、どれだけきつく押さえても抱きかかえた胸と背中から血が噴き出して止まらない。弾は抜けているにせよ、身の内がどれほど傷ついているかは判断さえできなかった。

「……切所は、本当に突然だね」

薄く眼を開いたさとが正綱を見上げた。そして腕を痛いほどに摑むや、震える右手指で正綱を引き寄せた。

「正綱様、お願い……私を、忘れないで」

言葉と共にさとの指から力が失せた。最後に笑みを浮かべた頰を、涙が一筋伝い落ちた。

四

殺意の乗った声と共に八相から袈裟に、逆袈裟にと高く鋭い刃音が迸る。そして振り返りざまに小手を打った刃が大きく伸びて闇を貫いた。

「良い振りだ」

息を整える正綱に具教が声をかけた。

「ご指導のおかげをもちまして」正綱は切先を落として一礼した。「教えていただいた一之太刀で刺客を討ち取ることができました」

「その割に浮かぬ顔だな」

「己が許せぬのです」

瞳を伏せた正綱は軋むほどに歯を噛み締めた。父が伊賀に来た時に監視の目がついていることを知らされ、伊勢長島では織田勢の只中にいたのである。鳥屋尾をつける者があるとも聞いていたのに、油断して刺客を近づけてしまった己を八つ裂きにしたいほどの怒りが、戦から一月が過ぎた今もまだ収まらなかった。

「気持ちは解るが、あえて言う。己を責めるな。神ならぬ身には避けられぬことよ。それから教えた形は飛燕という。一之太刀ではない。そもそも一之太刀とは奥義であって、形ではないのだ。いや、心構え、境地とでも言うべきか」

目を瞬かせる正綱に、具教は不意に両手を音高く叩き合わせた。

「狐、今、どちらの手が鳴った」

正綱は大きく首を傾げた。鳴ったのは確かながら、左右のどちらか判断する術はない。

「どちらも、ではないのですか」

「そうだ。そして、それこそが一之太刀の教えよ。ふたつの手が合わさって、音がひとつ鳴る。天地合一、死生合一。陰陽に屹立して待つも無く懸かるも無く、敵も無く己も無い。

風が吹いて帆が膨らむが如くの剣を指す。この境地に達すればどのような状況でも、どのような相手に、どのように振ろうとも一刀一殺の剣となる」

「ですが、それは何と言うか、その、当たり前のことなのでは」

　正綱の言葉に具教は大きく声を上げて笑った。

「狐は勇敢だな。わしは師に教えられた時、思いつつも口には出せなかった。だが、いかなる時も当たり前のことを当たり前にこなすことほど難しいことはない。わしも授けられはしたが、義輝のように深く会得できるかは解らぬ。あやつは押し寄せる謀反人共に全てを奪われたが、最後の最後まで自若として切先が鈍ることはなかったという」

　足利十三代将軍義輝は応仁文明の乱、明応の政変で公儀の威信が失われ弱体化した時代に将軍位を継いだ。戦乱を逃れて京を離れることも幾度かあったが、諸国の抗争を積極的に調停し、有力大名を御相伴衆に任じることで管領細川氏、その家臣三好長慶らを抑えて権威の立て直しに成功する。そして具教を通じて面識を得た塚原卜伝から指導を受けて剣の腕を磨き、名実共に武家の棟梁たらんと尽力したが、将軍親政を望まぬ三好三人衆らに一万の兵で攻め寄せられて御所にて討死していた。

　具教は携えていた黒鞘の太刀を両手で眼前に捧げ持って一礼し、静かに刀身を抜いた。

「これは義輝の最期を見届けた家臣が届けてくれた九字兼定だ」

　格子から差し込んだ朝の光が、豪壮にして端正な刃を輝かせた。刀身に刻まれた臨兵闘者皆陣列在前の九字が浮かび上がったが、それ以上に研ぎ整えてなお残る無数の刃こぼれが正綱の目を引いた。

「義輝は三日月宗近、鬼丸国綱などの銘刀を周囲に突き立て、次々に取り替え敵を斬ったと聞く。九字兼定もその内の一振りよ。周囲には万の兵。切り抜けるどころか、抵抗さえ無意味な状況におかれた胸中を察するだけで我が胸は波立つ。わしも死を前にしてはかくありたいと願うが、あやつのようになりたくないとも願うのだ。代々北畠家が受け継いできた由緒ある伊勢国司の座を守らねばならぬし、雪姫や息子たちが奪われることは耐えられん」

「俺もです」正綱は長島の闇と炎を瞳に映して頷いた。「以前、殺そうとする者に情けをかけては命がいくつあっても足らぬと諭されたことがありましたが、俺は何も解っていませんでした。俺を殺そうとする者は、俺が気にかけている者さえ殺すのです。覚悟を定めたのに、あの甲賀衆の男が向けた殺意を覚えていたのに、警戒を怠って、おさとを傷つけられてしまいました。俺は二度と味わいたくありません」

「だが、屋敷で療治しているのはその娘なのだろう。運が強かったな」

「いえ」正綱は大きく息を吐いた。「おさとが助かったのはとっさんのおかげです」

環の血止めに手こずった経験から、正綱は蓮華、蓬、十薬に加えて蒲黄の穂、吾亦紅や黄連の根など効果のある生薬を見付け次第に採取してきたが、それら全てを使ってもさとの熱は下がらず、医者も後は本人次第と匙を投げた。

ならば最後にせめて美味いものをと鳥屋尾が擂り下ろした鮑を口に含ませると、半ば意識が無いながらもさとは全て食べ終えてその日を生き延び、翌日には呼吸までも穏やかになった。続けて鮑を食べさせると熱さえ下がり始める。粗食を日常とするさとの体に、栄養豊富で造血作用の高い鮑は薬以上の効果をもたらしたが、鮑は信長を饗応するために伊勢志摩から運ばせたものである。抜き取りが発覚すれば切腹ではすまないものを、それでも鳥屋尾はさとに鮑を贈り続けた。

「鳥屋尾は不器用ながら信義に篤い男。あやつなりにその娘、いや狐への借りを返そうとしたのであろうな。だが、学ぶべきことぞ」

具教は微笑みを含んで言葉を続けた。

「一心に武芸を学び、技を極めたものほど己の力を頼みがちになる。だが義輝のような達人であれ、鳥屋尾のような名手であれ、己一人で斬れる数などたかが知れておるのだ。故に背中を守ってくれるものを軽んじてはならぬ。なにより過信は、願望や侮りと同じほどに眼を曇らせる。日々己の眼を拭うことも忘れてはならぬぞ」

「肝に銘じます」正綱は深く頭を下げた。「ですがお教えください、己の目を拭うにはどうすればよいのですか」

「簡単なことだ。今、わしに接しているのと同じように万人を師と思い、教えを請え。弱きものを軽んじてはならぬ。飾らず、偽らず、己を最も低き位置において素直に他者に相対すのだ。誰しも、与えるときもあれば受け取るときもあるのだからな」

具教は正綱の手から木刀をとって背を押した。

「そのために最も必要なのは感謝を示すことだ。その娘に命の礼を言ってまいれ」

「おさとさん、ごきげんよう。おひるなりましゃりましたか」

呼びかけるや聞こえた異様な叫びに、雪姫は障子を開けて室内に飛び込んだ。布団の傍らでさとが胸を押さえたまま動けないでいた。

「なんでもないよ」肩で大きく息をしながらさとは言った。「布団がさ、柔らかすぎて、板間で寝てたんだ。こんなの私にはもったいなすぎる」

雪姫は小さく安堵（あんど）の息を吐くと、廊下に置いたままの桶と手ぬぐいを取って再び室内に戻った。

「おさとさんは北畠のお客人です。それに怪我人が遠慮してはなりませぬ。以前、環を治療していただいたお礼と思うてください。本日、環は別の用がありますので、わらわがお手伝いします。不束者（ふつつかもの）ではございますが、ごねんきにお願いします」

「そんな、だめ。姫様に体を拭かせるなんてだめだよ。そんな恐れ多い――」

さとは逃げるように身を捩（よじ）ったが、痛みで再び息を詰まらせる。身動き取れないさとの背中に回り込んだ雪姫は、構わず手を回して小袖の帯紐（おびひも）を解いた。

「まだ治りきっていないご様子。どうぞお心安く、委（ゆだ）ねてください」

さともそれ以上の抵抗をやめた。前屈（まえかが）みになって力を抜き、小袖が後ろに引かれるに任せる。雪姫は湯に浸した手ぬぐいを固く絞ってさとの背中をゆっくりと拭った。首から肩へ、肩から肩甲骨に沿って強張った体を温め解していく。

「でも、よかった。環さんに不満なんて無いんだけど、のろけ話を聞かされるのがちょっと苦痛だったんだ。それにさ、このところ撃ったのがどんな男だったか覚えてないか、って毎回尋ねてくるんだ。私、よく見えなかったたって何度も答えてるんだけどね」

「さようでございますか」

会話が途切れても、雪姫は構わず一心に拭い続ける。それでも傷口の隆起に触れると指先が止まった。

「おいたいたしや。痕が残ってしまわれましたね」

「いいんだ。むしろ誇りに思ってる」

さとも胸元に残った傷に指先を這わせ、鈍い痛みを飲み下して大きく頷いた。

「ずっと前、姫様と初めて会ったときにガトって私のことか脇の爺に尋ねたでしょ。あの時、すごく業が沸いた。その、腹が立ったんだけど、姫様は本当に解らなかったんだよね」

雪姫の頷く気配にさとは言葉を続けた。

「がっとうな、という言い回しが伊賀にあるんだ。並外れたとか、ものすごいとかっていう意味だけど、良いことじゃなくて悪いことに使う。私、産まれたときから丈が大きくてさ。産婆が言ったんだって。がっとうな子が産まれよったで、って」

さとは目を閉じ、大きく背中を震わせて息を整えた。

「がっとうなさと、だからガト。伊賀じゃ誰より背丈が高かったから皆が、死んだ両親でさえそう呼んだよ。でも正綱様だけは私をさとって呼んでくれた。だから心に決めたんだ。私は何があっても正綱様をお護りする。そのためなら命も惜しくないって。今回はたまたま死ななかったけど、次も、これから何度でも私は身を投げ出すよ。この傷は、その覚悟を思い出させてくれるんだ」

「母上様がよく申しておらしゃいました。耐え難い痛みは、時として言葉にできぬほど素晴らしいものを生み出すことがあると。おさとさんは正綱様を心からお慕いしていらっしゃるのですね」

「そんなんじゃない」振り返ろうとして再び痛みに呻(うめ)いたさとは、俯いて言葉を続けた。

「正綱様は誰にでも優しいだけ。私みたいな大女なんて好きじゃない。それに身分だって違うし。私なんか……」

筒井筒　井筒釣瓶は果敢(はか)ない物よ　摺違ふてさえ物言わぬ

雪姫はかつてさとが謡った歌を口ずさんだ。筒井筒と呼ばれる一対の桶を使って井戸水を汲む井筒釣瓶は、片方が上がればもう片方が降りる仕組になっている。『伊勢物語(いせものがたり)』以降、筒井筒は幼馴染(おさななじみ)の恋の歌の題材とされ、さとが謡った歌も成長した幼馴染のつれない態度を嘆く歌だった。

「羨ましいです」さとの肩に置かれた雪姫の指に力が籠もった。「わらわも妹背(いもせ)となる方をそのように思えたなら」

「え、妹背って何。どういうこと」

「聞かれておりませんか。北畠具豊。元の名を茶筅丸。輿入が済んでいないだけで、わらわは織田信長の息子に娶(めあわ)せられているのです」

「え、その話は無しになったんじゃ。正綱様はそんなこと一言も……」

　小さく息を吐いた雪姫の髪が、さとの首筋で左右に揺れた。

「正綱様は輿入させまいと本当に奮闘してくださいましたから、お認めになりたくなかったのでしょう。わらわもそうなることを望んでおりました。父上様や正綱様と過ごす時がこのままとこしえに続けばと願うておったのです。さりながら、我らはならぬ定めなのでございましょう。わらわも心を決めました」

「だから具豊に嫁ぐって。だめだよ。織田の一味で敵じゃない。それに好きでもなんでもないんでしょ」

「好きとか、そういうことではないのです」雪姫は首を振った。「望んだり、欲したりしてはならない。ただ血筋をつなぐ良い筒であれ。それが武家の女の役目であり、ならばこそわらわは安逸に過ごさせていただいているのです。さて終わりました。おみくびは苦しゅうございませぬか」

　小袖の襟が合わせられたが、さとは俯いたまま動こうとしなかった。小さく震え、唇を噛み締めたまま幾度も首を振る。

「そんなのおかしい。間違ってるよ。女はこうでなきゃならないとか、手前を棚に上げていろいろ言ってくる奴はいる。そうでなくても女ってだけで足かせされて、いろいろ諦めなきゃならない。理不尽なこと言われて、されて、私だっていろいろ我慢してきた。作り笑い浮かべて、言いたいことを押し殺したことだって何百回とある。でも、あいつらが正しいなんて認めちゃいない。何が幸いかは私が決めるし、私が何者なのか決めていいのは私だけなんだ」

　唇を噛み締めながら、さとはなおも吼えた。

「ああ、もう、私、がっとうに馬鹿で、がっとうに嫌な女だ。私、姫様はちやほやされて育ってきた苦労知らずだって、ずっと憎んでた。怖かった。だって正綱様は姫様のことが好きなんだもの。それに姫様は私に無いもの全部持ってる。小さくて、おしとやかで、きれいで。姫様には絶対に勝てっこないって解ってるから」

「わらわはおさとさんが好きですよ。謡ったり、踊ったり、一緒におほうとうを食べたり、すごく楽しかったです。それに羨ましかった。おさとさんは鳥のように自由で、強くて、美しくて、わらわに無いものを全部持っているのですから」

　さとは両手で涙を拭うが、指の間からこぼれ出て止まらなかった。

「終わったみたいに言わないでよ。まだこれからだって。私、ああ、嫌になる。もう、私なんか幸せになっちまえ」

「……幸せに、ですか」

目を瞬かせる雪姫に、さとはしゃくりあげながら口早に言った。

「私ね、悪いことを言えば自分の身に起こるって信じてる。だから、くたばっちまえって言いたくなったら、逆のことを言うようにしてるんだ」

「素敵ですね」雪姫はさとの正面に回り込み、涙の止まらないさとの頭を抱き寄せた。

「おさとさんは幸せになってしまえ」

どれほどそうしていたのか、さとの涙が止まって落ち着きを取り戻すと、しばらく前から外にあって動かなかった影が咳払いを響かせた。

「あの、さ、姫さんとおさとがいるんだろ。入ってもいいかな」

「待って」正綱の声にさとは強張った顔で身を起こし、浅い呼吸のまま雪姫に小声で囁いた。「あの時、私、もう死ぬと思ったから、正綱様に、その、思っていたことを。なんていうか、とにかく、どんな顔していいのか解らないから、今は断って」

「承りました」雪姫は頷き、笑みを浮かべた。「これより朝餉（あさげ）なれば、正綱様はもうしばらくお待ちあそばしませ」

雪姫はさとの涙を拭い、笑みを交わして手を握る。さともまた、握り返した。

五

天正四年（一五七六）元旦、織田信長に新年の言祝ぎを申すため、鳥屋尾満栄は北畠家名代として岐阜城を訪れた。初めてのことではなく、控えの間で待たされることにも慣れている。その間、他家の使者と話すことも鳥屋尾には良い情報収集になっていた。

だが、この年ばかりは勝手が違った。いつまで待っても呼ばれないのである。

大名家にも格がある。領国の上下や石高、朝廷の席次、織田家中での順位などが複雑に作用し、また頻繁に変わるため後から取次された者が先に呼ばれることも珍しくない。それでも鳥屋尾より早く来ていたものが全てお目見えし、後から来た格下の武将までが呼ばれてもまだ声がかからないとはかつてないことである。取次が行われているのか小姓に二度まで確認したが、伝えてあると言われてはどうすることもできない。

手焙の炭が白んで足され、ついに冬の日が陰っても呼ばれることはなかった。信長のもとに押しかけるなどできようはずもなく、日が落ちれば別の酒宴がはじまるのが常である。

「日を改めまする」

鳥屋尾は取次に告げると、冷気が漂い静まり返った廊下へ出た。確かにこれまでになかったことではあるが、何事も先例どおりに進まないのが織田家である。信長の裁可ひとつで万事が定まり、実行直前で白紙に戻されることも、その逆とて珍しくない。まして天正と定まってから長島に次いで加賀(かが)越前の一向一揆も鎮圧され、大坂の本願寺顕如とも和睦していた。かねて敵対していた三好一族は降伏し、武田勝頼さえ長篠で討ち破っている。遠く備後鞆(とも)に追いやられた足利義昭を差しおいて、源頼朝(みなもとのよりとも)が任じられて以来武家の棟梁を意味する右近衛大将(うこのえだいしょう)に任ぜられるなど、全てが信長の望んだとおりに進んでいた。

そして家督を嫡男信忠に譲った信長は琵琶湖に面し、北陸(ほくりく)街道、東山(とうさん)道、八風(はっぷう)街道に通じる要衝安土(あづち)に新たに城を築き始めていた。隠居城との触れ込みながら縄張りの段階で岐阜城よりも壮大で、これまでにない城になると噂もしきりである。すでに大身の家臣らには、岐阜城下から移り住むよう命が下っているとさえ言われていた。

不意に視界の端で灯りが揺らめいた。廊下の脇に寄って待つと、角を曲がって信長の小姓が現れる。紙燭(しそく)を手にしたまま鳥屋尾に頭を下げた。

「上様がお呼びでございます」

鳥屋尾はせり上がった怒気を懸命に喉元で抑え込んだ。いくつか呼吸を重ねて頷くと踵を返して献上品の運ばれた謁見の間へと向かうが、小姓は立ち止まったまま声をかけた。

「こちらでございます」

闇の中、紙燭(しそく)の火が大きく揺らぎ、下から照らされた小姓の端整な顔立に陰影が不気味に躍る。この世の者ならざるようにさえ見えて慄然とした鳥屋尾は身震いを押し殺して小姓に従い歩いたが、小姓はこれまで鳥屋尾が曲がったことの無い角を折れた。

もちろん鳥屋尾は岐阜城の全てを知っているわけではない。それでも小姓が案内するのは鳥屋尾がかつて通ったことの無いばかりか、人の声も無く、深い闇までが淀（よど）んでいるように見通しの利かない通路だった。

「こちらで良いのか」

小姓は一寸（ちょっと）立ち止まると肩越しに小さく頷き、そのまま一声も発することなく足音さえ立てずに進む。いつからか左右の壁は襖（ふすま）ではなく、塗籠（ぬりごめ）に変わっていた。息苦しいのは風通しが悪いからだと理解できたが、塗籠の壁が用いられるのは物置や宝物庫であり、信長が待っている場所としては不自然極まりない。

小姓は不意に立ち止まって壁際に退くと、突き当たりの妻戸を指し示した。

「この先へお進みください。私はこれ以上進むことを許されておりませぬゆえ、鳥屋尾様おひとりで」

反射的に首を振り、鳥屋尾は後ずさった。腰に帯びた小刀が小刻みに鳴り、鍔にかけた指が震えていた。冬、そして岐阜城は高い山の上にある。日が傾けば冷気が足元から這い上がって心臓まで鷲掴（わしづか）みにするが、己が震えているのは寒さゆえでないことを鳥屋尾は理解していた。

妻戸の奥に信長がいることを疑ってはいなかったし、危険を感じているのでもない。殺すつもりであれば控えの間でも謁見の間でも、どこで討ち取っても恥じることの無いのが信長である。

ただ嫌な予感がしていた。この先で何が起こるのかが、何を見ることになるのかが恐ろしくてならなかった。

　それでも烏屋尾は進むより他になかった。北畠の名代としての役目があり、立場がある。理由も無く怖いからと引き返すなどできようはずもない。

　喉を大きく鳴らして唾を飲み込み、烏屋尾は一歩踏み出した。更にもう一歩踏み出し、妻戸に指をかける。悲鳴にも似た耳を裂くきしみを立てて戸を押し開いた。

「なんだ、これは」

　視線を上げると三方を塗籠が囲む三畳ほどの室内が広がっていた。だが何も置かれておらず、信長も、誰もいない。

　燭台(しょくだい)の薄明かりに目を細めて左右の足を踏み入れた途端に背後で妻戸が閉められ、烏屋尾の心臓が跳ね上がった。灯りがあるので困ることはないが、それでも室内に誰もおらず、何も無いことに変わりはない。だが、更にもう一歩踏み出したつま先が立ち上る冷気に触れた。室内中央の床板が矩形(くけい)に切り取られていた。茶室ならば火炉を据えるところながら、この部屋にあるのはただ暗闇だけである。もう一歩進み出て覗き込むと、床板のみならず更に下の階層まで深く刳(く)り貫(ぬ)かれているのだと、長い梯子と微かに吹き上がる風が教えた。

　烏屋尾は梯子段に足をかけ、そのまま一段ずつ、ほぼ垂直に足を下ろしていった。上階の光は途中で届かなくなり、降りるに連れて闇が深まったが、同時に抹香とも沈香(じんこう)とも違う、何かの香りが強まっていく。淀んだ空気の中、何日か、あるいは何年前に焚いたのか判別がつかない残り香が濃密に漂っていた。

底無しの深淵にも思われた闇は唐突に終わった。下の階層には、闇に慣れた目にも暗いと感じる程度の灯明が灯っている。仄暗い闇の中で床に足を着けた鳥屋尾は、改めて周囲を見回した。

辿り着いたのは、やはり塗籠の壁で仕切られた狭い部屋だった。梯子以外の出入口は無く、四面ともに棚仕切りが据え付けられ、茶壺か花入のような楕円形の物がいくつも並べられている。織田信長の茶道具数寄はよく知られており、興味を惹かれて鳥屋尾は近づいたが、間近に見つめるや息を吞んで飛び退いた。

髑髏だった。

きれいに洗われ、薄濃にされているのだろう。灯明の微かな灯りの中で何かを物語るかのように幾つもの髑髏が鎮座していた。

「それは信勝だ」

闇の中から聞こえた声に鳥屋尾は振り返った。目を凝らすと陰影が人の形を成す。衣擦れと共に織田信長が立ち上がった。

「その横の鉢の大きいのは今川義元。下の段は家臣共よ。宣教師どもが申しておった。大洋を東に渡った国では、フエイ・ツォンパントリとて敵の髑髏を横木に通して並べる風習があると。人の考えることはどこも同じよな」

討ち取った敵の首を実検するのは武士のならいである。敵を貶めるというよりも、勝敗と論功を明らかにし、ひとつの戦いの終了を宣言するために必要な儀式として行われてきた。もちろん、その後に首は胴体と同様、あるいは更に丁重に葬られるのが常である。浅井朝倉を滅ぼした翌年の元旦、信長は薄濃にした髑髏を折敷の上に並べ、肴として酒宴を催したが、積年の鬱憤を晴らすためにしたのであり、その後は埋葬されたのだと鳥屋尾は考えていた。

だが、一番端の棚に置かれているのが信長の実弟で家督を争って謀殺された織田信勝の髑髏なのだとすれば、信長は一時の怒りや座興で浅井朝倉の髑髏を薄濃にしたのではなく、かねて滅ぼした敵将の髑髏を飾り続けてきたことになる。敵将への敬意なのか侮蔑なのか、力を取り込むためか永く呪うためなのか、それとも鳥屋尾には理解できない呪法なのか判別さえつかなかった。

「これは南蛮教の拝殿でございますか」

「わしは南蛮人の神など信じぬ。ただ、ここにおると敬虔な気持ちになれるのだ。それに奴らは他にも面白いことを教えてくれた。宣教師どもの故国アラゴン＝カスティリヤもかつては割拠する群雄のひとつであったそうだ。だが、イザベルなる女王は諸大名を打ち破って国をまとめるや、続けて異教徒討つべしと豊かな異国に攻め入った。己の旗の下に諸大名を糾合し、だが得た莫大な財をそっくり丸取りにしたのだ。そうして蓄えた富と兵により、かつては同格、あるいは上にあった大名、豪族、坊主どもさえ皆、ひれ伏させているのだと。大内や三好、比叡山や一向宗に翻弄されて滅びた足利公方の二の舞をいかに避けるかを思い悩んでいたわしには、まさに天啓であった」

瞑目してゆっくりと首を振る信長の次の言葉を待ったが、鳥屋尾の瞳は吸い寄せられるように髑髏を追って横に動いた。そして突然の空白に止まる。だが終わりではなく二段目に頭蓋骨が並んでいた。

「そちらのは馬場美濃に山縣昌景よ。勝頼めは取り逃がしたのでな」

衝撃を受けたように鳥屋尾はよろめいた。山縣昌景とは僅かながら面識がある。長篠での戦にて徳川勢に斬り込んだ末に銃弾に倒れたとは聞いていたが、このような形で再び見(まみ)えようとは思いもしなかった。

「勝頼はいずれ討ち果たす。毛利も、大友(おおとも)も、島津(しまづ)もな。そして朝鮮や明より奪い取った富を以て力を更に高め、日ノ本を神仏さえ我が意のままに従わせる国へと作り変えようぞ。いずれアラゴン＝カスティリヤまでもこの手にしてくれるわ」

鳥屋尾は雷に打たれたかのように大きく身震いした。

これで終わりではないのだ。

織田信長の戦は日本を統一しても終わることなく、更に隣国、より遠くを制覇し終えるまで続く。あるいは武田勝頼の隣には北畠具教、そして鳥屋尾自身の髑髏さえ並ぶのかもしれない。不意に四方を取り囲む棚から幾多もの髑髏が飛び上がって己の周囲を回り、鳥屋尾の首が仲間入りするのを歓迎するかのように嗤(わら)う妄想さえ浮かんだ。

死なうは一定　しのび草には何をしよぞ　一定かたり遺(おこ)すよの

小唄を口ずさんだ信長は鳥屋尾の青ざめた顔を見やると、今川義元の髑髏の下に手を伸ばして刀掛から太刀を手にとった。鋭く冷たい眼差しのまま鞘音を立てずに抜き放つと、切先を鳥屋尾に向ける。

無言のまま、瞬きすらせずに信長はじっと見据えていたが、不意に嗤う形に口を動かして刃を鞘に納めた。

信長が小さく顎先を動かすや、鳥屋尾は弾かれたように梯子段を駆け登った。

第四章　雲濤遥か

一

「からっ」

朝餉の大根おろしを口に入れた正綱は、目をきつく瞑って体を震わせた。湯で流し込み、歯を噛み合わせたまま繰り返し息を吸ってしびれた舌を冷やす。

「大根は優しく擂り下ろさないと辛くなるだろ」

脇に控えたさとは、頬を膨らませて正綱をにらんだ。

「そんなことより、三瀬で何を話してきたのか早く教えてよ。何かあったんでしょ」

「朝飯ぐらいゆっくり食わせてくれって」

正綱は日野菜漬けを飯の上に載せて口へ運んだが、調理する間も気もそぞろだったのか、今日の飯の炊きあがりはとりわけ固い。膝の上に両手を乗せて前のめりのままのさとをよそに、幾度も噛み締めてから飲み込んだ。

「おさとは俺が北畠に関わるのを嫌がってたよな」

「お世話になってる内に、私も雪姫様と仲良くなったんです。この間も殴り方を教えてあげたんだ。顎をこう、まっすぐにさ。姫様は筋が良いよ」

「解ってると思うけど――」

「姫様にそんなこと教えるなって言うの」

「そうじゃない」正綱は首を振って言った。「人を殴るには経験の方が大事ってこと。軽く当ててるくらいを繰り返して、殴ること自体に慣れておく方がいい。ところで、姫さんの輿入（こしいれ）の日が決まった」

正綱は浅漬けの大根を音立てて噛み、善兵衛を見やった。

「爺（じい）よ、俺はしばらく伊賀を離れる。田植えやら何やら頼む」

「お手伝いできることはございますやろか」

正綱は黒焦げの目刺から、炭になった外側を箸先（はしさき）で払い落として噛み締めた。

「田丸城と三瀬が気にかかる。異変が起こったらすぐに伝えてくれ」

「では何人か張り付かせ、狼煙（のろし）を上げるよう手筈（てはず）を」善兵衛は湯漬けを流し込んだ。「ガトは三瀬に行くがよい」

「いや、おさとは俺と熊野へ行く」

「大事ならば手練は他にもおりますのに」

「ならばこそおさとを連れて行く」正綱は大きく頷（うなず）くさとを見やって言葉を続けた。「それから金輪際、おさとのことをガトと呼ぶなよ」

善兵衛はぎこちなく頭を下げた。

シロを連れての熊野への道すがら、正綱は三瀬で決まったことをさとに話した。

「正月早々に、信長から具豊が北畠の当主となると言い渡されたそうだ。三月にも正式に代替わりする。雪姫の輿入も時を合わせてとのことだが、具教公は秋まで引き延ばす算段だ」

「それなら、本格的に戦になるんだね」

給金を支払う余裕のある織田家では足軽が専業として成り立っていたが、北畠ら他の家中では村方で田畑を耕す農夫を雇い入れるため、戦をするにも農閑期を待たねばならなかった。

「そうだ。そして具教公は、前の信玄公の西上の際に動かれなかったことを悔やんでおられる」

正綱は足元を見据えたまま頷いた。

「だから此度(こたび)は他大名に先んじて動く。雪姫の花嫁道具に兵器を忍ばせ、華燭(かしょく)の典にて具豊はじめ織田の息のかかった者を一掃し、新造された田丸城に籠もる算段だ。もちろん織田は攻めてくるだろうが、やがて西から毛利や三好、東から武田と上杉に北条まで攻め来れば包囲どころじゃなくなる」

足利義昭は奉公衆真島らを使って盛んに書状を送り、武田と上杉、北条の同盟を締結させ、毛利ともまた結ばせていた。一月、長くとも二月持ちこたえれば諸将が東西から進軍し、今度こそ包囲網が信長を締め上げ、滅ぼす手筈である。

「すごいね」身震いしたさとは、首を傾げた。「でも、それならなんで熊野に行くの」

「熊野が此度の要なんだよ」

備後鞆にいる足利義昭が坂東の北条に書状を送ろうにも、陸路畿内を通れば織田勢の検問にかかって内容を知られる恐れがあり、海路を行こうにも伊勢湾は九鬼嘉隆に押さえられている。そのため、更に外側の熊野を領する堀内家の協力が欠かせなかった。また具教らが田丸城に籠もるにしても伊勢長島の一向一揆が敗れた轍を踏まぬよう、織田勢の手の届かない南側からの補給路を確保しておく必要があった。

だが熊野では最近になって攻略した三鬼城を奪い返され、織田勢が優位となっていた。

「熊野を強めて、今の内から北畠を有利にしておこうってことか」

「そういうこと」正綱は頷いた。「服属か死か、と突き付けられて死を選ぶ者は少ない。そういう意味では堀内家も熊野海賊衆も普通の人間だ。味方にしておくにはそれなりの見返りが無いとな」

「久しぶりやな、正綱」

帆に八咫烏を描いた小早船に迎え入れられた正綱は思わず身を引いたが、堀内新次郎は構わず両肩を摑んで大きく揺すった。

「変わらんな。遭難した濡れ鼠のままやないか」

「お前は、随分変わったな」

新次郎の瞳の輝きや黒く焼けた肌は共に遭難した時から変わらないが、胸板や上腕は更に厚く太くなり、顔の下半分には黒々とした髭が蓄えられていた。

「父と兄が死んでもて、いまや俺が熊野別当にして新宮城主や。変わらんわけにはいかんやろ。心底惚れぬいた妻を迎えて、子も産まれるところや。ええもんやで。お前はどうや、姫様とやらは抱いたんか。いや、解っとる。まだなんやろ」

新次郎は大笑いして、正綱の肩を叩いた。

「旧交を温めたいところやけど、まずは目障りな城を片付けたい。力を貸してくれや」

新次郎の指差す先を正綱も見つめた。三鬼城は湾に突き出た丘の上に築かれた城である。丘自体高くもなければ、崖や岩場、堅牢な石垣や堀があるわけでもない。矢倉にいくつかの兵舎や蔵などを取り囲む三重の柵が設けられているだけながら、何も無い砂浜にあるがために身を隠すことができず、近づくことさえできないでいた。

「たしかに厄介だな。それでも一度は陥したと聞いたが」

「せや」悔しさをにじませて歪めた新次郎の頬に、かつての面影が重なった。「前に攻めた時は、こんな柵あらへんかったでな。加藤と奥村めがおっ建てておったんや。それにあいつら、種子島と弾とをぎょうさん持ってやがる」

船の上に本陣をおき、熊野衆は鉄砲と矢の射程外から包囲していた。兵数は勝っているが、力押しすれば損害が大きくなるのは必定である。再び奪い返されないよう維持し続けるためには、城自体もできる限り無傷のまま攻略せねばならない。石山本願寺との戦いに駆り出されている九鬼衆がいつ戻るやもしれず、急ぐ必要もあった。

「随分な無理難題だな。それで、守将の加藤と奥村というのはどんな奴だ」

「嫌な奴やわ」

新次郎の即答に正綱は苦笑した。

共に鎌倉以来伊勢に根を下ろした名家ながら、所領が隣接した家にありがちな仲の悪さを代々引き継いできた両家である。加藤家は北畠に属して吉野朝方、奥村家は公儀奉公衆となって長く対立し、足利義満によって吉野朝が衰退した際に奥村家が当時の加藤家当主を討ち取って優勢となるも、つい最近、九鬼に先に臣従した加藤家が盛り返して奥村家を従わせていた。

「せやけど加藤甚五郎は恫喝と圧力で従わせるだけで、ひとりでは船も漕げへんしょびたれや。奥村五右衛門は五の字を貰ってよろこんどる腰巾着やけど、加藤の寝首を掻くための芝居やと内々には言うとるらしい。それが外に聞こえる時点で、やっぱりあかんけどな。けど、どっちも九鬼の犬には違いない。そんで九鬼の船団が戻るまではって、誘いをかけても乗ってこやへんのや」

「どちらも浦攻めに関わっていたのか」

不意に新次郎は、刃のような視線を向けて正綱の胸ぐらを摑んだ。

「せや、二人とも寄騎の大将で、菊ねえちゃんを殺した奴ばらや。けど勘違いすんなよ。これは仇討ちやない。織田と堀内との戦や」

「承知した」正綱は新次郎の両手を押しやって、咳払いした。「では策を考える。臨兵闘者皆陣列在前」

正綱は船上で九字を切って思案したが、十を数える間もなく、目を開いた。

「この海では今、何が捕れる」

「何って、せやな、烏賊に鯛、鰺ってとこか。なんでや」

「釣るからさ」正綱は笑って新次郎の肩を叩いた。「しばらく戦はする振りだけだ。日のある内にいい獲物を釣るとしよう。一番の大物には新次郎から褒美を出してもらうぞ」


戦の最中ならば連日昼夜無く矢弾が飛び交って武者が寄せ合い斬り結ぶ、というわけではない。兵装を整え、陣形を構えた上でにらみ合い、ついに矢一筋すら打たずに本陣に戻る日も少なくない。

堀内の軍使が近隣の漁民を従えて柵の向こうから声をかけたのも、そんな日の翌朝だった。

「我らが主の御台様の初産が間近であるため、安産祈願のため本日は矢留願いたい。もしお聞き入れいただければ酒肴を献じる所存なれど、如何か」

怪しむ声もあったが毒味をさせても平気なものだし、熊野別当が熊野牛王神符に懸けての誓約である。堀内新次郎の室が懐妊していると聞き及んでいた者もあり、戦わずに九鬼衆の帰還を待つのは加藤甚五郎らの策にも叶う。兵らも戦の緊張から離れて酒肴を愉しめる機会を喜び、柵の外で受け取らせた肴を運び込むと日の高い内から酒宴を始めた。

そして翌日も、その翌日も、その後五日続けて堀内の陣から矢留を請う軍使が続き、酒肴が贈られた。いつしか加藤甚五郎も口上を皆迄聞かずに許すようになり、軍兵も漁民らに柵の中まで酒肴を運ばせ、魚を焼かせ、ついには一緒に食っていけと誘うまでに親しくなる。

熊野は本州最南に位置し、春の内から熱を帯びた潮風が吹きつけ、日差しが鎧兜を熱して身を蒸し焼きにする。ただ立っているだけでも汗が流れて疲れる中、今日も戦が無いとなれば気の張りが失われがちだが、本来引き締めるべき主将が率先してだらけた。日毎に贈られる量が増えているのを知ってか知らずか、せっかくの酒肴が傷むからと夜に至っても宴を続ける。

「もうええんと違うか、こっちまで気が抜けそうやわ」

「新次郎は三鬼城だけで満足か」

漁民に紛れて連日三鬼城内に入り込んでいた正綱がシロを撫でながら問うと、新次郎は目を瞬かせた。

「なんやて、どういうこっちゃ」

「合図があった」正綱はシロの胸元に付いた緑の粉を払い、青の線を引いて放した。「兵を早く休ませてくれ。明日は決戦になる。夕方から忙しくなるぞ」
翌日の夕暮れ時、朝の酒肴とは別に見事な鯛などの酒肴を運び入れて男子出生を告げる軍使に三鬼城は沸き立った。休戦の終了を惜しみながらも、浜辺で赤々と篝火を焚く堀内の陣に向かって無事の出産を祝い、子供の健やかな成長を願って杯を掲げる者さえある。日が沈むと宴は更に賑やかさを増したが、三鬼城内に潜り込んでいた正綱は宴の最中に立ち上がって北を指し叫んだ。

「空が真っ赤や」

夕焼けだと茶化す声も上がったが、北を見やって手を止める者がひとり現れ、二人になり、そして一気に増え広がった。北の空は半ばまで赤く染まっていた。それも夕焼けの光が反射するのとは逆に、地平から雲の下側にかけてが赤くなっている。そして北の方角には湾を挟んで加藤甚五郎の本城である城腰城があった。

「城腰城が燃えとる。裏切りや、奥村がまた裏切ったんや」

正綱の声は野火の如くに広がり、多くの口が繰り返した。居合わせていた奥村五右衛門が否定しても混乱は収まらず、兵らは事態を確認すべく盃を投げ捨て、持ち場を離れて城中央の広場に集まり寄る。正綱はその傍らを抜けて兵舎の裏へ走った。この数日油を撒いてきた箇所に火を放って回ると、日没と共に山から海へと向きを変えて吹き抜ける乾いた風が瞬く間に煽り広げる。兵器庫、食糧蔵、厩、矢倉と次々に燃え上がり、更にその向こうから柵を押し倒して攻め寄せる熊野衆の鬨の声が炎を圧して響いた。

「種子島を取れ、弾を込めよ、熊野衆を近づけるな」

城衆の侍大将はしきりに叫ぶが、応(こた)える声は小さい。搦手(からめて)に回った正綱は戸を開け放って叫んだ。

「搦手から加藤甚五郎が逃げたぞ、奥村五右衛門も逃げたぞ」

酒に酔い、事態の急変に混乱しきった城兵の顔に浮かんだのは納得と諦めだった。事実であるかを確認することさえせずに、押し出されるように北へ走り出す。ついには侍大将も種子島を投げ捨て、堀内勢に背を向けて逃げ出した。

炎と兵の流れに巻き込まれぬよう正綱が浜辺へ進むと、堀内新次郎が両手を広げて出迎えた。

「見事や、正綱。己の役目もわきまえんと、酒呑(の)んでわーっと騒ぐだけの輩(やから)には当然の末路とはいえ、こうも簡単に陥(おと)してまうとさすがに驚くわ。ほんま、流言と放火させたら伊賀衆の右に出る者はおらんな」

伊賀衆を伊賀衆たらしめているのは特殊な装束や道具ではなく、技能と発想である。上機嫌の新次郎を前に、正綱は静かに問うた。

「火は派手に燃えているように見えているが、場所は選んである。再建は容易(たやす)いはずだ。それより新次郎、もう一度聞くぞ。お前は三鬼城だけで満足か」

「なんや、どういうことや。確かそれ、前も言うとったな」新次郎は目を瞠(みは)った。「ほな、城腰城が燃えとるのはお前の仕業ってことか」

「俺の連れだ。こっちより難しかったはずだが、任せて間違いなかった。いい腕前だろ」

正綱の策とは、酒肴で守兵を油断させて三鬼城を落城させるだけではないと新次郎も理解した。逃げる兵を背後から襲って兵力を削ぐもよし、あるいはこのまま押し寄せて火事で混乱し、最低限の守兵しか残されていない城腰城を奪うこともできる。

「それとな、新次郎」正綱は炎を頬に受けてはじめて笑みを作った。「俺は伊賀衆だが海賊でもあるので、水の泡って言葉が大嫌いなんだ。北畠のために造ってもらった船をお前が使うのは構わないが、呉れてやったわけじゃない。もろもろ合わせて後で払ってもらうから、仕損じるなよ」

「こりゃえらいこっちゃ。命の借りもまだ返しとらへんのに船の分と城二つ分もてか。目一杯稼がな尻の毛まで抜かれてまうがな」

新次郎は身体を揺るがして笑うと、浜辺に揃った家臣らを振り返った。小梅藤四郎を抜き放ち、北に向け切先を突き付ける。

「加藤甚五郎の素っ首、獲りに行くで。皆々、励めや」

「おう」

天に拳を突き上げて熊野衆が吼える。

闇の中燃えあがる城腰城へ向け、八咫烏が飛び立つかのように戦船が波を蹴立てて次々に漕ぎ出でた。

城腰城は一月とかからずに落城した。何とか逃げ戻った加藤甚五郎だが、さとの起こした火事で防御力は格段に落ちており、九鬼衆は戻らず、頼みの北畠具豊からの援軍も無いのでは戦況を変えることはできない。

もっとも加藤甚五郎も城門を固く閉ざしたまま酒宴を欠かさないとあっては、いくら気勢をあげていても国人衆から見放されるのもむしろ当然である。最後には奥村五右衛門に裏切られて城は再び炎上し、加藤甚五郎は父祖同様に炎の中で自刃した。

正綱とさとは包囲中も度々戻って確認していたが、鳥屋尾の準備も、雪姫の輿入の準備と引き延ばしも滞り無く進んでいた。むしろ具豊から輿入の日延(ひのべ)を提示していた。

「織田の都合よ。大坂へ出向いた九鬼の兵ども、茅渟海(ちぬのうみ)（大坂湾）にて完膚無きまでに討ち破られたと聞く」

三瀬に顔を出した正綱に具教が伝えた。

信長は石山本願寺を包囲したが、西側の木津川の河口域は本願寺側に付いた雑賀衆と毛利と村上の水軍の支配下にあって、本願寺顕如と教如(きょうにょ)の触れによって全国の門徒から寄せられた食糧や軍資金、戦闘要員が絶えず入り込む。九鬼嘉隆は補給の妨害と制海権の奪取を目論(もくろ)んで三百隻もの船団で戦いを挑んだが、壊滅的な返り討ちにあっていた。

「焙烙(ほうろく)火矢というものが使われたらしい。狐には解るか」

正綱は頷いた。

元寇(げんこう)の際に使われたてつはうを基にして素焼き土器の碗を合わせた球の中に火薬を詰め

て点火し、敵に投げ込んで爆発させる火器である。火を祀る油日神社を氏神とする甲賀で研究改良が進められ、甲賀衆が足利公方の軍と戦った鈎の陣でも大いに使われていた。甲賀衆と馴染み深い雑賀衆が持ち込んだか、あるいは明や朝鮮を荒らす倭寇ともつながりのある村上衆が取り入れたのだろう。

　伊勢長島で実見した天鬼丸の船材は厚く、また海からの水分を常に含んでいるので火に弱いという印象は受けなかったが、麻や木綿の綱や帆は簡単に燃え上がり、なにより爆散した破片は周囲の水手を一瞬で殺傷する鋭い刃となる。船自体や階下の漕手が無事でも戦闘要員や舵取が倒れれば軍船としては行動不能になるため、抵抗する者だけを排除したい海賊にとっては都合のいい兵器だった。

　だが九鬼嘉隆の船ながら良い船だと認める天鬼丸が、雲霞の如く取り囲まれた末に次々と焙烙火矢を投げ込まれて敗れたと聞けば正綱の胸が痛んだ。

「信長は九鬼の敗北に怒り狂い、何とかしろときつく申し付けたそうだ。その工夫が浮かぶまで九鬼は婚儀どころではあるまいし、九鬼が参列せねば具豊も輿入を挙行できぬのであろう。まったく、思いもよらぬことというのは起こるものよな。だが仮に狐が九鬼嘉隆の立場なら村上水軍相手になんと思案する」

「多くの船と戦慣れた舵取や水手を失った九鬼嘉隆は、まず船と兵とを揃えねばなりません。ただ、技量と経験を養うには時を要しますし、焙烙火矢への対策にはなりませぬ。であるならば、小早船に小早船を当てるのではなく、焙烙火矢さえ投げ入れられないほどの大きな安宅船を多数用意し、より強力な焙烙火矢や鉄砲を以て当たるのではと。ですが、それにも時と、なにより多くの銭を要します。どう見積もっても秋までに整うものではありません」

正綱は答えたが、九鬼嘉隆が違う選択をしたとしても不思議はない。だが、それ以上に眼前の具教の様子が気になった。近寄るだけで威圧されるほどの覇気が薄れ、視線が彷徨いがちになっていた。

「花嫁の父とは、遣る瀬ないものよな」具教は呟くように言った。「本物の輿入でないとは重々承知しておる。ただ、京へ道具類を購いに行かせた四郎左衛門から白無垢が届いてな。衣紋掛と相対する姫を目の当たりにして、しきりにおんぶをせがんだ女童のままではいてくれぬのだと思い知らされたわ。姫はいずれ、わしの許から去っていく。喜ぶべきことなれど、切ないものよ」

「それはそうと」言葉も無い正綱に、具教は口調を替えて言った。「ひとつ頼みがある。伊賀丸山城がことぞ」

三瀬を具房に譲り、新たに具教が移る先として建造されていたのが伊賀丸山城である。だが正月に信長から建造中止を命じられ、以来放棄されていた。

「集めた木材や竹などまだ残っておるので、時折見に行って整理してくれ。火事など起こしては迷惑をかけるからな」

小姓の手から渡された袋の重みで手が沈む。密かに城の建造を進めよとの意と解して正綱は頷いた。信長を相手に戦を起こすのである。三瀬では防御が弱いため、田丸城を破られた時の備えを用意しておくに越したことはない。もちろん織田に知られぬようにである。

「かしこまりました」

正綱は深く頭を下げた。

二

「狼煙が上がってるよ」

さとの呼ぶ声に鍬を振るう手を止めて正綱は顔を上げた。

伊賀南部、織田家はもちろん北畠家の家臣とて容易に足を踏み入れられない山奥で伊賀丸山城建造は順調に進んでいた。集まった人足には一度中断されるまで建造に関わっていた者も多く、秋が深まるにつれて山が色付くのに倍する速さで城は日に日に姿を変えていた。

それでも織田勢を迎え撃つ以上、どれだけ工夫を重ねても十分とは思えない。正綱も自ら鍬をとって決起に間に合わせるよう作業に没頭していたが、堀から這い上がって見れば確かに狼煙が上がっている。北東、向井の荘の方角であり善兵衛からの報せなのは間違いない。問題は内容だった。

日延が続いた末にようやく日程が決まった輿入まではまだ五日あるはずなのだが、三瀬か田丸かで異変が起こったのかもしれない。あるいは城腰城の堀内新次郎が何事か伝えようとしてきたのか、それとも父や義兄の身に何かあったとも考えられる。長篠以来、徳川家康は武田領への攻勢を強めており、今も遠江小山(おやま)城の辺りで武田勝頼と対陣し、父と義兄も参戦しているはずだった。

「おさとは屋敷へ戻ってくれ。俺は三瀬に行ってみる」

即断し、正綱はシロを連れて南東へ走った。向井の荘に戻って狼煙の内容を確認するのが確実ではあるが、単に他の土地から狼煙があったとの伝達であった場合は三瀬や田丸城への到達が遅れることになる。

だが、駆けに駆けて霧山から見下ろした三瀬の里は、晩秋の茜(あかね)色の陽光に照らされて静寂に包まれていた。立ち上る幾多の細い煙は夕食の支度の煙ばかりで異変など影も形も見えない。良く晴れた昼間であれば渥美半島や富士山までも見えることはあるが、熊野や田丸城の方向に目を凝らしても戦火や軍兵の移動する様子は見られず、シロでさえ何を嗅(か)ぎつけるでもなく大人しい。

それでも念のためにと御所の門を叩くと門衛は口の端に飯粒を付けて現れ、押しのけるように飛び出してきた環に至っては正綱の顔を見るなり怒り出して取り付く島もない。

「本日、四郎左衛門が帰着する予定なのです」続いて顔を出した雪姫が小声で正綱に教えた。「遅れているので気が気でないのでしょう。文が届いてから数日このかた落ち着きが無く、先程も里芋の煮付けがどうにも箸で摘(つま)めず……」

「おやめください」

　耳まで赤らめて環が遮った。

「鈴鹿峠の賊の噂も聞かないから、遅れているとしても深刻な問題が起きたのではないと思う。他に変わりはないかい」

「はい。四郎左衛門が戻り次第、色打掛を合わせます。わらわが白無垢を着ておらねば合わせられないと、わざわざ京から職人を連れてくるのだとか。ともあれ、もういよいよですね」

　雪姫の言葉に正綱は頷いたが、気持ちは伊勢湾の向こうに飛んでいた。輿入の準備が順調で雪姫も環もつつがなく過ごしているのは良いことながら、三瀬が無関係ならば急ぎ屋敷に戻って変事の内容を確かめねばならない。

「あの、正綱様」

　雪姫は去ろうとした正綱に呼びかけた。

「今度のことが全て終わったら、また皆で野遊びに参りませぬか。このところ、あの日のことがよく思い出されるのです。きのこのおほうとうをまたいただいて、秋だなってわらわも言ってみとうございます」

「そうだな。もちろんだ」正綱は笑みと共に頷いた。「皆で行こう。また姫さんに蟹を捕ってもらって、俺ももっと美味しいおほうとうを作るよ」

　辞去して外に出ると、一寸話していただけながら日はすでに落ちていた。闇に包まれていては目を凝らしてもできず、改めて見やっても東の空に火事の照り返しは見られない。

「では何かが起きたのは熊野、いや遠江か」

正綱は向井の荘に向かって駆け出した。


夕餉を終え、雪姫は白無垢に着替えた。

本当に輿入するのではないと聞かされており、本当にするにしてもそこまですべきことなのか疑問が無いではなかったが、今更断る訳にはいかない。輿入は間近に迫っており、せめて作業が捗(はかど)るよう協力する他なかった。

それでも四郎左衛門も職人も、日が落ちてもいっこうに到着しなかった。

そもそも、出立する数日前に送られた文に記されていた日程である。出立が延びたか、道の都合か、あるいは急な腹痛などで遅れることは当然起こり得る。

「四郎左衛門とて山道を夜旅は致しますまい。今日はもう休みましょう」

「ですが、わざわざ日付を書いて寄越したのです。何かあったに違いありません」

戻らないことを気に病んで一刻(とき)の間に三度も四度も門へと見に行く環が憐(あわ)れでもあったが、物事がそうそう予定通り進むものではないとは雪姫も承知している。とりあえず白無垢が皺(しわ)にならぬよう脱いでしまおうと立ち上がったが、突然に小走りの足音が廊下を走り来た。

障子越しの声に環の顔が喜びに輝き、飛び出すようにして門へと向かう。だが、続いて聞こえてきたのは問い質すような厳しい声と、門から駆け出る鋭い足音だった。

「何事です、どうしました」

声をかけたが返事は無い。下女が見やると、やはり環は外へ走り出ていた。

雪姫は白無垢の襟元を摑んでためらったが、すぐに小走りに後を追って門を出た。確かに四郎左衛門と恋仲になってからの環の様子は尋常ではないが、それでもこれ程に慌て、切迫した様子は見たことがなかった。

環は案内する男を追い越して、街道沿いの小高い丘を駆けていた。頂上で枝を伸ばす山桜の古木へまっすぐに向かっている。雪姫の位置からは見えないが、あるいは四郎左衛門が根元で横たわっているのか、環は古木に辿り着くなり崩れるように膝を落とした。

「環、どうしたのです。四郎左衛門は無事ですか」

傾斜を登り終え、ようやくに雪姫が追いつくと環はゆっくりと振り返った。胸元に突き立った柄の周囲が朱に染まっていた。

「どうして……」

驚愕に表情を失くしたままの環を払いのけて四郎左衛門が起き上がった。一瞥すら呉れることなく、倒れた身体を跨いで雪姫ににじり寄る。

「もちろん麗しき雪姫様をおびき出すためですよ」

咄嗟に駆け戻ろうとする雪姫の腰に太い腕が絡みついた。振り返るより早く環を案内してきた男が雪姫の身動きを封じ、抗う間も無く山桜の幹に縛り付ける。

「四郎左衛門、己が何をしているのか承知しておるのか」

「もちろんです、姫様」四郎左衛門は端整な唇を歪めて雪姫に猿ぐつわを噛ませた。「拙者は勝つ側に付いただけのこと」

　四郎左衛門は桜の木の傍らにおかれていた松明に火を灯し、闇の中で大きく振った。応えるように田丸城へ続く街道沿いに松明が灯る。十、三十、百と輝きは見る間に増えて連なり、一斉に御所に向かって動きはじめた。

「では、手筈通りに」

　雪姫の眼前で、四郎左衛門が進み来た列の先頭の男に告げた。具教が当主の頃から仕えている長野左京亮である。他にも柘植保重、軽野左京進など、いずれも北畠の譜代重臣であり、その後から続く者は皆厳しく武装して抜き身の槍や具足を松明に光らせた。

　立て続けに問い質し、非難する雪姫の言葉は、だが猿ぐつわに阻まれた。どれだけ地面や桜の古木を蹴っても、縛られた手足に縄が食い込むばかりで一寸さえ動けない。

「せっかく拙者が選んできた婚礼衣装が台無しになりましょうぞ」列に続いて御所に向かう四郎左衛門が振り返り言った。「姫だけは生かしておけとの具豊様たってのご下命なれば、事が終わるまでもうしばらく黙って大人しくしてくださいませ」

　四郎左衛門がまず御所の門を潜った。顔見知りの門衛の首が音も無く掻き切られる傍らを、謁見の間の外側を廻って進む。聞き慣れた重く鋭い太刀風と気合の声を頼りに庭へ向かうと、小姓よりも早く具教が振り返った。

「よく無事に戻った。先程の騒々しさはそなたであったか」

「とんだ不調法を致しまして、申し訳ございません」

庭に膝突いて頭を下げる四郎左衛門に、木刀を下ろして具教は鷹揚に頷いた。

「まあ、よい。良い品を送ってくれた。働き大儀であるぞ」

「過分なるお言葉、恐悦至極にございます。ところで、大殿様。長野様、柘植様、軽野様がお越しになっておられます。此度の輿入にあたって、ご祝辞をお伝えいたしたいとのこと」

「奇特なことよ。通しておけ。井戸を使ってから参る」

具教が建物の角を曲がると、四郎左衛門は小姓を呼び止めた。すかさず背後に回り込んだ男が小姓の頸動脈を掻き切って声さえ上げさせずに絶命させ、四郎左衛門は小姓の指が固まる前に九字兼定を抜き取る。針金を栗形から鍔の笄穴、小柄穴に通し固く結わえると井戸へ向かい、かつて幾度もしたように諸肌脱いだ具教の背中に手ぬぐいを押し当てて汗を拭った。

「小姓は厠に行きたそうでしたので、しばし役目を代わってやったのです」

「左様か」具教は訝しげな視線を笑みでほぐした。「ならばそのまま参るがよい」

具教の着装を手伝った後に四郎左衛門は先んじて謁見の間に赴き、外からお成りを告げた。障子を開けると、長野らはすでに室内に控えていた。

「久しいの。遠路大儀であった」

具教の言葉に三人は深く平伏したが、燭台は具教の傍にしか置かれていない。後列の二人は輪郭さえ見極められないほどの闇に沈んでいた。

「暗くて顔がよく見えんな。四郎左衛門、灯りをもっと持ってこさせよ」

具教が四郎左衛門に視線を移すや、後列の軽野左京進が横たえていた槍を摑んだ。持ち上げざまに鞘を落とし、大きく踏み込んで穂先を具教に繰り出す。

「御上意」

「愚か者めが」

半身をずらして鋭い穂先をかわした具教は、四郎左衛門の手から九字兼定を鞘ぐるみ奪い取った。だが槍の柄を抜き打ちに切り払おうとする両手が不自然に止まる。柄を引いても鞘を引いても鯉口（こいぐち）が切れなかった。

「御覚悟」

針金に視線を奪われて動きが止まった一瞬を逃さず、再び伸びしなった槍が具教の右腕を裂く。だが鮮血が飛沫（しぶき）を上げる中、具教は身を半回転させて繰り引こうとする槍の柄を左手で摑み、右手で九字兼定を振り払った。

「おのれ、四郎左衛門」

怒声と九字兼定とが、脇差を抜き放って迫る四郎左衛門の顔面に炸裂（さくれつ）した。いかに大業物でも鞘ごとの一撃に頭蓋骨を割る鋭さは無いが、四郎左衛門は顔面を砕かれて弾け飛ぶ。

「信長の犬に成り下がったか。累代の主君に刃を向けるとは、伊勢国司北畠家の誇りを忘れた痴れ者どもめ」

「痴れ者は大殿様にございますぞ」軽野左京進が叫んだ。「天正の世では信長様が全てを裁断なされる。もはや国司の誇りなど一文の値打ちも無く、この世に居場所などあり申さぬ」

「おのれ、よくもぬけぬけと」

「討たねば我らが首を刎ねられまする」踏み出しかけて居すくんだ柘植保重が言った。

「どうか潔く腹をお召しくださいませ。あくまで手向かいなされるとあらば、大殿様といえど館もろとも討ち滅ぼしましょうぞ」

「おもしろい」

具教は槍を摑んだまま一歩進み出た。

「ならば見事この首獲って、信長への手柄としてみせい」

「者共、かかれ」

障子を大きく開いて庭へ転がり出た長野左京亮の叫びに、無数の声が応えた。檜垣を踏み越え、松明と刃を手にした武装兵が庭に乱入し、謁見の間を半包囲する。

不意に軽野左京進が槍の柄を離して廻縁から庭へ転がり降りた。同時に、最前列に構えた弓兵が鏃と弦音の響きを揃えて一斉に打ち放つ。至近から闇を裂いて襲う幾多の矢を、だが具教は槍の一閃(いっせん)で全て斬り折った。

廻縁に矢が落ちるや、寄手はざわめきと共に身震いして下がった。眼の前に立っているのはかつて忠誠を誓った主君というだけではなく、まごうことなき剣豪である。三瀬の地に隠棲(いんせい)して腕が鈍(なま)るどころか以前にも増して研ぎ澄まされ、威厳と圧力、正確にして迅速な剣閃は圧倒的で互角に対峙(たいじ)できる者は天下に無いほどに冴(さ)えわたっていた。

「謀反人ならば世に数多(あまた)とあろう」

具教は九字兼定を置いて構え直した槍の穂先を煌(きら)めかせ、ゆっくりと廻縁へ歩を進めた。

「されどかつての伊勢国司北畠具教の首を獲れるのは、ひとりだけぞ。獲れるものなら獲ってみよ」

「怯(ひる)むな、放て、放て」

上ずった声に、二列目の矢が放たれた。十分に引き絞られず、狙いさえついていないが、それでも各自が勝手に次々と射込む矢は槍を振るって叩き落とす具教の足を止める。

「よし、そのまま――」

叫ぶ弓大将の口に石つぶてが飛んだ。折れた前歯を撒き散らして倒れるより早く、檜垣の上から飛んだ影が牙を突き立てる。そして同じほどに素早い刃が寄手の左右から割って入った。具足鎧(よろい)が覆いきれない急所の脇や首筋、太ももや腕の内側を正確に次々と切り裂いて駆け抜ける。

「狐か」

「具教公」

視線を交わした具教と正綱は、交錯するや互いの背中を狙う兵の喉を貫いた。

向井の荘に到着したさとは狼煙が田丸からの伝達と知るや馬を二頭引き出し、正綱の到着を待たずに山間を縫うように続く街道を南へ駆けた。シロの鼻がさとの臭いを嗅ぎつけたために早々と合流して三瀬に馳せ戻ることができたが、それでも正綱は間に合ったとは思えなかった。一度は三瀬に来ていたのである。そのまま立ち去らず、あるいは霧山の上でもうしばらく見張っていれば、田丸城から押し寄せる兵らの動きを見付け出せたかもしれない。

苦い後悔を飲み下しながらも正綱は斜めから首を狙う一撃に刃を合わせ、そのまま飛燕の形に切先を傾けて喉を貫いた。即死した寄手が倒れるより早く刀を奪って庭に突き立てると、切れ味の落ちた槍を捨てた具教が引き抜く。瞬時に左右の兵が血煙上げて倒れ伏した。得物を替えて具教の動きは更に激しさを増し、密集する敵を竹束の如くにまとめて打ち払う。回り込もうとする兵を正綱が斬り倒し、一太刀ごとに位置を変えながら師と弟子は寄手を切り刻んだ。

「狐、姫の行方が知れぬ。捜して落とせ」

更に数人を斬り伏せ、家臣らが遅ればせながら突入するのを見やると、具教は正綱を伴って謁見の間まで引いた。

「ですが――」

いまいましげに九字兼定から針金をむしり取った具教は、首を振って反論を封じた。

「二度までも機を逃し、重代の家臣まで寄手に回ったのだ。もはや北畠の命運は尽きた。さりとて姫まで巻き添えにしては、黄泉で父祖に叱られよう。この後は北畠を忘れ、したいように生きさせてやってくれ」

「でしたら」

正綱は具教の傍らで震える亀松丸と徳松丸を見やった。雪姫の弟はまだ幼く、二人を乗せても馬ならば走ることはできる。だが具教は飛び来る火矢を払い、鐺で正綱を打って九字兼定を押し付けた。

「長くは足止めできぬ。狐、行け」

炎を映した具教の横顔に、正綱はそれ以上の言葉を飲み込んだ。

「では、おさらばでございます」

九字兼定を下緒で背中に縛り付け、正綱は深く頭を下げた。再び寄手の中に飛び込んでいく具教の背中を瞳に焼きつけ、さととシロと共に檜垣を跳び越える。

「シロ、姫さんを捜してくれ」

御所の外に降り立って鼻を高く上げたシロがうなりを上げて小高い丘へ駆け出すのと、さとが頂上の山桜の古木を指差すのが同時だった。

「正綱様、あそこ」

篝火の焚かれた幹の周りに槍を持った数名が御所を見下ろし、その奥に白無垢姿のまま懸命に身をよじらせる雪姫が見えた。

身を隠して静かに近づく、などとは考えなかった。正綱は雄たけびあげて真正面から小高い斜面を駆け上がり、気付いた兵らも即座に鋭い槍先を向けて迫る。

「邪魔だ、退(ど)け」

繰り出された槍先を正綱は駆けながら切り飛ばした。刀の峰に左手を添えて頸動脈ごと首を押し斬り、身を翻して背後から迫る刃をかわす。半回転して二人目の首を斬り払うと、血を噴き上げる身体を向かい来る三人目に蹴り飛ばした。受け止めた衝撃によろめく足元に踏み込み、脇の隙間から切先を突き入れて心臓を貫く。

「伏せて」

さとの叫びに身体を沈めた正綱の耳元を、鋭い音がかすめ飛んだ。姫の傍らに煙を上げる火縄銃を構える男の姿があった。商人の風体ながら、滝川党なのか銃の扱いも目の配りも只者(ただもの)ではない。そして男は撃ち放った火縄銃を投げ捨てるや、足元の別の火縄銃に手を伸ばした。

正綱は立ち上がりざまに鑿(さく)を放った。胸と顔と、急所を狙った鑿は、だが火縄銃の銃身の一振りで叩き落とされる。構えも狙いさえ乱すこと無く男は引き金を引いたが、銃口の先に正綱の姿は無い。瞬時に間合を詰めた正綱の斬り上げた刃が飛燕の形に銃身を打ち逸(そ)らし、そのまま滑らせた切先が喉を突き破った。

「姫さん」

駆け寄った正綱が縄を切るなり雪姫はその場に崩れ落ちた。顔を伏せたまま正綱を押し退(の)け、足元にすり寄るシロにさえ背を向けて環の胸にすがりつく。環の死は正綱も予感していた。環が無事ならば雪姫が拐(さら)われ縛られるなど許すはずがない。さとも同様だったのか震える指先で死せる環の瞼(まぶた)を閉ざした。

慟哭(どうこく)する雪姫から目を逸らすように振り返ると、具教は檜垣に追い込まれていた。数えきれぬ死体が折り重なって庭を埋めていたが、それでもなお多くの寄手が残っている。いかに剣豪といえど、縦横に走りながら刀を振るい続けることはできず、死角から斬りつけられる刃をかわしきることはできない。動くものの中に北畠家臣の姿はもはや見えず、具教自身は致命傷こそ受けていないものの、遠目に目立つほどに動きが落ちている。そして寄手が放った火が御所全体に回っていた。

「わらわを、殺してください」掠(かす)れた声で雪姫は呟いた。「滅びとうございます。父上様と、北畠と共に」

戦乱の世であり、栄華を極めた一族が家臣郎党もろとも滅ぶことは珍しくはない。それでも眼の前で家族を攻め滅ぼされた雪姫がどれほどの絶望にあるのか、正綱には慮(おもんぱか)ることもできなかった。

「俺は姫さんの願いは何でも叶えてやりたい」正綱は傍らに跪(ひざまず)いた。「でも、具教公に頼まれた。この後は北畠を忘れ、したいように生きさせてやってくれ、と。だから、ここから逃がす」

正綱は指笛で馬を呼び、帯に伸びた雪姫の手を押さえた。守刀を奪って腰を抱え上げ、いち早く騎乗したさとに相乗りさせる。

「いや、やめて、死なせて。父上様、父上様」

絶叫し、炎を噴き上げる御所へと手を伸ばす雪姫を乗せた馬を先に走らせ、正綱は振り返った。雪姫の声は御所まで届いていたのか、幾人もが刀槍に炎を煌めかせて追って来る。怒りも復讐を望む思いも身を焦がして燃えさかっている。だが、御所へと深く頭を下げた正綱は九字兼定と共に馬上に身を移し、雪姫に続いて駆けた。


「狐、でかした」

響き渡る雪姫の悲痛な叫びを耳にして、具教は笑みを浮かべた。

もはや呼吸は肩の動きにまで表れて隠せず、柄を締める指の感覚も無い。せめて長野左京亮、柘植保重、軽野左京進の首だけは刎ねておきたかったが、深く隠れてしまったのか姿は見えず、声のする方へ走ることさえできなくなっていた。

それでも雑兵ごときに首を授ける気は無い。刀を杖に咳き込んだところを狙ってきた胴を薙ぎ、腕を斬り飛ばす。ひとりでは敵わないとみて二人三人が同時に襲い来るのを最小限の動きでかわし、返す刀で急所を一突きにするが、もはや動きそのものが遅くなっていた。幾人斬ったのか、手にしているのが何本目の刀かなど、数えるのはとうに止めている。もとより勝とうとも、生き残ろうとも考えてはいなかったが、謀反人への怒りもすでに失せていた。草木が風にそよぐように、ただ寄手の動きに相対していた。

「お前も、こんなふうに戦ったのか。義輝」

将軍と国司の間柄ではあったが年の近い二人は演武場の中では兄弟弟子であり、木剣を交えては対等の好敵手であった。腕は義輝の方が上だったが、猿吼(えんこう)の形の手首の返しがどうにも摑めない義輝が意識せずともこなす具教に本気で腹を立てたこともある。共に若くして家名と重責を担う二人は演武場で木刀を振る間だけは外の世界の全てを忘れて没入し、その時を何よりも愛(いと)おしんでいた。

左からの薙刀(なぎなた)を踏みつけて押さえ、具教は兵の腕を斬り上げた。そのまま右からの槍を払おうとするが、刃が腕の骨に食い込んで動かない。脇腹を狙って繰り出された槍を皮膚を破る程度でかわすが、踏みつけから外れた薙刀がふくらはぎを裂く。

正面の兵からもぎ取った刃で薙刀の兵、振り返りざまに槍の兵をも断ち割ったが、斬り終えるや腰がぐらついた。もはや足の踏ん張りさえ利かなくなっていた。

「ここらで、よいか」

具教は寄手を睥睨(へいげい)し、一歩踏み出た。囲む輪が大きく広がると、左足を引いて沓脱(くつぬぎ)石に乗せる。そのまま炎を跨いで廻縁を後ずさり、謁見の間に上がった。

もはや謁見の間に動くものは、燃え盛る炎だけだった。具教に従った家臣は全て討死にし、亀松丸、徳松丸も重なり合って血溜(ちだ)まりの中に倒れていた。

あるいは幼い二人は正綱に託せば生き延びることができたかもしれない。だが浅井長政の嫡男は信長には血は繋がらなくとも甥であり、僅か十歳であったものを執拗に追い立てられた末に、串刺しに晒されていた。敵対し、反信長の旗印となりうるものへの追跡は執拗かつ残忍を極める。ならば親と共に死を迎える方が苦しみが少ないはずと正綱の申し出を断ったのだが、死に顔を目の当たりにしては己の判断が正しかったとの確信は持てなかった。

「許せ、酷な親であった」

具教は返り血で固まった指先で息子たちの頬をなぞった。周囲の床を火が這い回り、柱が炎樹の如くに燃えている。灼けつく熱風に涙さえ瞬時に蒸発した。

「またいつか、戦無き世で再び相見えようぞ。もし、もう一度我が子に生まれてくれたならば、今度こそ存分に甘やかすからの」

瞑目した具教はひとつ大きく息を吐き、柱に一閃を放った。だが十分な手応えがありながら煙と炎が僅かに揺らめくばかりで、半ば炭と化して燃え上がる柱は微動だにしない。目を凝らして見れば切断箇所の上下には寸分のずれさえも無かった。

「これか」

残る手応えに笑みを浮かべる具教の呟きが消えるより早く、燃え盛る屋根が崩落した。

三

不意に雪姫が顔を上げた。

「田丸城へ連れて行ってください」

正綱らは南東へと馬を走らせていた。伊賀丸山城にせよ向井の館にせよ、すぐにも追手を差し向けられかねない。具教亡き今はとにかく伊勢から離れるのが第一であり、武田にせよ本願寺にせよ織田に対抗する土地に連れて行くには熊野から船で行くのが確実だった。

「田丸城には兄上様と御家族がおわしします。鳥屋尾殿も」

それでも雪姫はまっすぐに正綱を見つめて言った。

「それに、わらわはどうしても具豊殿に申し上げたき儀がございます」

「でも田丸城なんて織田の本拠地じゃない。だめだよ」

手綱を緩め、さとは並走する正綱を見やった。三瀬を襲わせた具豊が鳥屋尾や雪姫の兄らを放置するはずがなく、すでに殺されていてもおかしくない。田丸城に兵が多く残っていれば、殺されに行くようなものである。先に立ったシロも振り返って首を傾げた。

「それでも行かねばならぬのです。こんな思いを抱えたままでは、わらわは生きてゆけませぬ」

雪姫は語気強く、更に激しい視線を正綱に向けた。抜け殻のように運ばれるだけだった瞳に炎が宿っていた。

「確かに危険だ。だが具豊はこんなに早く、姫さんの方から出向くとは考えもしてないだろう。それに、とっさんを見捨てることはできない」

「では、行ってくださいますか」

「乗り込むかどうかは城の様子を確認してからだ」正綱はひとつ息を吐くと、背に負った九字兼定の位置を直して身震いした。「それと、ひとつ約束してくれ。俺の指示には従うと」

　正綱の言葉にさとは声を荒らげたが、雪姫は静かに頷いた。

「大築海島の砦(とりで)に乗り込んだ時も、野分の海に船を出したときでさえ怖いとは思わなかったのに、今、姫さんが傷つくかもしれないと思うと震えが止まらないんだ。それでも具教公との約束だ。姫さんはしたいようにしてくれ。俺が全力で護(まも)りぬく。行こう、田丸城へ」

　シロが小さく吠(ほ)え声を上げる。二騎と一匹は進路を変えて駆け出した。

　完成した田丸城は、無数の瓦に夜の帳(とばり)を映してそびえ立っていた。

　幅広の堀が二重に囲み、小山をまるごと城塞化したように石垣で鎧(よろ)われ、中腹の東南部に広大な三の丸、頂上は二の丸、本丸、北の丸が並ぶ。それぞれに矢倉と館が設けられ、周囲には大小の矢倉が山肌を縦横に連なって守りを固めていた。

小牧山城、岐阜城の改善点に多聞城などの先進施設を取り入れて信長の独創でまとめた、安土城の雛形とも言うべき新しい城である。

正綱は下から石床を押し上げ、周囲を見回した。三の丸味噌蔵の中に人の気配の無いことを確認すると、さと、次いで雪姫を引き上げる。後からシロと伊賀衆が続いた。

作事人足として潜り込んでいた伊賀衆が掘っていた地下道である。夜道を駆けた正綱らは屋台のうどん店主に狼煙の礼を言い、協力をも取りつけて田丸城に侵入していた。

「信じてよろしいのですか」石床が戻されるや男物の黒い小袖を借りて羽織った雪姫がうどん店主に問うた。「まだ皆が生きていると」

「昼までは生きていたはずだ」

下女として入り込んでいる伊賀衆が、百名ほどが城を出るのと時を同じくして北の丸が封鎖されたと報せたのが昼のことである。元々北の丸は具教の嫡男で前当主の具房とその家族の住居として用意されており、かねて出入りは厳しく制限されていたが、昼以降は傍らを通ることさえ禁じられる。そして正門では鳥屋尾らが出てこぬと、その家臣達が暗くなるまで押し問答を続けていた。

「だから様子を見に行く」正綱は全員を見回し言った。「まず北の丸の矢倉だ。生きていれば助ける。そうでなければ姫さんの用事を済ます。そして脱出だ。夜明けも近い。手早くな」

手順を確認して一行は台を使って大樽の上に乗り、梁から屋根裏に抜けた。雪姫を背負った正綱は板戸を開け、屋根から外に出る。

朝はまだ伊勢湾の彼方にあり、城内は有明月の微かな光が差し込むだけの深い闇の中にあった。梁に結んだ縄を垂らして伊賀衆三名が先行し、次いで正綱と雪姫、シロを抱いたさとが降りる。殿を務めるうどん店主は、縄を解くと経路も元通りに隠して手足の指の力だけで壁を這い降りた。

「蜘蛛男って仲間内で呼ばれてやしてね」伊賀衆が覆面の下で笑った。「木でも石垣でも指だけで登っちまうんでさ」

「うどんの腰が強かった訳だ」

正綱も超人的な指の力に見とれて頷いた。そして三の丸からの塀を越えて上層へと向かう道に出たが、常ならば見張が数刻おきに回るだけの門に篝火が焚かれ、宿衛が二人立っていた。

「ちょっと難しいか」

土塁の壁から石を手にして狙いを目測した伊賀衆が首をひねった。身を隠せる土塁から宿衛までが遠く、近づくにはどうしても姿を晒さざるを得ない。弓でもあればまだしも、声を上げさせる前に仕留めるのは正綱にも難しい距離だった。

「わらわが、気を引きましょう」

伊賀衆が顔を見合わせる中、雪姫が羽織っていた小袖を脱いだ。泥と煤で汚れてはいたが、夜目にも眩い白無垢が細い月と星の光を拡散する。そして正綱と伊賀衆が土塁の端まで辿り着いて鑿と石とを構えると、雪姫がシロを連れて門へとまっすぐに歩き出した。宿衛の二人は平穏な役目にあくび混じりで見張っていたが、音も無く近づく白無垢姿に喉を詰まらせた。

「な、な、何者」

「北畠具教が娘、雪姫なるぞ。我が顔を見忘れたか」

今この地にあるべくもない雪姫の威厳ある言葉に宿衛の二人は腰を抜かす。すかさず雪姫の背後から飛び出た正綱と伊賀衆が音も立てずに仕留めた。

「こりゃ、なんともたいした胆力だ」

うどん店主は舌を巻いたが、手を止めることなく宿衛の笠(かさ)や胴丸を剝いで二人の伊賀衆に着けさせた。そして北の丸の石垣下に回ると、大小様々な自然石を積み上げて身長の五倍ほどはある石垣を異名通りに指の力だけで登りはじめる。正綱も鑿を隙間に突き立てて後を追い、登りきると北の丸矢倉を壁面沿いに回った。

矢倉は本来、最後の最後に籠もる場所であって、常は兵器兵糧を入れておく蔵である。閂(かんぬき)に鍵をかけておけば足りる場所に、だが寝ずの番がついていた。

正綱は闇から飛び出し、一刀で手前の番人の頸動脈を断ち切った。そのまま駆け抜け、うどん店主が奥側の番人の口を塞ぐと同時に胴丸の隙間から切先を突き立てる。絶命した番人の腰から奪った鍵を使うと、小さく音立てて扉が開いた。

「とっさん、無事か」

矢倉の奥の暗闇に数個の影が身をよじり、唸り声を上げた。

「まことにかたじけない」手足と口元を縛る縄を切り落とすと、鳥屋尾は大きく息を吐いた。「だが、我らが捕らえられてまだ一日と経っておらぬものを、よく突き止められたものよ。いや、待て、その太刀は、もしや……九字兼定か」

「そうだ。最後に託された」

血と炎の匂いを纏った正綱の言葉に、鳥屋尾の顔から安堵も喜びも瞬時に消え去った。他の家臣らも全てを悟ったのか、血の気を失った口から嗚咽を漏らす。

「大殿様、お許しを。我らが不甲斐無いばかりに」

熊野の堀内新次郎が城腰城を陥落させた頃から、具豊を取り巻く空気が変わり始めたと歯を食いしばりながら鳥屋尾は語った。敗北以上に、加藤甚五郎からの救援要請に応えなかったことが原因である。戦の絶えぬ世であり、織田の増援で伊勢長島や越前にまでも戦いに行かされるのに、己が攻められたら自力でなんとかせよと突き放されるのではたまったものではない。家督を継ぎ、仕えるべき主となったからこそ具豊の無能無策をそしる声は高く、具豊も侮蔑の視線に敏感に反応して苛立ちをあらわにした。

緊張が高まれば蜂起の際に味方となる者が増えると鳥屋尾は状況の悪化をむしろ喜んだが、武士とは主君ではなく家に仕えるものであることを見落としていた。正式に当主となった具豊に不満を覚えつつも最終的には従い、また具豊を飛び越えて織田信長を多くの家臣が頼みとしていることにも気付かなかった。なにより、計画が見抜かれているとも、先手を打たれるとも思いもしなかった。

「佐々木四郎左衛門が裏切っていたのです」雪姫が進み出ると、鳥屋尾らは一斉に膝を突いて平伏した。「勝つ側に付いた、と申しておりましたが同様に裏切ったものが多くあったのでしょう。いえ、父上様がむなしゅうなられた以上、もはや詮無きこと。後はそれぞれに――」

不意に鐘の音が響いた。寺の鐘ではなく、小型の、用人を呼ぶときなどに使う鐘の音である。空はまだ暗く、夜明けにはまだ早い。聞こえたのも本丸の方向からだった。

そして怒声が、悲鳴が、断末魔の叫びが続けざまに闇を裂いた。

「本丸御殿には、姫様のお輿入に参列される御一門の方々が御逗留(とうりゅう)あそばされていたはず」

「……父上様のみならず、北畠一門までもか」

震える拳で白無垢の袖をきつく握りしめた雪姫は顔を上げ、踵(きびす)を返してまっすぐに本丸矢倉をにらみつけた。

「本丸に参ります」

頷いた正綱は、驚き慌てる鳥屋尾らに告げた。

「姫さんはどうしても具豊に言いたいことがあるそうだ。今から行ってくる」

雪姫に従って正綱が矢倉を出ると、シロとさと、伊賀衆が続く。北の丸と本丸は深い堀で隔てられ、細い橋には宿衛が立っていたが、正綱が駆け出すより早く門番の首に矢が突き立った。

「我々にも働き場所を分けてもらうぞ」

弓箭(ゆみや)を手に追いついた鳥屋尾は腕を揺すって身震いする。蜂起に備えて隠してあったのか、他の家臣らも太刀や薙刀を手にして先鋒(せんぽう)の位置に割り込んできた。

「血の気の多いおっさん達だな」

苦笑と共に正綱は先を譲った。見上げれば、伊勢湾の彼方から昇り初めた朝日が本丸矢倉の瓦を赤く染めている。鳥屋尾が扉を押し開き、一行は本丸に乗り込んだ。


「手向かいする者は、皆討ち捨ていっ」

鳥屋尾の檄(げき)に、同志が吼えた。北畠家臣には勝手知ったる本丸御殿である。襖を次々に開け放ち、奥へと最短距離を突き進んだ。

家臣の登城にはまだ早く、いるのは宿直(とのい)と下働きのもの、そして暗殺に関わった者たちのみである。迷いもためらいも無く鳥屋尾らは刃を振るったが、具豊の姿は奥の間にも見当たらなかった。

「とっさん、ここは任せる。最後は蜘蛛舞になりそうだ。頼むぞ」

「お主こそ、姫様を頼む」

互いに頷きを交わすと、それぞれに相手を見出(みいだ)しての乱戦の中、正綱は雪姫を守って更に奥へと進んだ。御殿に姿が無いとなれば、あとは天守矢倉しかない。最上部の窓辺に鐘を見出して正綱は石段を駆け上がったが、大戸が開くや滝川党が飛び出てきて刃を向けた。すぐさまシロと伊賀衆が進み出て迎え撃ち、乱戦が巻き起こる。

「正綱様、こっち」

さとの呼ぶ声に正綱は後ろに跳んだ。破風の下にうどん店主が立って手を組み、その肩の上にさとが乗っている。正綱は雪姫を背負うと、勢い付けて走った。

「行くぞ。姫さん、離すな」

「はい」

駆け込んだ勢いそのままに正綱はうどん店主が組んだ手に足をかけ、真上に跳び上がった。目一杯伸ばした身体をさとが持ち上げ、千鳥破風の上へ送り届ける。

「すぐに済ませる。脱出の用意をして待っていてくれ」

瓦の上からさとに伝えると、雪姫を降ろした正綱は花頭窓を蹴破って中に飛び込んだ。着地ざまに転がって振り下ろされた刃をかわし、鏨を放つ。続けて中にいた滝川党を斬り伏せたが他に動く者は無く、外の乱戦が嘘のように静まり返っていた。それでもよくよく耳を澄ますと、上階から押し殺した息遣いが聞こえている。正綱は雪姫を呼び入れると、垂直に近い階段を先に立って上った。

最上階には二人の男の姿があった。豪奢(ごうしゃ)な絹の羽織小袖をまとって爪を噛む細面の若い男は正綱の姿に狼狽(ろうばい)して下がったが、直垂(ひたたれ)姿の滝川一益は眉ひとつ動かさず古備前の大太刀を揺らして無造作に歩み来た。

「貴様か」滝川一益は柄に手をかけた。「よかろう、鳥屋尾共々殺してくれようぞ」

瞬時に間合を詰めた滝川一益は朱塗鞘を唸らせ、抜き打ちに刃を放った。正綱は抜き合わせた刃を傾けて逸らし、飛燕の形に喉を狙って突く。だが空を切った。滝川一益の間合は深いだけでなく、引きが早く無駄が無い。刀での戦いにも熟達しているとは、具豊を背中にかばって逸らさない足さばきだけでも解った。

「雪姫ではないか」

不意に具豊が甲高い叫びを上げた。驚きと喜びを満面に浮かべ、正綱の背後から現れた白無垢姿の雪姫に泳ぐように足を踏み出す。

「無事であったか、よう参られた」

「なりませぬ」

具豊を止めようと大きく踏み込んだ滝川一益の胴を正綱は薙ぎ払った。寸前で払い受けられたが、刃に勢いが無く動きも軌道も予想の内にある。正綱は鎬(しのぎ)を絡め、むしろ力を添えるように手首を下へ返して大太刀を滝川一益の手から叩き落とした。そして逆袈裟(さかげさ)に斬り上げると血を噴き上げて倒れた滝川一益の胸を踏み、切先を喉元に突き付ける。

「邪魔はさせない。いいぜ、姫さん。言ってやりな」

「この人殺し」

進み出た雪姫が、両手を広げたままうろたえる具豊の顔を音高く打った。

「嘘つき、人でなし。よくも父上様を。何故滅ぼした、何故奪った。皆を返しやれ」

人中から鼻を捉えたのか具豊は悲鳴をくぐもらせて顔をかばうが、雪姫はそれ以上言葉にもならぬままにこめかみ、顎と打ち続ける。

「姫さん、そこまでだ」

不意に遠くから聞こえた太鼓の音に、正綱は声を上げた。

家臣らの登城が始まれば脱出が困難になる。まして三瀬を襲撃した者達が戻れば田丸城から生きて出ることさえ叶わない。

正綱の視線が逸れた一瞬を逃さず、滝川一益の手足が跳ね上がった。刃を横から叩いて切先を外すと同時に正綱の胸を蹴り飛ばす。正綱が打刀を構え直した時には、滝川一益は体を入れ替えて唯一の出口である階段を背にしていた。左手は具豊の襟首を摑んで雪姫から遠ざけ、血に濡れた右手が脇差を抜き放つ。

「もう逃げられんぞ。後詰を待つまでもない。この場で二人共、斬り捨ててくれる」

「一益、姫は殺すな」

具豊の甲高い厳命にも、滝川一益は突き付けた切先を微動だにさせずに間合を詰めた。

「それがしは信長様より、全ての権限を授かっております。茶筅殿は邪魔をしないでいただけますかな」

「姫さん」打刀を鞘に納めた正綱は、雪姫を腕の中に引き寄せた。「離すな」

「はい」

見上げた雪姫が頷くや、正綱は雪姫を抱き上げて駆け出した。滝川一益が脇差を薙いでも届かぬ先を全力で戸の開いた南側へ走り、廻縁の高い手すりを踏み切る。

二人は跳んだ。

外へ。

更に高く、更に遠く。

「馬鹿な」

滝川一益が声を上げた。

天守矢倉の高さは三十五尺（約十・六メートル）を超える。落ちれば怪我で済む高さではない。

「とっさん」

「心得た」

叫びながら落下する正綱の耳をかすめて、鳥屋尾の放った矢が矢倉に突き立った。雪姫を首にすがりつかせたまま正綱が両手で高く掲げた九字兼定の鞘が矢に結ばれた細い縄の上を弾み、二人の身体はそのまま斜めに滑り落ちる。

「なんだと」

廻縁に駆け出た滝川一益の鼻先に鳥屋尾の二の矢、三の矢が突き立った。精度の高い速射に射すくめられて顔さえ出せぬ間に、正綱と雪姫は縄の上を渡ってうどん店主らが広げた網に絡め取られて着地した。

「蜘蛛舞と言うたから用意はしておったが、無茶をしおって。寿命が縮むわ」

「とっさんならやってくれると信じてたよ」

「待て」

笑みを交わす正綱と鳥屋尾のはるか頭上で、廻縁の手すりから身を乗り出した具豊が叫んだ。

「賊め、姫を返せ。姫は予のものぞ」

「いいえ」

白無垢の埃を払って立った雪姫は、まっすぐに具豊をにらみつけた。

「わらわは、誰かのものではありません」

四

城門を破り、正綱らは馬で東へ駆けた。

登城前で追手の数は少なく、距離は十分に離れている。だが田丸城から狼煙が上がっていた。黒、黄、赤の三本が同時に上がるのは北畠家で定められた最上級の警報である。これを見た家臣は具足に身を固めて直ちに陣所に詰めねばならず、また関所や湊（みなと）などあらゆる門、交通路が遮断される。今朝はとりわけ晴れ渡って風が無く、狼煙を見た全ての見張小屋が同様に狼煙を上げて伝えるので、どれだけ馬を急がせても先行はできない。もはや大湊他、伊勢志摩一帯が厳戒態勢にあると考えねばならなかった。

「どうする、策はあるのか」

「ある」鳥屋尾の問いに、馬を走らせながら正綱は頷いた。「ずいぶん状況は変わったが、俺の船に乗ってもらう」

「お主の船、だと」

正綱と雪姫、さとにシロ、伊賀衆と鳥屋尾ら、そして一晩戻らなかったことで心配して駆けつけていた鳥屋尾らの家臣、その家族までもが付き従っている上に、前当主具房の妻らも救い出したため、総勢は八十名を越えている。馬小屋から盗み出した馬にも相乗りさせて逃げており、かつて甲州(こうしゅう)へ赴く際に鳥屋尾が乗った正綱の小さな船にはとても乗りきれるものではない。

なにより正綱は道を北東へと折れて、宮川と並走して直進していた。狼煙が上がっている以上、大湊はもちろん、陸路で熊野へ向かうのも避けるべきとは鳥屋尾にも理解できたが、宮川河口近辺は葦原(あしはら)の広がる中に小さな漁村が散らばるばかりで大船が停泊するような湊は無い。

「漁船でも借り受けるつもりか。だが、この人数では……」

「まあ、見てなって」

川べりの漁村に入った正綱は村の規模には不相応なほど大きな寺にまっすぐ向かい、本堂に突き進んだ。

「和尚、いよいよだ。とっさん、皆も手伝ってくれ」

　正綱は全員を四つに分け、それぞれ本堂四隅の柱の脇に立たせた。柱に結ばれた大きな結び目を解き、天井から降りる綱をそれぞれに全力で引かせる。不意に枷が外れるような鈍い音が天井で響いた。

「次は息を合わせて綱を送ってくれ。ゆっくりだぞ」

　送っても綱は緩むことなく、むしろ重みを増した。そして更なる軋み音を立てて本堂の天井が動く。天井そのものが降りてくるかに見えたが、舞い上がる埃と差し込む陽光の中、厚い板の上に何かが載っているのだと見て取れた。

「……これが、お主の船か」

「俺の関船、大龍丸さ」

　口を開いたまま降りてきた船を見上げる鳥屋尾に正綱は頷いた。

　全長五十尺（約十五メートル）、櫂の数五十。関船は小早船をそのまま大型にしたように細長く、船首は尖った形状ながら、上部を甲板で覆って小型の矢倉がつき、防御力が格段に増している。大きさ、堅牢さでは安宅船に比べるべくもないが船速は遥かに優り、船として望みうる最上の形を具現化していた。

　もともと正綱が小浜衆に依頼していた船である。志摩を離れる前に建造を終えた小浜衆は信頼できる和尚に託し、正綱には遠江吉田に到着後、船を隠した寺の名を伝えていた。

　和尚が東側の戸を開くと、庭の向こうは砂浜に続いていた。積まれていた細い丸太を進路上に並べ、何事かと集まってきた浜の衆らをその場で水手に雇い入れて全員で船を押し出す。

「よし、出すぞ」

浜辺に押し寄せる追手を尻目に、大龍丸は波を割って伊勢湾へ進み出た。折りたたみ式の帆柱を立てて大きくむと描かれた帆を張ると浜の衆は巧みに帆綱を操って風を捉え、十を数えるよりも早く沖合に到達する。陸上からはもはや矢も鉄砲も届かず、追手が今から漁船や大湊に回って会合衆らの船を徴発したとしても、船足の早い大龍丸に追いつけるものではない。

「狭いし、慣れないだろうが、精一杯漕いでくれ。すぐに伊勢湾を出られる」

甲板下に押し込められて大型の櫂を手にする者たちに声をかけ、追波が船尾を越えないよう確認しながら正綱は甲板最後尾の舵場に戻った。

「危機は脱した、そう考えてよいのか」

「とっさん、あの島を覚えてるか。大築海島だ」

正綱が指す方向を向いた鳥屋尾の髭面から笑みが消えた。小浜浜の東側に伊勢湾に蓋するように答志島が東西に伸び、更にその東側に大築海島がある。前回は鯨の偽装で見張を騙(だま)して通り抜けることができたが、狼煙は今、大築海島からも上がっていた。晴れ渡った伊勢湾を一隻だけ航行する大龍丸を見逃すはずがない。

「ここに来て、九鬼か」

青ざめた顔で喘(あえ)ぐ鳥屋尾に、正綱は厳しい表情で頷いた。

「覚悟してくれ、とっさん。抜ければ極楽、止まれば地獄だ」

　伊勢湾から出るには湾沿いに南へ進み、小浜浜と答志島の間を抜けるのが最も早い。だが小浜浜の南に隣接する鳥羽は九鬼嘉隆が拠点にしており、答志島との間に挟まれることになる。正綱は大築海島の更に東側、渥美半島寄りを抜けるよう神島を正面に、ほぼ真東に舳先を向けた。鈴鹿山脈から吹き下ろす風に乗って、大龍丸は飛ぶように海を翔けた。

　だが大築海島から九鬼の船団が出港していた。関船一隻を中央に、前後に小早船数隻が並んで蛇のように縦一列につながって北東へ進路をとる。大龍丸の頭を抑えて南へ、あわよくば答志島か鳥羽方向へと押し込もうとするかのように回り込もうとしていた。

「とっさん、銃と弓を右舷に揃えてくれ」

　鳥屋尾は甲板下で待機する家臣らにそのまま指示を伝えたが、右舷が敵と接するには九鬼の船団よりも北側に回りこまねばならない。正綱は追い風を受けて速度を緩めないが、神島を正面に捉える進路に変更はなかった。

「おさとは矢倉を守ってくれ。敵が乗り込んできたら女衆を守る人間が必要だ」

「シロがいるよ。私は正綱様をお護りしないと」

「感謝してるよ」正綱はさとの肩に手を置いた。「でも、姫さんが気になるんだ。具豊を殴って、心尽き果てているかもしれない。それにおさとが姫さんや女衆を守ってくれるなら、俺は前だけを向いていられる」

「……そうだね。正綱様がそう言うなら」

「すまんな。いつも苦労かける」

「正綱様をお護りするのが、私の務めだからね」

ねぎらいの言葉に輝くような笑顔を見せて、さとは甲板の下に通じる矢倉の中に入った。

「さて、やるか」

頬を張って気合を入れた正綱は、改めて風と潮と九鬼の船団との距離を見計らった。

「攻撃は関船に集中してくれ」正綱は鳥屋尾に呼びかけた。「徒矢(あだや)は無しだ。船団が乱れたところを一撃だけでいい」

鳥屋尾は疑問を口に出しかけたが、舵を取る正綱の言葉や表情に不安は微塵(みじん)も無い。ひとつ頷いてそのままを甲板下に伝達した。

答志島の北の海上で船団との距離が更に狭まった。もはや船上の九鬼衆の姿さえ認められるまでに近づいていた。

「面舵(おもかじ)、続けて取舵だ。よしか」

良う候(そろ)、との帆綱番からの返事を聞くや正綱は大きく舵を動かして南へ回頭した。九鬼衆の船団も大龍丸に合わせて向きを変えたが、すかさず正綱は舵を逆に振る。浜の衆は巧みに帆綱を操って風を逃さず大龍丸を北へ向かわせたが、九鬼衆の船団は大きく乱れた。

そもそも向かい風を受ける中で大きさも速度も違う船が混在して一直線に進むことからして容易なことではなく、進路を変えるにあたって小回りの利く小早船と大型の関船では旋回に要する距離も時間も異なる。前が乱れれば後続が衝突を避けようと広がるのは当然であり、中央の関船からどれだけ怒号が飛ぼうが即応できるものではない。なにより前の木津川河口の海戦で大敗した九鬼衆は、船以上に海に慣れた水手を多く失っていた。

「撃て」

鳥屋尾が叫んだ。大龍丸が九鬼衆の関船の外側から逆行し、最も距離が狭まった一瞬を逃さず、甲板下の狭間（はざま）から銃弾を、矢を一斉に撃ち込む。鳥屋尾自らも弓を放って甲板に出ていた九鬼衆を射倒した。

九鬼衆の船からも矢が飛んだが、大龍丸の楯板（たていた）は甲板の上まで高く覆っている。まして船の向きも定まらずとあればまともに当たるものさえなかった。

九鬼衆の船団の脇を抜け、正綱は大龍丸の船首を南西に向けた。熊野へ向け、答志島と大築海島との海峡を南へ進む。九鬼衆の船団はなおも大きく回頭して追ってきていたが小早船に合わせた速度で追いつけるものではなく、伊勢大湊や大築海島からの更なる船団も無い。

舳乗に立った鳥屋尾は、答志島南東の端の築上（ちくじょう）岬の向こうにどこまでも広がる海に弓を振り上げて雄叫（おたけ）びを上げたが、右に視線を向けるや、厳しい声で答志島の八幡社（はちまんしゃ）を指さした。横を向いた正綱にも鳥居が見え、社殿が見えた。そして、その奥には更に大きな、神域の森ほどに高く広く大きな壁と矢倉が見えた。太鼓の響きと共にそれらはゆっくりと動いていた。

「あれは、まさか……」

「とっさんも前に見たよな、安宅船だ」正綱は頷いた。「それも、どうやら天鬼丸だな」

木津川の敗戦でも生き残ったのだろう。遠目にも燃え痕や爆煙がそこかしこを黒く汚していたが、答志島の陰から現れた九鬼嘉隆の旗艦天鬼丸から威容は損なわれていなかった。

「先に抜けられんのか」

「風が絶えたからな」

萎（しお）れた帆を見上げて正綱は唇を噛んだ。安宅船は大きく重いために速力は出ないが、大龍丸も答志島の東側に入ってから島の山並みに遮られて風を失っていた。櫂を漕ぐ伊賀衆や北畠家臣らは慣れない上に疲れてもおり、呼吸するように強弱を繰り返す伊勢湾の潮流も静に転じている。正綱は浜の衆に帆柱を倒し、甲板下で漕ぎに加わるよう頼んだ。

「安宅船にも急所はある」正綱は拳大の筒をふたつ鳥屋尾に手渡した。「特製の筒火矢だ。鏃に付けてくれ。導火線に火を点（つ）けて、十数えたら爆発するようにできている」

木津川河口の海戦の顚末（てんまつ）を聞いて以来用意していた、正綱の安宅船対策である。甲賀の匠（たくみ）が極限まで火力を高めた筒火矢は、頑丈な安宅船にも十分に効果があるはずだった。

「心得た」

南へ向かう大龍丸に対し、天鬼丸は答志島と菅島（すがしま）の間を東へほぼ直行する進路で突っ込んでくる。鳥屋尾は筒火矢を鏃の後ろに装着し、舳乗に立った。波にふらつきながらもつがえた矢の重さを確かめるように弓を構え、慎重に距離と高さと角度を合わせる。

「来るぞ」

答志島築上岬のある山から天鬼丸の姿が出るや、正綱が叫んだ。鳥屋尾は導火線に点火し、高く構えた弓をいっぱいに引き絞って放つ。高い風切り音を立てて放物線を描いた矢は天鬼丸の楯板を越え、あやまたず最上部の矢倉に突き立った。

即座に始まった天鬼丸からの応射に鳥屋尾も正綱も楯板に身を隠したが、突き立った矢に気付いた九鬼の兵が飛び出して矢を切り折るのが隙間から見えた。そして一瞬遅れて、爆風が天鬼丸を揺らす。天を赤く染めて爆裂した巨大な火球は、だが宙空で急速に収束した。一瞬早く楯板を越えて投げ捨てられたのか、同心円状に付いた燃え痕から黒煙を上げながらも天鬼丸は燃えず、止まることもなかった。

「早すぎたか」

楯板の陰で臍(ほぞ)を噛む鳥屋尾に、更に接近した天鬼丸から続けざまに弓鉄砲が放たれた。側面に比べれば前方の狭間は少ないが、高さのある天鬼丸からは複数の射手が同時に攻撃できる。一隻の、鳥屋尾のみを狙って楯板に次々に矢が突き立ったが、鳥屋尾は矢柄から抜き出した矢に最後の筒火矢を装着した。

「大殿様、我らをお守りあれかし」

鳥屋尾が点火して立ち上がるや、正綱は打刀を抜き放って駆けつけた。両足踏みしめて狙いを定める鳥屋尾の前に立ち、降り注ぐ無数の矢を切り払う。

「臨兵闘者皆陣列在前、今だ」

正綱の叫びと同時に鳥屋尾が音高く弓弦（ゆづる）を弾く。だが矢は上ではなく、水平に飛んだ。

乗り込みをかけようと九鬼衆が天鬼丸の舷側を開いたのを、鳥屋尾は見逃さなかった。刀を抜き放って勇み立つ九鬼衆の頭をかすめて船内に矢が突き立ち、引き抜こうとする指が届くより早く筒火矢が船体内部で爆発する。

巨大な火柱が伊勢湾に立ち上った。

爆風が船底と矢倉とを突き抜けて梁も棚をもへし折り、船内のあらゆる空間を炎が駆け巡る。開いた舷側から大量の空気が流れ込んで火勢を強め、積んでいた火薬までもが誘爆した。更なる炎と衝撃、流れ込んだ大量の海水の圧力に耐えきれず、天鬼丸は凄（すさ）まじい音を立てて中央からへし折れる。そして松明のように火を纏ったまま二つに裂けた船体は、それぞれに直立して沈みはじめた。

「やった」

咄嗟に屈（かが）んで熱と爆風をかわした正綱と鳥屋尾は顔を見合わせて叫んだ。沈没が巻き起こす巨大な波を甲板にしがみついてやり過ごすと、下から顔を出したうどん店主に満面の笑みで応える。だがうどん店主の驚愕した表情に振り返ると、行く手の海は九鬼衆の船で埋め尽くされていた。

見間違いでも、幻でもない。答志島南の菅島から神島までの南側全域に九鬼衆の船団が展開し、伊勢湾からの出口を完全に塞いでいた。

三百もの船を一度に失った九鬼嘉隆が、船団を取り戻すには時間がかかるはずだった。

ならばこそ大龍丸の船足を活かし、数回の戦闘で突破する策である。だが九鬼衆は小早船に関してならば、僅か半年足らずの間にほぼ全ての数を取り戻していた。

諸大名が京を目指したのは将軍や朝廷の権威を欲しただけではなく、古来都のおかれた畿内が物流の中心で、人口が集中していたからである。諸国から流入した労働者にも足軽にもなる者たちは常に数十万単位で存在し、その者たちの消費と生産が経済規模を日々拡大する。伊勢湾、琵琶湖、若狭湾と京へ流れ込む物流路の大半を手中に収めた織田信長の銭の力は正綱の想像を遥かに超えていた。

そして九鬼衆の船団が、袋の口を締めるように南から押し寄せてきた。正綱が伊勢湾からの脱出を試みると見抜き、菅島の更に南側を航行していたのだろう。先頭を進む関船の舳乗には魚鱗鎧の男が笑うように歯を見せていた。

「九鬼嘉隆め」

鳥屋尾が放った矢を九鬼嘉隆は船槍で二筋までも払い落とした。そのまま船の勢いを落とさずに正面からすれ違わせると船槍の鉤を打ち下ろし、両腕を胸前で交差させたまま大龍丸に飛び移る。鳥屋尾の突き出した矢と正綱の打刀が左右から襲ったが、九鬼嘉隆は抜き放った二刀で同時に受け、着船するや正綱の腰を蹴り飛ばした。

「敵ぞ、出合え」

鳥屋尾の声にうどん店主を先頭に伊賀衆と北畠家臣が甲板へ飛び出たが、九鬼嘉隆の背後から続々と九鬼衆の小早船が押し寄せる。答志島と菅島の間に追いやられた大龍丸の周囲一帯は、瞬時に修羅の巷と化した。

　起き上がった正綱は打刀を振るった。乗り込んでくる九鬼衆を打ち払い、斬りつけ、薙ぎ払い、刺し貫く。九鬼衆の練度が落ちているのは操船技術だけではなく刀の扱いにしても同様であり、一合と刀を合わせることなく次々と斬り倒していく。だが北畠具教が無数の寄手の前に敗れたように、乱戦を制するのは技量ではなく疲労である。船の上では逃げ場も無く、一振りごとに疲労が重なるが九鬼衆は無尽蔵なまでに新手が絶えない。このような時こそ知恵を絞って策を考えねばならないのだが、九鬼衆はその間さえ与えず次々に襲いかかってきた。

「とっさん」

　足元に転がり来た矢に正綱は眼の前の九鬼衆を蹴り飛ばして、甲板を駆け抜けた。鳥屋尾に振り下ろされた九鬼嘉隆の刃を受け流し、即座に横薙ぎに払う。だが飛び込んだ分だけ刃が逸れて魚鱗鎧に火花が散った。

「お前は最後だ、伊賀者」九鬼嘉隆が吼えた。「まず北畠の者共に我が苦痛を思い知らさねばならん」

　それでも正綱は鳥屋尾を背後にかばって九鬼嘉隆に相対した。片手持ちの斬りつけは浅く、また疲労が倍してのしかかるものだが、九鬼嘉隆の二刀は回転が落ちることなく、一撃ごとに大波の如くに正綱を襲った。

「貴様に解るか、家を攻め滅ぼされた苦痛が、伝来の領地を奪われた屈辱が」

「言えたことか。お前の先祖も他の人々を殺してきた。お前とてそうだ」

「そうともさ」九鬼嘉隆は交差した二刀の鎬で正綱が振り下ろした刃を挟み受け、前のめりにのしかかった。「この世は強き者だけが生き残る。俺は鮫だ。弱きを喰うて生き残る鮫だ」

九鬼嘉隆の前蹴りがまともに正綱の胸に入った。中央の矢倉に叩きつけられた痛みと衝撃に呼吸が止まる。

「己の無力さを噛みしめよ」九鬼嘉隆は二刀を高く掲げて、絡め取った正綱の打刀を甲板に投げ捨てた。「もはや我らを打ち倒すことも、逃げることも叶わぬ。味方してくれた者、守ろうとした者たちが無残に切り刻まれていく様を見ているがいい」

正綱を狙い振り下ろされた九鬼衆の刃を、背後から飛び出したさとが受けた。そのまま刃を体ごと下にねじり倒して喉を貫く。

「おさとは女衆を守れと言っただろ」

「守ってる。ここが私の持ち場だ」

正綱は首を振って揺れる視界を落ち着かせた。確かにさとは甲板下へ通じる階段を守って動いていない。正綱が下がっていた。見回せば大龍丸の甲板は九鬼衆に占拠され、鳥屋尾やうどん店主らも健在ながら多くが傷つき、矢倉の周囲に追い込まれていた。

「すまん。おさとの言うとおりだ」

謝ると正綱は膝立ちに身を起こし、九字兼定を抜いた。刀身を立てて瞑目し、刻まれた九字を右手指でなぞる。

「臨兵闘者皆陣列在前」

「そうだ、祈るがいい。祈りとは常に無力なものゆえな。そして嘆け、喚け、絶望に打ち震えよ」九鬼嘉隆の哄笑が響き渡った。「北畠は滅び、助ける者は無い。全ての望みを捨て、慈悲を乞え。せめて苦しむことなく殺してやろうぞ」

「やなこった」

正綱は甲板下から見上げる雪姫と視線を交わした。そして小さく頷くと、九字兼定の切先を九鬼嘉隆に向ける。

「殺したくば殺せ。だが慈悲は乞わぬ、望みも捨てぬ。来い、向井正綱はここにいるぞ」

「よかろう、望み通りに殺してやる。膝の腱断ち切って、無理やりに跪かせて首を刎ねてくれるわ」

鮫の笑みを浮かべた九鬼嘉隆は両腕を胸の前で交差して構えた。二刀の切先を天に屹立させ、まっすぐに間合を詰める。

だが数歩進んだところで九鬼嘉隆は不意に足を止めた。大龍丸の綱や楯板が小さく震えていた。次第に振れ幅は大きくなり、鈍い音を立てはじめる。周囲を取り囲む九鬼船の帆も心なしか膨らんでいた。

「揺れに備えよ」

咄嗟に楯板に身を預け、振り返って叫ぶ九鬼嘉隆はそれきり言葉を失った。

波と風がうねりを上げていた。

伊勢湾に流れ込んだ海水は干満だけでなく数刻置きに対流して入れ替わっているが、答志島と菅島の間は水路が狭まって潮流の変化はとりわけ急激になる。静から動に転じた海は大きく逆巻き、風を呼んで加速度的に激しさを増した。大龍丸も一瞬ごとに持ち上げ下げ落とされ、右に左にと大きく揺れる。海に慣れた者さえ甲板から転がり落ち、九鬼嘉隆でさえ足を止めねば立ってさえいられない。

そして九鬼衆の船団の更に南に、新たな船団があった。遠く判別しにくいが、九鬼の三つ巴(どもえ)でも九の字でもなく、帆全体に複雑な模様が描かれていた。

「八咫烏」九鬼嘉隆の視線を追った正綱が叫んだ。「来てくれたか、新次郎」

九鬼衆を背後から追い立てる船団の先頭には、羽ばたく八咫烏があった。至近から矢を射かけて潮流に翻弄される九鬼衆の船団を蹴散らし、楔(くさび)の如くに中央を割って熊野衆が突き進む。帆を下ろすことを忘れていた九鬼衆の船団は風と潮流に流されていたが、更に背後から追われては海峡に押し込まれるように密集するしかない。船首を返すこともできず、攻撃を受けて沈むより前に波に翻弄されて周囲の船と衝突し、九鬼衆は次々と海に投げ出された。

「怯むな、熊野衆の数は少ない。落ち着いて挟み込め」

九鬼嘉隆は檄を飛ばしたが、その声が届くより早く九鬼衆の船団が東からも崩れ始めた。新たな船団が火矢や鉄砲を盛んに打ちかけて蹂躙(じゅうりん)する。船団の帆には小、そしてむの字が描かれていた。

「小浜に向井、武田海賊衆もだと」

大きく喘(あえ)いだ九鬼嘉隆に向かい、正綱は揺れる甲板を駆けた。まっすぐに突き上げた九字兼定は右の刀で払われたが、九鬼嘉隆は踏み出した足元が揺らいで片膝を突く。すかさず低く薙ぎ払う九字兼定を九鬼嘉隆は左の刀を突き立てて防いだが力任せの切先が甲板に深く刺さり、続く正綱の突きが左籠手(こて)と頬を裂く。そして右の刀での九鬼嘉隆の反撃を後ろに跳んでかわすや、正綱は波濤(はとう)の如く即座に踏み込んだ。横薙ぎの一閃が九鬼嘉隆の右の刀を海にまで弾き飛ばした。

「そうか、我らの狼煙が熊野や駿河遠江にまで急を報せたか」

二刀を失った九鬼嘉隆は、大築海島からなおも上がり続ける狼煙を見やって右拳を甲板に叩きつけ、正綱をにらんだ。

「だがなぜ熊野衆や小浜どもめが北畠の、いや、お前のために働く。なぜだ」

「仲間だからだ」正綱は言った。「仲間を見捨てず、困難においては全員が全力を尽くし、共に在って共に栄える。それが海賊だ。憎悪と我欲に囚(とら)われて掟(おきて)さえ忘れたか、九鬼嘉隆」

八相から真っ向に首を薙ぐ正綱の一閃を、九鬼嘉隆は鳩尾板(きゅうびのいた)の裏から引き抜いた小刀に左手を添えて下に逸らした。刃を押さえると同時に横蹴りを放って正綱の体勢を崩す。

「城腰城の落城も、小浜衆の逃散(ちょうさん)を手引きしたのもお前の仕業か。そういうことか」

いつしか堀内新次郎、向井正重らの表情が見えるまでに船団は接近していた。横目で見やった九鬼嘉隆は、鎧の引き合わせ緒を切り解いて甲板を蹴る。

「その首、しばらく預けおくぞ」

「逃がすか」

鳥屋尾が弓を構えたが潮流が大龍丸を揺らし、高い波が飛び込んだ九鬼嘉隆の姿を隠した。三筋まで打ち込むも死体は上がらず、眩い波の照り返しが更なる精射を阻んだ。

「無事か、甥御殿」

九鬼衆を追い払って舵を取り戻した正綱に、真っ先に小浜民部が声をかけた。しきりに視線が海面に向かうのは九鬼嘉隆を諦めきれないからだろう。敗走する九鬼衆の船団を追撃する様子さえ見せていた。

「叔父上のおかげで、助かりました」

「なに、九鬼嘉隆めを討つ絶好の機会ゆえ出張ったまで。まこと悪運の強い男よな」

豪快に笑って大龍丸の脇を過ぎると、続いて堀内新次郎が船を寄せた。

「これで借りは無しやな」

「おいおい、船の使用料はまけてやってもいいが、城二つ分はまだ残ってるぞ」

「細かい奴やなあ」

顔を見合わせて笑うと、熊野衆も湾内で大きく旋回した。

「己を楽しませておるようだな、正綱よ」父正重が言った。「皆、良い顔をしておる。これより皆で飲もうぞ、わしの奢(おご)りだ」

「お言葉に甘えます、父上。義兄(あに)上もありがとうございました」

「水臭いことを言うな」義兄正勝も笑った。「おさわにも今日のこと、話してやってくれよ」

「約束いたします。必ず」

頷いた正綱の前で向井の船団も湾内を大きく回る。その後尾に大龍丸をつけると、さとが雪姫を甲板に招き入れていた。

「伊勢を離れる前に見せてあげるのがいいと思って」

「おさとは本当に気が利くよな」

「当たり前でしょ」頷いた正綱にさとはこれまでよりも足ひとつ分だけ体を寄せた。「これからも私が、正綱様を護るんだからさ」

傷を負った者たちの手当にさとが離れると、正綱は舷側から遠く伊勢の地を見やる白無垢姿の雪姫に目を向けた。共に脱出した北畠家臣らとしばらくは武田家に庇護(ひご)されることになるが、その先は解らない。更に遠くへ逃れるか、あるいは雪姫の名を捨ててどこかで静かに暮らすのか。いずれにせよ、次に伊勢を訪れるのは遠い先になるだろう。あるいは伊勢を眺めるのは、今生での最後になるかもしれない。

雪姫の瞳に涙が光った。胸に抱いたシロが頬を舐(な)めても後から後からこぼれ落ちた。

「全てが夢であればと幾度願ったことでしょう」

　正綱が近づいても雪姫は拭おうともせず、声を上げることもなく、ただ涙を流し続けた。

「昨日の今頃は、色打掛の話をして里芋を摘めぬ環をからかっておりました。父上様も、弟たちも健在で、いつもと変わらぬ穏やかな一日だったのです。ですが、もう誰もおりません。北畠は潰え、わらわは弔いさえできぬままに伊勢を離れようとしています」

　視線を落とした雪姫は深く沈んだ口調で言葉を続けた。

「正綱様には感謝しております。北畠のために働いてくれたこと、わらわを救い出してくれたこと、田丸城へ乗り込んでくれたこと、今こうして無事にいること、全てに感謝しているのです。ですが、わらわは生きるすべを何ひとつ知らぬ女です。見知らぬ土地で、見知らぬ人々と、これからどうやって暮らしていけばいいのか。いえ、何のために生きていけばよいのでしょう。わらわには、もう、何も無いというのに」

「これを返すよ」

　正綱は雪姫の守刀を差し出した。

「姫さんを助けたのは、北畠を忘れ、したいように生きさせよとの具教公の最後の頼みだったからだ。でも、それがなんであれ強いることは悪だと俺は思っている。だからこれをどう使うかは、姫さんが自分で決めてくれ」

　受け取った守刀の重さを両手で確かめるようにじっと見据えていた雪姫は、不意に鞘を払った。だが切先を自らの喉へ向けるより早く、正綱の右手が刃を握りしめる。

「でも、姫さんは強い人だ」

左手を柄を握る雪姫の手に添え、正綱は震え揺れる刃越しに雪姫の瞳の奥をまっすぐに見つめた。

「恐れや悲しみに潰えることなく生き抜いて、いつの日か必ず、姫さん自身のために立ち上がるはず。それまで俺は姫さんと共にあって全力で護る。だから、その日までは」

血が手首を伝う。その痛みと決意を噛み締めて正綱は両手に力を籠めた。

「離すな」

「……ありがとう」

新たに珠(たま)のような涙をこぼして雪姫は正綱の手に額を押し当てた。そして刃を鞘に納めるとぎこちなく、それでも精一杯の笑みを浮かべた。

雪姫と、歩み寄った鳥屋尾に頷きを返し、正綱は右掌に手ぬぐいを巻き付けながら浜の衆が帆柱を引き立てる傍らを舵へと戻った。

舳乗を南東に向ければ、蒼浪(そうろう)が雲濤(うんとう)遥かに広がっていた。

伊賀や三瀬、田丸城を吹き抜けた風が大龍丸の帆をいっぱいに膨らませる。

正綱は皆の顔を見やって声を張り上げた。

「さあ、出立だ」

主要参考文献

書籍

『伊勢北畠一族』加地宏江　新人物往来社
『伊勢国司北畠氏の研究』藤田達生編　吉川弘文館
『史料が語る　向井水軍とその周辺』鈴木かほる　新潮社
『海の武士団』黒嶋敏　講談社選書メチエ
『日本の海賊　写真紀行』清永安雄　産業編集センター
『水軍の活躍がわかる本』鷹橋忍　ＫＡＷＡＤＥ夢文庫
『志摩海賊記』吉田正幸　伊勢新聞社
『海賊の日本史』山内譲　講談社現代新書
『海と日本人の歴史』高橋千劔破　河出書房新社
『鳥羽志摩の民俗』岩田準一　鳥羽志摩文化研究会
『志摩の民俗　上下』鈴木敏雄　三重県郷土資料刊行会
『鳥羽の島遺産１００選』三重県鳥羽市　鳥羽市観光課
『閑吟集　宗安小歌集』北川忠彦校注　新潮社
『戦国時代の流行歌』小野恭靖　中公新書
『佳調都々逸集』声曲文芸研究会編　磯部甲陽堂

『現代語訳　信長公記上下』太田牛一著　中川太古訳　新人物往来社
『地図と読む　現代語訳　信長公記』太田牛一著　中川太古訳　KADOKAWA
『今川氏滅亡』大石泰史　角川選書
『桃山時代の女性』桑田忠親　吉川弘文館
『日本の女性風俗史』切畑健編　紫紅社文庫
『黒髪の文化史』大原梨恵子　築地書館
『御所ことば』井之口有一・堀井令以知　雄山閣
『日本の食生活全集19　聞き書　山梨の食事』「日本の食生活全集　山梨」編集委員会編　農山漁村文化協会
『日本の食生活全集24　聞き書　三重の食事』「日本の食生活全集　三重」編集委員会編　農山漁村文化協会
『たべもの起源事典　日本編』岡田哲　ちくま学芸文庫
『くらべてわかるきのこ』大作晃一写真　吹春俊光監修　山と溪谷社
『食べて効く！飲んで効く！食べる薬草・山野草早わかり』主婦の友社編　主婦の友社
『焚き火の達人』伊澤直人監修　地球丸
『気候で読み解く日本の歴史』田家康　日本経済新聞出版社
『海の気象がよくわかる本』森朗　枻出版社
『航空写真&ガイド　新　鳥羽から古座までの［波止釣り］［投げ釣り］［SWルアー］べ

ストポイント100』岳洋社
『日本の星　星の方言集』野尻抱影　中公文庫
『忍術の歴史』奥瀬平七郎　上野市観光協会
『伊賀流忍術秘伝之書・煙りの末』黒井宏光　伊賀上野観光協会
『甲賀忍者の真実』渡辺俊経　サンライズ出版
『一向一揆と石山合戦』神田千里　吉川弘文館
『信長と石山合戦』神田千里　吉川弘文館
『一向一揆余話』出口治男　方丈堂出版
『真宗大谷派勤行集』真宗大谷派宗務所式務部編　真宗大谷派宗務所出版部

図録・論文・ホームページ等
『法華宗大本山本能寺』藤井学・波多野郁夫監修　法華宗大本山本能寺
『兼定』岐阜県博物館
「武田信玄漢詩校釈」島森哲男　『宮城教育大学紀要 第49巻』宮城教育大学機関リポジトリ
「止血作用を持つ植物由来物質」大藏直樹　『ケミカルタイムス　243号』関東化学
「三重の文化　郷土の文化編」三重県教育委員会
「海のない地域に残る「海魚の食文化」」植月学　ミツカン　水の文化センター　水の風

土記
「鉄砲の基礎知識「世界の大砲と日本の大砲」」　刀剣ワールド
「日本の島の数」　日本離島センター
「デジタルミュージアム」　ポーラ文化研究所

史跡・博物館資料等
田丸城跡
鳥羽城跡
門野幾之進記念館
鳥羽市立海の博物館
伊賀流忍者博物館
甲賀流忍術屋敷
北畠神社
津市美杉ふるさと資料館
長光山陽岳寺
竹林山貞昌寺
紫陽山見桃寺
泰平山最福寺

鳥羽市市役所　観光商工課観光係

その他、多数の資料・史料を参照いたしました。

本書は第15回　小説　野性時代　新人賞受賞作を、加筆修正のうえ書籍化したものです。

諏訪宗篤（すわ　むねあつ）
1973年生まれ。三重県出身。名城大学法学部卒業後、ゲーム製作会社、デザイン事務所に勤務。現在は農業と家事に従事するかたわら創作活動を行う。2017年に第9回朝日時代小説大賞を「商人伊賀を駆ける」で受賞、18年2月『茶屋四郎次郎、伊賀を駆ける』と改題し朝日新聞出版より出版。2024年、第15回 小説 野性時代 新人賞を「海賊忍者」で受賞。

海賊忍者（かいぞくにんじゃ）

2024年９月28日　初版発行

著者／諏訪宗篤（すわむねあつ）

発行者／山下直久

発行／株式会社KADOKAWA
〒102-8177　東京都千代田区富士見2-13-3
電話　0570-002-301（ナビダイヤル）

印刷所／旭印刷株式会社

製本所／本間製本株式会社

●お問い合わせ
https://www.kadokawa.co.jp/（「お問い合わせ」へお進みください）
※内容によっては、お答えできない場合があります。
※サポートは日本国内のみとさせていただきます。
※Japanese text only

定価はカバーに表示してあります。

ISBN 978-4-04-115287-4　C0093